金阁寺

きんかくじ

［日］三岛 由纪夫◎著

张倩◎译

中国華僑出版社

北 京

图书在版编目（CIP）数据

金阁寺 /（日）三岛由纪夫著；张倩译 . —北京：
中国华侨出版社，2023.1
ISBN 978-7-5113-8904-6

Ⅰ . ①金… Ⅱ . ①三… ②张… Ⅲ . ①长篇小说－日
本－现代 Ⅳ . ① I313.45

中国版本图书馆 CIP 数据核字（2022）第 174747 号

金阁寺

著　　者/[日] 三岛由纪夫
译　　者/张　倩
责任编辑/张　玉
策　　划/周耿茜
封面设计/胡椒设计
经　　销/新华书店
开　　本/880 毫米×1230 毫米　1/32　印张 / 8　字数 / 178 千字
印　　刷/三河市华润印刷有限公司
版　　次/2023 年 1 月第 1 版　2023 年 1 月第 1 次印刷
书　　号/ISBN 978-7-5113-8904-6
定　　价/49.80 元

中国华侨出版社　北京市朝阳区西坝河东里 77 号楼底商 5 号　邮编：100028
编辑部：(010) 64443056
发行部：(010) 64443051　　传　真：(010) 64439708
网　址：www.oveaschin.com　E-mail：oveaschin@sina.com

如发现印装质量问题，影响阅读，请与印刷厂联系调换。

译者说明

　　三岛由纪夫，本名平冈公威，出生于日本东京，大学就读于日本东京帝国大学（今东京大学）。他一生都致力于文学创作，曾就职于大藏省银行局，但不满一年便辞职专心创作。他对创作始终充满热情，一生（1925—1970 年）著有 21 部长篇小说、80 余篇短篇小说、33 个剧本，以及大量的散文。

　　《金阁寺》是三岛由纪夫的成名之作，在日本一经出版便引起大众的广泛关注。它取材于真实发生的社会事件：1950 年 7 月，京都鹿苑寺中，21 岁的见习僧人自焚并烧毁舍利殿，殿中的国宝、足利义满像也一同变为灰烬。此事在当时引起轩然大波。

　　三岛由纪夫从见习僧人沟口的角度，"讲述"了主人公烧毁金阁寺的心路历程。主人公沟口是一个有口吃的人，自身的缺陷使他受尽冷眼和歧视。但是不完美的他的心中有一个完美的存在，那便是父亲讲述的"金阁寺"。在父亲的努力下，沟口终于进入心心念念的金阁寺，并在那里当见习僧人。然而沟口的心理却在战争和生活的影响下发生变化，从最初的喜爱金阁寺渐渐转变为想要烧毁金阁寺的渴望……"人类个体本身易于毁灭，却可以通过繁殖得到永生；金阁寺看似有着永不毁灭的美丽，却存在着被抹去的可能性。"沟口独创的美学观指引着他，将快乐凝缩于建筑，将生命奉献于美的破坏。

在主人公沟口下定决心烧毁金阁寺之前，形形色色的人物与之产生交集并且深深地影响了他。身为富家千金却爱上逃跑士兵的有为子；性格开朗却为情所困而结束一生的鹤川；天生内八足却以此作为魅力吸引女性的柏木；作为寺院主持却流连烟花之地的沟口师父……这些人物无一不深陷于道德与欲望、现实与虚幻的纠葛中，无法自拔。

三岛由纪夫不仅被称为天才，更被称为"怪异鬼才"。透过小说细腻的手法，我们既看到了一位位生动的人物，也可瞥见作者矛盾个性的冰山一角。主人公沟口从最初的自卑，到慢慢发现自我，直到最后肯定自我，可以说这是一部"建立自我"的小说。而在小说之外，三岛由纪夫的人生也同样经历着"建立自我"的过程。由于常年的战乱及被祖母控制的童年生活的影响，他也深陷在美与丑、道德与罪恶、自卑与自恋、永恒与毁灭相互抗衡的深渊中。为了缓解这种无法逃避的压力，文学创作便成了他维持内心平衡的方式之一。

在这部小说中，三岛由纪夫将自己的暴力美学淋漓尽致地表现了出来——通过毁灭来获得永恒。《金阁寺》可以称得上三岛由纪夫美学的集大成之作。也正因如此，这部经典之作非常值得每一位渴望走入三岛由纪夫内心的读者细细研读和品味。

本译文根据新潮社 1956 年 10 月出版的日文版本翻译而成。

目 录

第一章

自幼时起，父亲就经常对我说起金阁寺的事。

舞鹤的东北方，一个突向日本海的荒寂海角，就是我出生的地方。父亲的祖籍不是这儿，而是舞鹤东郊的志乐。在家人们的期望下，父亲出家当了和尚，去往一个偏僻荒凉的海角，做了寺庙的住持。最后，他在当地娶了一位妻子，生下了我。

成生岬寺的附近没有什么像样的中学，所以我离开了父母，寄宿到父亲老家的叔父的家中，每天步行去东舞鹤中学上学。

父亲的家乡阳光明媚，但到了每年的十一月和十二月，哪怕是万里无云极为晴朗的日子里，一天也要下个四五次阵雨。我这变化莫测的性格，可能就是那方水土养育出来的吧？

五月的黄昏，我从学校回到叔父家，从二楼的书房眺望对面的小山。火红的夕阳映照在苍翠欲滴的山腰处，宛若一道金色屏风耸立于旷野之中。我凝视着这一切，脑海中畅想着金阁寺。

虽然我常常可以在照片或者教科书里看到现实中的金阁寺，但它却远不及父亲口中的那个如梦似幻的金阁寺。父亲是绝不会用"金碧辉煌"等词语来描绘金阁寺的。他认为，金阁寺之美，已非凡物。并且我也认为，从金阁寺的字面和发音来说，我心中的那个金阁寺才是美妙绝伦的呢。看着远方的水田在夕阳下闪闪发光，我想这可能就是我心中那个看不见的金阁寺的投影吧。

　　构成福井县和京都府的分界线的吉坂岭，恰好面对正东方。太阳从那山顶升起。尽管现实中金阁寺和京都是处于相反方向的，但是我却可以看到，在山谷处的朝阳沐浴下金阁寺巍峨壮丽的样子。

　　就这样，金阁寺是无处不在的，但现实中却又从未见到。从这一点上来说，它就像这片土地附近的海一样。舞鹤湾虽然位于志乐村西方一里半的位置，却被群山遮挡，所以人们根本看不到大海。但是这片土地上却是始终飘溢着无处不在的海洋气息。人们有时可以从风中嗅到大海的咸腥味；海上一阵风浪，成群的海鸥就会飞逃到这边的田里。

　　我身板儿较弱。不管是跑步还是单杠，总是比不上别人。加上生来的口吃，渐渐地我开始自卑起来。之后，同学们知道了我是庙里和尚的儿子，于是很多顽童模仿着口吃的和尚读经的样子嘲笑我。故事里如果有口吃的打手出场的话，他们就会故意大声地读给我听。不用说，口吃是我与外界交流的一道障碍。我总是发不好第一个音节。这第一个音是我的内在通往外界之门的钥匙，但是这把钥匙总是开不了锁。一般人可以自由地畅所欲言，向外界敞开自己内心的大门，使得通风良好。我却办不到。因为我的钥匙早已锈迹斑斑了。

口吃的人在急于发出第一个音的时候，内心就像一只急于从粘胶中挣扎脱身的小鸟一样。虽然最后可以逃脱出来，但为时已晚。当然，在我焦急挣扎的时候，外在的现实偶尔也会停下来等我。但是我所等来的现实早已不再新鲜。当我费尽千辛万苦，终于到达外界之后，外界总是突然之间变色，与我擦身而过……这样来看，对我来说只有这个才是最合适的。不再新鲜的现实，一半散发着腐臭味的现实，它就这样横亘在我的眼前。

不难想象，这样一位少年，心里有着两种相反的权力意志。我很喜欢历史上关于暴君的记述。我要是一个口吃沉默的暴君的话，我的臣子们就会整天对我察言观色，胆战心惊地过着日子。我也没有必要通过明确流畅的语言来把我的残暴正当化。我的沉默就足以证明我所有的残暴都是正当的。我每天就是这样，一边幻想着将蔑视我的老师或同学全部处刑，一边陶醉于自己是内心世界的王者，是一位看破红尘的大艺术家。尽管我的外表平平无奇，但我的内心世界却无比丰富。一个自卑到骨子里的少年，却相信自己是天选之子。这种想法不是很正常吗？我觉得在这个世界的某个角落，一个未知的使命正等待着我。

……想起这样一段插曲。

东舞鹤中学被连绵的群山环绕，拥有宽敞的操场和明亮的新式校舍。

五月的某天，本校的一位校友利用休假，从舞鹤海军机关学校回到母校来玩。他浑身晒得黝黑，压得低低的帽子下露出高挺的鼻梁，从头到脚散发出少年英雄的气概。他站在我们这些后辈面前讲述了他满是清规戒律的生活。按理说，他的生活是无比艰苦的，但是他讲起来却显得很豪华奢侈。他举手投足之间充满了自豪，如此年轻却深知谦逊之重要。他胸前的制服上绣有蛇纹，挺起的胸膛仿佛破风前进的船首雕像一般。

他在运动场前方台阶的两三级处坐下，身边围着四五个后辈，听他说话入了迷。斜坡上的花园里盛开着五月的鲜花，有郁金香、香豌豆、银莲花、虞美人草等。头顶的厚朴树上开满了大朵的白色鲜花。

听者和说者都仿佛雕像一般纹丝不动，而我独自坐在操场的椅子上，离他们两米开外。这就是我的礼仪。这就是我给予五月的花、令人自豪的制服、明朗欢快笑声的礼仪。

比起那些崇拜者，这位少年英雄反而更加关注我。看起来只有我没有拜服于他的威风下，这仿佛伤到了他的自尊心。他向别人打听了我的名字，然后向坐在对面的我招呼道：

"喂，沟口。"

我沉默着死盯着他。他对我报以一笑，笑容中仿佛掺杂着权势者的媚态。

"你怎么不说话，你是哑巴？"

有一个崇拜者替我答道："因、因、因为我是结巴。"大家扭动着身体笑作一团。嘲笑这东西真让人目眩啊。对我来说，同年级的少年们那种青春期特有的残酷之笑，如同浓密的叶片上闪耀的光芒一样灿然夺目。

"什么？结巴？你不想进海军机关学校吗？在那儿一天就可

以治好你的结巴。"

不知为何，我当即清楚地回击了他。想都没想，瞬间话语接连涌出。

"不去，我要当和尚。"

大家沉默了下来。少年英雄俯身折了一根草茎，叼在了嘴里。

"嗯，那样的话可能过几年我还要麻烦你呢。"

那一年太平洋战争爆发了。

……这时的我确实生出一种自觉，向黑暗的世界摆开架势。五月的花、制服、不怀好意的同学终究会落入我的手中。我要用力揪住世界的底部把它抓在手里……但是这样的自觉对一个少年的自豪来说太过沉重了。

自豪应该是更轻松、明亮、清晰、灿烂的。我想要更清楚的东西，是那种谁都可以看见的更清楚的东西，比如说少年英雄腰间悬挂的短剑那样。

中学生们憧憬的那把短剑实在是华丽的装饰品。传言海军学生偷偷地用那把剑来削铅笔，但特意用如此庄严的象征来做些日常琐事，这是何等的潇洒。

他无意中将脱下的海军学校制服挂在涂着白漆的栅栏上，还有裤子和贴身衬衣……这些衣服临近鲜花，散发出汗淋淋的年轻肌肤的体香。蜜蜂也仿若意乱情迷一般飞停在白光闪闪的"衬衫之花"上。扣在栅栏顶端的金缎带制帽如同戴在他头上一般，端正而又低深。他受低年级学生们的挑动，到后面土台^①上表演摔跤。

脱下的衣服给我留下"光荣墓地"的印象，而五月的繁花更是加强了这样的感觉。此外，还有反射着漆黑光芒的帽舌、一旁躺着的皮带和短剑，它们脱离了少年英雄的肉体，反而绽放出别样的、抒情的美，这些皆和回忆一样完美……也就是说它们看起来像少年英雄的遗物。

从相扑场地那边传来一阵阵的欢呼。我确认周边无人后，从口袋中拿出已生铁锈的削铅笔刀，悄悄地走近那把美丽的短剑，在它黑色刀鞘的内侧刻下两三道丑陋的刻痕……

……或许有人从我的叙述中断定我是一名诗情画意的少年。实际到今天为止，别说写诗，我连日记都未曾写过。我能力逊色于人，却缺乏一股超越俗众的冲动。换句话说，我若是艺术家便过于傲慢，梦想变成暴君或大艺术家却也仅限于梦中，一旦做起来便半点儿都提不起劲来。

不被他人理解是我唯一的自豪，正因如此，我从未因为想让别人理解我而表现得很冲动。我认为自己的宿命便是不被人注意，于是孤独日渐肥硕，简直就像一头猪。

突然，我想到我们村里发生的一起悲剧。实际上，这件事跟我毫无关联，但总有一种我曾参与过的感觉萦绕心头。

---

① 相扑比赛在 40~60 厘米高、727 厘米见方、四边斜度为 40°~50° 的土台（日本称为"土表"）上进行。土台中央的比赛场地是圆形的，直径为455 厘米，场地北面为正面。

我通过这个事件，猛地变得可以直面所有事物了。直面人生、欲望、背叛、爱与恨等所有。我的记忆乐于否定和忽视这一切深处暗藏的崇高要素。

和叔父家相隔着两户的人家里，有一位美丽的姑娘，名叫有为子。她长着一双水灵灵的大眼睛，或许是因为家境优渥，平日里仗势横行。尽管她受尽宠爱，但总是孤零零一个人，有时让人不知她在想什么。十分嫉妒她的女子会传闲话，都说有为子是处女，但从长相来看，她就是个石女相。

有为子刚从女校毕业便志愿成为舞鹤海军医院的护士。从家到医院距离并不远，骑自行车就可以上班。但她每天拂晓就离开家了，比我们上学时间早了足足两个多小时。

某天夜晚，我沉溺于对有为子身体的阴郁幻想中，久久不能入眠。于是天未明，我便爬身而起，穿上运动鞋走向夏日黎明前的黑暗之中。

我对有为子身体的思恋并不是从那晚才开始的。最初偶尔会浮现的思念渐渐地扩大成形，变成心结一般固着起来。有为子皮肤白皙、富有弹性；她那沉浸在暗影中的肉体散发出清香。我幻想自己的手指触摸她时指尖感受到的温热、肉体的弹力及那花粉般的体香。

我笔直地跑在黎明前的小路上。石子不再绊脚，黑夜在前方为我闪开道路。

我一直跑下去，直到道路变得开阔，来到了志乐村安冈屯外边，在那里长有一棵高大的榉树，它的枝干因朝露而变得湿润。

我藏身在树根旁，等待着有为子骑自行车而来的身影。

我静静等待着，什么都不想干，跑步使我上气不接下气，于是来到树荫底下歇息。我不知道接下来要做些什么。因为我的生活和外界几乎是无缘的，所以一旦闯入外界，便幻想着一切事物都很简单，任何事情都会变为可能。

豹脚蚊①叮咬着我的脚，鸡鸣声此起彼伏。透过黎明前的黑暗我眺望着路的远方。一个灰白色的暗影朦胧出现，本以为是拂晓的阳光，却是有为子的身影。

有为子似是骑着车，前灯仍亮着。自行车无声前进着。我从榉树旁跑向自行车前，有为子赶忙刹车。

那一瞬间，我感到自己已然石化，意志连同欲望一并石化。与我的内心无关，外界确实再次存在于我的周围。我脚穿白色运动鞋从叔父家跑出，在昏暗的天色中沿着路来到榉树旁，这一切都源于我的内心。村里的房屋在拂晓的天色中若隐若现，耸立的黑色树木、被绿叶覆盖的山脉所展露出的黝黑山脊，甚至包括眼前的有为子，都化为无意义的可怕存在。未等我参与，现实便赋予这一切，这是一种我未曾见过的、无意义且无比黑暗的现实，它来到我身边压迫着我。

我一如往常地想到，语言恐怕是唯一可以解救我的东西了。这是我独有的误解。需要行动时，我总是被语言吸引注意力。但因为我难以流畅表达，所以每当被语言吸引注意力时，便忘记了行动。我认为，光怪陆离的行动总要有光怪陆离的语言来作陪。

我对周围的一切视而不见，但有为子开始却露出惊恐的表

---

① 又称伊蚊，指一种脚上有花斑的蚊子。

情，看到是我后又盯着我的嘴巴。她或许在这拂晓中发现了一个无意义蠕动的小穴，这个小穴黑暗窄小，像野生动物的巢穴一般肮脏而突兀，也就看到了我的嘴巴。她确定这张嘴巴无法产生和外界相连的力量时便彻底安心了。她说道：

"什么嘛，明明是个结巴，却做一些奇怪的事情。"

她的声音洋溢着晨风的端正和清爽，她按响车铃，再次踩上脚踏板，像要避开石头般绕过我前进。人影渐渐消失，但车铃声却久响未停，这是有为子为了嘲笑我，在到达远方的田地为止不时地按动车铃的声音。

——那晚，因为有为子的告状，她母亲来到我叔父家。一向温柔的叔父狠狠地骂了我。我内心不断诅咒有为子，希望她能去死，几个月后这个诅咒实现了。那以后我坚信诅咒是真实存在的。

无论清醒还是沉睡，我都巴不得有为子死去，盼望着我糗事的见证人赶快消失。只要没有证人，糗事便会从世上永久抹去。他人都是证人，但只要他人都不存在，耻辱就不会产生。我看到了有为子的面容，她的眼睛在昏暗中仍像清水一般透亮，然而这双紧盯我嘴巴的眼睛背后是他人的世界——这个世界决不把我们当作一个人，而是逐步地成为我们的共犯和证人——他人必须一个不留地从这世上灭亡。为了让我可以直面太阳，世界必须灭亡……

在有为子告状事件过去两个月后，她从海军医院辞职，回到家中不再露面。村里的人们议论纷纷起来。结果到了秋天就发生了那件事。

……我们做梦也没想到一位海军逃兵跑入了我们的村子。正午时分，宪兵来到村公所。但因为宪兵时常过来，所以人们并没多想。

在十月末的一个晴天，我如往常一般白天上学，晚上完成课后作业，迎来睡觉的时间。低头刚想熄灯时，便看到下面的村路上聚集了大量的人，耳边传来了像群狗奔跑哄闹的声音。我下了楼，玄关站着一位同学，他睁大眼睛冲着刚起来的叔父、婶母和我大声喊道：

"刚才有为子被宪兵给抓了，就在那边，咱们一起去看看吧。"

我穿上木屐急忙跑到路上。月亮格外皎洁明亮，稻架伫立在收割后的稻田里，在月光照耀下投射出鲜明的落影。

在一片树林旁，一群黑压压的人影聚集在那里不停晃动着。身着黑色西装的有为子瘫坐在地面上，面色惨白，周围站着四五名宪兵和她的父母。宪兵中有一人拿出饭盒状的东西，大声叱责怒骂。她的父亲不停地向宪兵们道歉、叱骂有为子，对宪兵们做出示好之举；她的母亲则蹲坐一旁只顾哭泣。

我们隔着一块稻田，站在田畦上眺望那边的情形。围观的人越来越多，大家肩膀挨着肩膀，一言不发。月亮也仿佛被人群压挤一般缩小，挂在我们头顶目视着一切。

同学凑到我耳边解释着。

有为子手捧便当盒从家中跑往隔壁的村子，却被早已埋伏好的宪兵抓个正着。那个便当盒显然是为逃兵准备的。有为子和逃兵在海军医院亲热，结果怀孕的有为子被医院赶了出来。宪兵不停向有为子追问逃兵的藏身之地，但她只是坐在那里一动不动，沉默着不肯作答。

我目不转睛地盯着有为子的脸。她像一个被逮捕的女疯子，面无表情地出现在月光下。

迄今为止，我从未见过那样死不认罪的面孔。我认为我有一张被世界拒绝的面孔，然而有为子的表情是在拒绝世界。月光毫不留情地流经她的额头、眼睛、鼻子和脸颊，那毫无表情的面孔只是在受月光的洗礼。只要她的眼睛稍动一下，嘴角稍挪一寸，以此为信号，她所拒绝的世界便会如山崩地裂一般涌向她。

我屏住呼吸注视着一切。这张面孔有切断历史的力量，既不走向未来，也不会回到过去。我们在刚刚砍断的树桩上可以看到这样不可思议的面孔。本来拥有新鲜而又水润的颜色，但成长却戛然而止，沐浴着不该沐浴的风和阳光，将断面突然暴露给不该属于自己的世界，断面上刻画出一张不可思议的面孔。这张面孔仅仅是为了拒绝世界才出现的……

我望着有为子这张容颜如此姣好的一瞬间，不禁想到，无论是她这一生，抑或是正在看着她的我这一生，都不会有第二次了。但是这种美丽却比我预想的持续时间更短，突然，她的表情出现了变化。

有为子站了起来，我想那一刻她是笑着的，我似乎看到了在月光下闪耀的洁白门牙。我不能对此做更多的记述了，因为有为子的面孔避开月光，混在了树影之中。

没有看到有为子决定背叛之时的表情让我极为遗憾。如果细细观察一番，恐怕连我都能生出原谅世人、宽恕一切罪恶的心。

有为子指向隔壁村落的鹿原山脚，朝宪兵叫道：

“在金刚院。”

从这时起，我也生出了孩童般喜欢看热闹的喜悦。宪兵们兵分几路将金刚院整个儿围住了，并请求村民们的帮助。出于一种不怀好意的趣味，我和其他五六个少年加入了以有为子为领头的先遣队。身后跟着宪兵的有为子最先走在月光闪耀的路上，脚步充满自信，这使我惊讶异常。

金刚院广为人知。从安冈到这里步行只需十五分钟，传说这里的名刹①里有高丘亲王②亲自种植的椰子树以及左甚五郎③亲手建造的优雅无比的三重塔。到了夏天，我常常跑到金刚院后山的瀑布下洗浴、玩耍。

河边修有寺院正殿的围墙，坍塌的泥土上长着一大片狗尾草，那白色的穗子在夜间也清晰可见。正殿大门旁山茶花肆意地绽放着。我们一行人默默走在河边。

金刚院的佛堂建在更高的地方。穿过独木桥，右边建有三重塔，左边长满红叶，后方耸立着一百五十阶长满青苔的石阶。因为是石灰石，所以很容易滑倒。

在过独木桥前，宪兵回头向我们招手示意，于是一行人停下了步伐。听说以前这里是运庆④、湛庆⑤建造的仁王门。从这里往里走的九十九座山都属于金刚院的寺庙领域……我们屏住呼吸。

---

① 即为著名的佛寺。

② 日本平安时代的一位皇子，日本真言宗创始人空海大师的弟子。

③ 16世纪后半叶日本江户时代传说中的神奇建筑雕刻家。

④ 日本院政时期和早期镰仓时期的雕塑家，和老师康庆建立了一种佛教雕塑风格。

⑤ 运庆之子，造佛师。

宪兵催促着有为子。她率先通过独木桥，我们紧随其后。石阶下半部都被阴影遮挡，但从中途往上的部分便沐浴在月光之中。我们便躲藏在石阶下方的影子里。红叶的朱色在月光下闪着黑色的光泽。

石阶上方坐落着金刚院的本殿，左斜方驾着一道回廊，通往神乐殿① 似的空中佛堂。空中佛堂悬浮在半空，模仿清水寺的格局，许多柱子和横木组合着从山崖下方支撑着佛堂。回廊也好，佛堂也罢，甚至是组合起来的柱子，都在风雨中受尽侵蚀。原有的颜色已然脱落，只剩一副白骨般的架子。红叶盛开着，这抹鲜红与白骨般的建筑结合起来散发出异样的美，到了夜晚，错落有致的白色柱子沐浴着斑驳的月光，看起来既怪异又绚丽。

逃兵似乎就藏身在舞台上的佛堂中。宪兵想让有为子作诱饵引他出现。

我们这些证人藏在暗处，屏息等待。十月下旬的夜晚透着丝丝冷气，我的脸颊却散发出火热。

有为子独身一人爬上这一百五十层石阶，如疯子一般自豪……在黑色西装与黑发中，那张美丽却又惨白的脸很是突兀。

月亮、星辰、夜云，用尖尖的杉树一般的山脊连接到天空的山峦，斑驳的月影，白光浮动的建筑，这一切都比不过有为子的背叛所展示出来的澄明之美。这倩影令我迷醉。她孤身一人，高挺胸膛。攀登这洁白石阶的人非她莫属。这份背叛与星空、月亮、尖尖的杉树属于一类事物。也就是说，它和我们这些证人一同生活在这个世界，接纳自然。她是以我们的代表的身份爬上那

① 向神供奉神乐的场所。

座山的。

我喘着气，不由自主地想到：

"由于背叛，她终于接受了我。此刻的她真正属于我了。"

……在我们的记忆里，事件终会于其中某点消失。有为子攀登一百五十级石阶的身影仍在眼前。我不禁有种她会永远攀登的错觉。

但是不久后她将变成另一个有为子。即将攀登完成的有为子会再一次背叛我。那时的她既不会全盘否定世界，也不会全盘接受，只会屈身于爱欲的秩序当中，沦落为只为男人而活的女子。

因此，我只能带着看一幅古老石版画里的风景一般的情绪来回忆这一切……有为子穿过回廊，对着佛堂的暗处呼喊着，不久后现出了一个男人的身影，有为子对他说了什么。男子举起手枪猛然射向石阶的中段，早已处于应战状态的宪兵们也马上火力十足地还击。那男子再次换好弹后，转而向往回廊处奔逃的有为子背后连射几枪，有为子应声倒地。男子枪口一转，对着自己的太阳穴打了一枪……

——以宪兵为首，大家争先恐后地跑上石阶，来到两人尸体旁边。我仍旧站在红叶的阴影下，藏身于此一动不动。白色的柱子纵横交错横亘在我头顶。头顶上脚踏回廊木地板的声音，轻柔地飘舞飞落在我耳旁。两三道手电筒的灯光越过栏杆，杂乱地投射在红叶树梢上。

我只把这看作非常久远的事情了。迟钝的人们，不流血便不觉狼狈。但流血之时，悲剧已然接近尾声。独自藏身的我昏昏欲睡。一觉醒来，发现我已被众人遗忘。周围响起小鸟婉转的鸣叫，朝阳毫不留情地投向红叶枝干深处。白骨似的建筑，从地板下方开始承接着阳光，看起来重获生机。空中佛堂以一种沉静、傲人的姿态临空于长满红叶的山间峡谷之上。

我站起来，身体颤抖，周身揉搓了一遍。只有寒气在体内留存，留存的只有寒气而已。

*

转年的春假期间，父亲以国民服上又披了一层袈裟的模样来拜访叔父。他想把我带去京都同行两三天。父亲的肺炎日益严重，看到他如此衰弱，我不由得大吃一惊。不仅是我，叔父两口子也不赞同去京都的主意，父亲却油盐不进。之后回想起来，父亲是想在他残存的日子里，把我介绍给金阁寺的住持。

毋庸置疑，拜访金阁寺是我毕生的梦想。虽然我想去的意志很强烈，但是和很明显已经重病缠身的父亲一起去旅游，这实在是让我提不起精神。眼看去金阁寺的日期逐渐逼近，我不禁生出退缩的心理。无论如何金阁都是美丽的。相较于现实中的金阁，我拼命在想象中塑造金阁的美。

从少年的头脑可以理解的事情来看，我也是通晓金阁的。一般的美术书上这么记载着金阁的历史：

足利义满[①]接受西园寺家的北山，在此建造大规模别

[①] 室町幕府第三任征夷大将军。

墅。主要建筑有：舍利殿、护摩堂、忏法堂、法水院等佛教建筑；宸殿、公卿间、客殿、天镜阁、拱北楼、泉殿、看雪亭等住宅建筑。其中倾注心血最多的是舍利殿，后人称其为金阁。至于何时起改名的，探究起来颇为困难，最常见的说法为应仁之乱[①]之后、文明年间开始普遍使用。

金阁是面临广阔的苑池（镜湖池）修建的三层楼阁建筑，在1398年（应永五年）左右建成。一、二层为宫殿式建筑风格，使用蔀户[②]建造，而第三层是纯粹的正方形禅宗样式的佛堂，中央为推拉式格子门，左右饰以花窗。屋顶用桧[③]的树皮修葺，建成宝塔形状，顶端是象征吉祥的金凤凰装饰。另外，因为临池而突出了人字形屋顶的小亭子（漱清），打破了整体的单调。屋脊坡度和缓，屋檐悬棰疏朗，木雕细腻明快，住宅建筑与佛堂建筑相互融合，实乃庭院建筑之佳作，吸收了公家文化的义满的风格，很好地表达出了当时的时代气息。

义满死后，据他遗言，北山殿改为禅刹[④]，号鹿苑寺。建筑物大体移去他处或荒废处理，只有金阁得以幸存……

犹如皓月当空，金阁寺作为暗黑时代的象征被建造而成。我所梦想的金阁周围，必然要以黑暗为背景。在黑暗之中，优美、

---

① 1467—1477年日本室町幕府时代各大领主之间的内乱。
② 宫殿式建筑外围的主要建筑材料。
③ 常见乔木，可供建筑及制作家具等用。
④ 佛寺。

密细的梁柱构造由内散发着微光，静静地坐落在那里。无论人们如何评价它，美丽的金阁总是无言地展示着纤细的构造，忍耐着周围的黑暗。

我又想起寺顶那饱受风吹雨打的金铜制凤凰。这只神秘的金鸟，既不报晓，也不奋飞，一定忘记了自己是只鸟吧。但这不等同于它不能飞。其他的鸟儿飞跃空间，这只金凤凰却高展双翅，永远地飞在时间的横流中。时间拍打着它的羽翼，拍打羽翼后流向它的后方。为了飞翔，凤凰以一种静止的姿态站立，怒目圆睁，高举羽翼，翻动尾羽，充满威严气息的金色双脚稳稳立于寺顶，这便足够了。

在经过一番畅想后，我心目中的金阁已然幻化为一艘在时间的海浪中沉浮摇摆的美丽船只。美术书中所写的"壁少而通风的建筑"可以想象为船的构造，这艘复杂的三层屋形船所面临的水池，可以视为海的象征。金阁跨越了无数夜晚，进行着不知何时结束的航海之旅。而且，每逢白昼，这只奇异的船便会佯装不知地抛锚停船，供人们肆意欣赏。夜晚便借黑暗之势，升起屋形船帆，继续远航。

我人生最初遇到的难题，说是美这个东西也不为过。父亲只是一位来自农村的朴素的和尚罢了，词汇匮乏，能教给我的不过是"世上没有比金阁更美的存在了"这句话。我只要想到，在自己的未知世界里存在着美丽，便不觉生出不满和焦躁。如果美确实存在的话，我的存在本身就是被美所排斥的。

但是金阁对我来说不仅是一种观念，而且是一个实体。尽管群山阻隔了我的视线，然而只要下决心要看，便可走到那里，实实在在地将它收入眼帘。美，是一种触手可及、举目可望的东西。在万物变化的洪流中，金阁不变地伫立着，我深信这一点。

有时我会将金阁想象成可以放到手中的轻巧的工艺品，有时也会将它想象成耸立于天空的巨大怪物般的伽蓝①。美应该是一种大小适中、尺寸合适的存在。然而，少年的我不这么想。每当看到夏天的小花在朝露的滋润下散发出朦胧的光晕，我不禁认为它如金阁一般美丽。而当看到山对面黑云聚集，雷声涌动，边缘闪着点点金光的情景时，脑海中会浮现出金阁的壮观。发展到后来，达到即使看见美人的容颜，心中也会将此形容为"如金阁一般美"的地步。

这场京都之旅是忧伤的。舞鹤线自西舞鹤发车，停靠真仓、上杉等小站，途经绫部开往京都。这趟客车布满灰尘，在沿保津峡而上的多处隧道里，煤烟毫不留情地闯入车内，这些烟灰惹得我父亲咳嗽不止。

乘客中不少人与海军沾亲带故。三等车厢内，挤满了下士官、水兵、员工、去海兵团探亲的家属等。

我看了看窗外春季阴沉沉而乌云密布的天空，看了看父亲国民服外敞开胸口的袈裟，又看了看面色红润的年轻下士官们结实健壮到仿佛要破开金色扣子而跳出的胸膛，生出一种已成为海军一员的错觉。不久到了成年，我也会被征召入伍的。但假使我成为海军的话，是否能如眼前的士兵一般忠实地完成自己的使命呢？总之，我脚跨两个世界。我虽然年轻，但可以感到在我这丑陋、顽固的额头下面，父亲执掌的死之世界以及属于青年的生之

---

① 梵语僧伽蓝摩的简称，指僧众所住的园林。后来泛指佛寺。

世界，以战争为媒介结合在一起。我大概便是连接点。我战死后无论去往哪个世界，结局都大同小异，这件事已然明确。

我的少年期在黎明前的微光里浑浊起来。生存在纯黑的影子世界里令人心惊，然而如白昼一般鲜明的活法也不属于我。

我一边照料着父亲，一边不时望向窗外的保津川。河水泛着如化学实验中使用的硫酸铜那样浓丽的深绿色。每当穿过隧道，保津峡渐行渐远，又意外地朝视线范围内靠近，客车被平滑的岩石包裹，气势惊人地旋转着深绿色的车轮。

父亲不好意思打开只有白米饭团的便当盒。

"这可不是黑市米，是施主赠予我的心意，我定要心怀感激。"

父亲刻意提高嗓门，从而让周围的人都可以听到，然后慢吞吞地抓起一个不大的饭团吃下。

我不觉得这辆烟熏的古老的列车会开往京都，我只觉得它是朝着死亡之站前进。想及此，穿出隧道屡屡涌进的烟灰也散发出火葬场的味道。

……但当站立于鹿苑寺山门时，我的心跳还是情不自禁地加快了。接下来就要见证世间最美的事物了。

日头倾斜，山峦上雾气缭绕。几名游客和我们父子前后脚踏入大门。大门左侧长有一片梅林，稀稀落落的花丛将钟楼包裹其中。

父亲站在长有一棵大栎树的本堂玄关前，请求入内。正在见客的住持传话让我们再等二三十分钟。

"趁着这会儿，我们先看看金阁吧。"

父亲说道。

父亲大概是特意想叫儿子看看，凭着他的面子可以免费进去参观。可是，卖门票和卖符牌以及在门前收票的人全换了，与十多年前父亲来的时候不一样了。

"下回来时还会换的吧？"

父亲冷着脸嘟囔道。但是我能感到父亲肯定不想"下次再来"了。

我故意展露出少年特有的兴奋（那时的我只有在故意表演的情况下才像少年），充满活力地一路跑进去。于是让我魂牵梦绕的金阁便毫无保留地展露在我眼前。

我站在镜湖池这侧，隔着这座池子，金阁在斜阳照耀下显露着正面。漱清在左前方半隐半现。漂浮着水藻与水草叶片的水池中映射出金阁精致的投影，这个投影看起来更加完美。透过池水的反射，夕阳闪耀在各层庇檐内侧，如同运用夸张透视手法的绘画一般，金阁威严高耸的身影仿佛略微后仰一般。

"怎么样，漂亮吧？第一层是法水院，二层是潮音洞，三层是究竟顶①……"

父亲把他那病弱瘦削的手搭上我的肩头。

我尝试了各种角度，甚至歪着头看它，都没能产生一丝共鸣。这只不过是陈旧黝黑又窄小的三层建筑罢了。寺顶的凤凰也只能看为乌鸦。别说美，我感受到的只有不协调的违和感。所谓美，就是指这样不美的东西吗？我陷入思考。

如果我是一名谦虚好学的少年的话，在意志消沉之前首先

---

① 指金阁的第三层。作用为安置佛骨舍利。

会为自己缺乏鉴赏眼光而悲叹吧？但我的心曾那样为美丽而翘首以盼，因而蓦然承受背叛所带来的苦痛时，被夺走了反省一切的力量。

我认为金阁隐藏了它的美，或者将美化作了别的事物。很有可能是美为了保护自身，而采取了避人耳目的方式。我要一步步靠近金阁，把它那虚假的丑恶一层层剥开，仔细检验每一处细节，用自己的眼睛找到美的核心。只要我坚信美是举目可望的，这种态度便必不可少。

于是父亲引导着我，恭恭敬敬地走上法水院的廊缘。最先映入眼帘的是收藏在玻璃橱里的精巧细致的金阁模型。这个模型我很中意，它更接近我想象中的金阁。在大金阁内部收放着这小小金阁，如同大宇宙中存在小宇宙一般，引发无限对照的联想。我开始幻想，一个远小于这个模型却更加完美的金阁，以及现实的金阁无限放大、可以容纳一切的金阁。

但我不能止步于这个模型前。接下来，父亲领着我去闻名遐迩的国宝——义满像前参观。这尊木像是用义满剃度以后的名字，即鹿苑院殿道义像为名。

同样地，面对这尊熏黑的木像，我感到毫无美感可言。我们又登上二楼的潮音洞，然而无论是狩野正信 [①] 的笔、天人奏乐的壁画，还是三楼究竟顶各处残留的可怜的金箔的痕迹，都使我感受不到美。

我倚着纤细的栏杆，心不在焉地目视下方水池。在夕阳的照耀下，池水那宛如锈迹斑斑的古代铜镜的镜面上，垂直落下了金

---

① 日本足利幕府御用画家，狩野画派始祖。

阁的倒影。在远离水草和藻类的下方，暮色中的天空倒映着。倒影与我们头顶的天空截然不同。水里的天空无比澄澈，充满寂光。它想从下方、从内侧将地上的世界吞噬一空。而金阁正如同一块暗黑生锈且巨大的金块一般沉入其中……

住持田山道诠和尚和父亲是禅堂时期的朋友。两人一起经历了三年的禅堂生活，朝夕共处，感情深厚。两人共同进了将军足利义满建立的相国寺专门道场，经过"低头悔过"和"三日坐禅"的手续才完成入众。两人不仅仅是禅宗里感情深厚的朋友，在夜晚时分，本应入睡的两人常常结伴翻越围墙，出外寻欢作乐。这是很久以后，道诠法师心情好时跟我说的。

我们父子俩参观完金阁后，再次回到了本堂玄关处，被人领着穿过狭长的回廊，进入住持的房间。这是一间大书房，外设一个长有闻名遐迩的陆舟松的庭院，从房间内可以一览无余。

我整理好学生制服，正襟危坐。父亲进来后气氛瞬间缓和很多。尽管两人生活经历相似，但所受福气却截然不同。父亲因病衰弱，一脸贫相，肤色苍白，反观道诠和尚，却面色红润犹如一团桃子蛋糕。如同华美的殿宇一般，和尚的桌上也堆着小山一般的东西，各处寄来的包裹、书籍、杂志、书、信物等，和尚用胖乎乎的手指取过剪刀，熟练地剪开其中一个包裹。

"是从东京寄来的点心呀。现在这种情况，这种点心挺珍贵的。听说店里的出货全都流向了军队和政府。"

我们品尝了薄茶，享用了从未尝过的西洋干果子似的食物。越是紧张，干果子上的碎末就越是不断向我闪光的黑哔叽制服的膝盖上撒落。

父亲和住持都义愤填膺地批判了政府只重视神社、轻视寺庙甚至压迫寺庙的举动，后来又讨论了寺庙今后该如何经营等话题。

住持身材微胖，当然也长有皱纹，但各个皱纹之间都洗得一尘不染。圆脸，唯独鼻子修长，如同流动的树脂凝固后的形状。面容是这种风格。然而剃光的头的形状却略显粗犷，好像集中了所有精力一般，充满了动物的野生感。

父亲和住持的话题转移到了僧堂时代的回忆。我凝视着院里的陆舟松。这棵巨松枝干低垂，弯折有序，通体船型，只有船舯的枝干收束高升。临近闭园，却好像迎来一批团体游客，隔着围墙就从金阁那边远远地传来杂乱无序的声音。脚步声、说话声都被春日黄昏的天空吸入，尖厉的声音褪去，取而代之的是柔软温和的声音。脚步声淹没在天空中，如潮水般远去，但仍让人回想起从地面踏过的芸芸众生的步伐。我借着夕阳的余晖抬首望向寺顶的金凤凰。

"我把这个孩子……"听到父亲的声音，我转头看向那边。在这间接近昏暗的房间内，我的将来被父亲托付给了道诠师父。

"我恐怕时日不多了，到时请您一定要关照这个孩子。"

道诠师父真心实意地安慰一番。

"好，我收下他了。"

让我惊讶的是，两人在之后便兴致勃勃地谈论起了诸多名僧的死亡逸闻。某位名僧说着"啊，不想死啊"便死去了；某位名僧像歌德一样说着"再给我些光明"便死去了；某位名僧临死前还在计算自己的香火钱。

在住持的招待下，我们享用了被称为"药石料理"的晚餐后决定留在寺里过夜。晚饭后，我催促着父亲想再去看一次金阁。因为月亮升起来了。

父亲和住持许久未见，谈兴大起，到这会儿已经很累了，但一听我要去看金阁，便喘着粗气抓着我的肩膀走了过去。

月亮爬上了不动山侧面的天空。金阁由内接受着月光的洗礼，静静地折叠出复杂昏暗的影子。清冷的月光只在究竟顶的花头窗上滑过。究竟顶高大空旷，仿佛那里藏着朦胧的月光。

夜鸟从苇原岛旁鸣叫着飞过。我感受到父亲瘦削纤细的手掌压在我肩头的分量。我瞥了一眼自己的肩膀，月光之下，我看到父亲的手化作一根白骨。

*

在回到安冈之后的日子里，曾经让我无比失望的金阁再一次在我心中复活了。不觉之间，它甚至比之前我心中的那个金阁还要更胜一筹。我自己也不知道现在的金阁究竟美在何处。我觉得凡是幻想孕育之物，一旦经过现实的修正，反而会更加地刺激幻想。

我不再将现实中看到的风景事物比作为金阁的化身了。金阁的形象越来越深刻、坚固、实在了。所有的柱子、花头窗、屋檐、寺顶的凤凰等，都变成了触手可及的实物，出现在我的眼前。那细腻的纹路和复杂的全貌相互映衬。就像联想到了音乐中的一个小节就可奏鸣出整体一般，我只要回忆起金阁任何一个部分，就可以构想出全貌来。

"您说过，这世上没有比金阁更美的东西了。这话是真的。"

我在给父亲的信中第一次这样写道。父亲在将我送回叔父的家里之后，又回到了海角处那座凄冷的寺庙中。

不久，母亲发来电报，告知我父亲大量咳血，已经去世了。

第
二
章

　　父亲去世之后，我的少年时代就宣告了结束。我很惊愕，我
的少年时代竟然没有一点儿的人情味。当我察觉到自己对父亲的
死，丝毫都没有感到悲伤的时候，这种惊愕甚至都不能称为惊
愕，而是已经转化为了某种无力的感慨。

　　我赶回家的时候，父亲已经躺在了棺椁之中。之所以我没来
得及见上父亲最后一面，是因为我要徒步走到内浦，在那里求人
用船把我带到成生。路上整整花了一天的时间。梅雨就要到来，
骄阳似火。待我见过父亲的遗容之后，他的棺椁立即被送到岬角
荒凉的火葬场那里，准备在海边烧掉。

　　农村寺庙住持的葬礼是很奇特的。不光很奇特，还非常周
到。他是当地的精神领袖，是各位施主有生之年的关照之人，也
是他们身后事的赖以托付之人。他就这样死在了寺庙里，让人不
由得感慨其确已忠实地履行了自己的职责；但是同时又让人感觉

这仿佛是一种"过失死"。到处教导别人临死之道的人，自己却在实际表演中演砸了，真的死去了。

　　实际上，父亲的灵柩安放在一个经过精心准备、万分周全的地方，可以说是适得其所的。母亲、小和尚和施主们都在棺木前哭泣着。小和尚们结结巴巴地念经，看来多半是出于棺材里父亲的指示。父亲的脸埋藏在初夏的花丛中，水灵灵的花朵鲜嫩得有些怕人。那些花朵仿佛是在偷窥着井底一样。因为父亲的脸好像是已经从生前存在的表面，无限地下沉下去，一直沉到再也不能浮起来的地方，留给我们的只是脸庞的轮廓罢了。死人的遗容如实地告诉了我们，物质距离我们是多么的遥远，而其存在的方式又是多么的不可及。当我第一次接触到这种场景时，我认识到精神以死亡为媒介，转化成为物质。对以前我所不能理解的那个问题——为何五月的花、太阳、桌子、校舍、铅笔等这些物质让我感觉如此疏离，如此遥远？——渐渐地，我的心里有了答案。

　　母亲与各位施主注视着我与父亲的最后一面。但是我那颗冥顽的心却拒绝接受以父亲的死作为对比，我活在生者世界里的这样一个结论。这不是我与父亲的最后一面，我只是在看着父亲的遗容罢了……

　　尸体只不过是在被看，而我也只不过是在看罢了。我深深地感受到，平日里丝毫没有留意过的"看"这一行为，此刻却成为活人的权力的证明，成为残酷程度的表达。一位从未大声歌唱、从未乱跑呼号的少年，他就这样得到了自己活着的证明。

　　我虽有诸多畏缩之处，但是此刻，我的脸色明朗而没有一丝泪痕，施主们一起望着我，我也丝毫不觉羞愧。寺庙建在临海的悬崖之上，在诸多前来吊唁的施主的背后，海上夏云浮动，布满天空。

起龛①的读经声响起之后，我也加入了其中。大堂里面光线昏暗。柱子上挂着的幡布也好，内阵梁之间的华鬘②也好，香炉、花瓶等也好，在灯火的照耀下熠熠生辉。阵阵海风袭来，鼓起了我僧袍的长袖。读经时，我总也忘不了映入眼角的那片闪闪发光的夏云。

不断倾泻到我侧脸的耀眼的光芒，那闪亮的轻蔑……

送葬的队伍在朝着火葬场走出一两里地的时候，突然遇到了阵雨。正好这边有一位很热情的施主，于是连棺材都被搬进了他家来避雨。雨看上去很难停止，但是众人又不得不动身，于是大家准备好雨具，给棺材上铺上油布，重新上路了。

那里是布满石子的一小片沙滩，位于向着村东南方向突出的岬角底部。在那边焚烧尸体的话，烟尘不会弥漫到村里，所以大家好像从很早的时候开始，就把那儿当作火葬场了。

乱石边的海浪好像格外地汹涌，波涛动荡着、膨胀着、碎裂着。在这一过程中，倾盆大雨接连不断地砸入早已不安的海面。黯然无光的雨线，只管冷静地将汹涌的海面刺穿。唯有海风，时不时地将雨水刮向荒凉的岩壁。白色的岩壁就像被墨汁溅满了一般，早已经漆黑一片。

我们穿过隧道到了那里。民夫们准备火葬仪式的时候，大家

---

① 日本禅宗式葬礼在入棺前最后举行的仪式。

② 佛堂内阵梁之间的装饰物，主要材料为铜或者草，主要形状为鸟或天女等。

都躲在隧道里面避雨。

除了大雨、波涛、被淋湿的黑色岩石，海面上什么都看不见。淋上了油的棺材显露出鲜艳的原木色，被大雨激烈地拍击着。

点火了。为了住持的葬礼，准备了充足的配给油。烈火在雨势下反而越烧越旺，发出噼噼啪啪的炸裂声音。因为这是白天，所以火焰在滚滚浓烟中通体透明，清晰可见。黑烟重重叠叠升起来，一股股吹向山崖，于是有那么一瞬，瓢泼大雨中，只有火焰以一种艳丽的姿态，扶摇直上。

突然，棺材的盖子炸开了，发出一声物体爆裂般的可怕巨响。我看向身边的母亲。她面孔僵硬，紧紧团缩在一起，似乎能托在掌心里。

依照父亲的遗命，我前往京都，成为金阁寺里的徒弟，跟随住持剃发入了佛门。学费由住持赞助，我则做些杂务来偿还他，如打扫卫生、照顾住持的起居等。相当于俗家的学仆。

进了寺院之后我立马就发现，那个讨厌的舍监被抓去当兵了。现在留在寺里面的只有老人和少年。来到这里着实让我在很多方面舒了一口气。因为不像在原来的学校里面那样，我作为寺院里的孩子而饱受嘲弄。这里的人全是我的同类……我说话口吃，长得丑一些，就是这一点与众不同。

在和田山道诠和尚打过招呼之后，我从原来的东舞鹤中学退学，转入了临济学院中学。距离秋季开学还有不到一个月。那时我就要开始自己的转校生活了。后来我又得知，我们开学后很快就要被动员到某地的工厂里做工。眼下，我在这个新环境里还有几周的暑假休息时间。这是我服丧期的一个暑假，昭和十九年战争末期的一个安静得出奇的暑假……虽然寺院里的徒弟生活十分循规蹈矩，但是回想起来，对我来说，那个暑假绝对是我最后一个实实在在的暑假。耳边的蝉鸣依然清晰可闻。

……时隔数月，金阁安静地沐浴在晚夏的阳光下。

我刚刚举行了落发仪式，脑袋光溜溜地发青。空气紧紧地贴着我的头皮流过。这让我产生了一种危险的感觉，仿佛自己大脑里面思考的东西，与外界的事物只有一层薄薄的、敏感的、极易受伤的头皮相隔。

当我抬起这样的脑袋望向金阁的时候，总是觉得金阁不光从我的眼睛里，还从我的头皮里渗入我的身体。但愿我的脑袋能够遇日光而热，遇晚风而凉吧！

"金阁呀，我终于可以住在你的身边了！"我停下手里的扫帚，心里自言自语着。"金阁，什么时候向我展示你的亲近之情吧！你也不用马上向我展示你的秘密、展示你那优美的身姿，毕竟我还没有见过。你一定会展现出比我想象出来的那个金阁更美的样子。再者，假若你的美是世上无与伦比的，那请你告诉我，你为何这般秀美，为何非要美得这么出众不可呢？"

这年夏天，前线噩耗频传，金阁于灰暗的战争环境中反受其惠，所以看上去更加光辉夺目了。到了六月，美军已经登陆了塞班岛，而盟军正在诺曼底的原野上纵横驰骋。礼佛之人明显减少，而金阁仿佛也在欣喜地品味着这份孤独、这份寂静。

战乱不安，尸山血海，自然滋润着金阁的美丽。金阁本身就是不安之物。这是以将军为首的心怀鬼胎之辈们策划建立起来的建筑。它那只能让美术史家从中找见折中的三层支离破碎的设计样式，无疑是为了寻找酝酿出不安的样式而自然形成的。要是用一种安定的样式来建设金阁的话，金阁肯定无法消化内在的不安，早就土崩瓦解了。

……即便如此，当我停下了扫地的手，数次望向金阁的时候，我依旧会为金阁的存在而感到无比的诧异。我和父亲曾经拜访过金阁，并在此处待过一夜，但是那时的金阁却没有给我这样的感觉。往后漫长的岁月里，金阁都要在我眼前晃动不已吗？我真的很难相信。

还在舞鹤的时候，我坚信金阁恒常地存在于京都的一个角落里。在我来这里住之后，我却感觉金阁只有在我看向它的时候才会出现在我的眼前。而当夜里在金阁的大堂里睡觉的时候，它都是不存在的。所以，我每天都要看好几次金阁，这惹得同伴们嘲笑不已。不管看几次，我都对金阁能存在于此这件事感到惊奇不已。当我看完准备回大堂的时候，鬼使神差地还想转身看一眼金阁，生怕它就像欧律狄刻①那般倏忽之间消失不见。

结束了金阁周围的清扫工作之后，为了躲避早上越发燥热的太阳，我便进入了后山，沿着小路向夕佳亭走去。这时还没有到开园的时候，周围连一个人影都没有。一队大概是舞鹤航空部队的战机，从金阁的上方低低地飞过，只留下咄咄逼人的发动机轰鸣之声。

后山之中，有个满是浮萍的寂静的小池塘，被人唤作安民

---

① 古希腊神话中的人物。被毒蛇咬死后，其进入了阴间。后其夫又将她带回了人间。途中丈夫破禁回头，欧律狄刻立马消失不见。

泽。池塘中有一个小岛，岛上立着一尊五重石塔，叫作白蛇冢。清晨，这里只听得鸟鸣不绝于耳，却看不到鸟的姿影。整个林子好像都在发出嘤嘤鸣叫。

池塘前有片茂盛的夏草，小径被一道低矮的栅栏分开。草地上躺着一位穿着白色衬衫的少年。他身边的一棵矮矮的枫树旁靠着一把竹笆。

这四周氤氲着夏日清晨那湿湿的空气。他突然以破风之势站起身来，看向了我。

"噢，是你啊。"

这位少年名叫鹤川，是前一晚上经人介绍认识的。鹤川家住东京近郊的一所富裕的寺院。他只是为了体验徒弟的生活才托住持的关系寄居在了金阁寺。平时不管是学费还是零花钱，他家里都会给得足足的。暑假的时候他回家了，昨天晚上就早早地赶了回来。这个站在池塘边满口东京话的鹤川，从秋季开始就将进入临济学院中学和我同班。昨夜其实我就已经被他那快速且爽朗的说话方式吓到了。

如今也是，被他说了一句"噢，是你啊"之后，我却完全说不出话来。但是在他的眼里，我的沉默好像被理解成了一种非难之意。

"行了行了，何必扫得那么认真。反正香客们来了之后又会弄脏，再说香客也不多。"

我笑了。我的这种无意之中流露出来的凄凉的笑容，对有些人来说，也许是亲近的种子。我就是这样，无法对自己留给别人的每个小印象承担责任。

我跨过栅栏，走到鹤川身边坐了下来。他又重新躺倒了。枕在头下的胳膊外侧已经被太阳晒得黝黑，内侧却是白得可以清楚地看到上面的静脉。透过树丛洒下来的晨光，在他身上留下了一道道微绿的野草的阴影。我凭直觉就可以感受到这位少年大概并不像我那样，深深地爱着金阁。我将自己对于金阁的那种偏执狂般的爱，一味地归结于自己的丑陋。

"听说你父亲去世了？"

"嗯。"

鹤川灵动地转动着眼珠，毫不掩饰地向我展示少年特有的热心推理：

"你之所以喜欢金阁，是因为每次看到它都能想起你父亲对吗？比方说你父亲生前就特别喜欢金阁。"

这一半言中的推理，并没有给我那麻木的脸带来一丁点儿的变化。察觉出这一点后，我微微有些开心。就像喜欢做昆虫标本的那些少年一样，鹤川看上去也有同样的兴趣：他喜欢将人类的情感分门别类地放在自己房间里的漂亮小抽屉中，时不时地拿出来实地检验一番才肯罢休。

"你父亲去世你大概很伤心吧？怪不得你看上去很寂寞。昨晚我们见面的时候我就这么觉得了。"

我对他的话并没有产生任何的反感。被他这么一说，我从他认为我很寂寞的这一感受中，得到了某种安慰和自由，于是话语脱口而出。

"我没什么可伤心的。"

鹤川抬起他那长得让人厌烦的眉毛，看向了我。

“啊……这么说来，你是恨你父亲吗？至少，你该是厌烦他的吧？”

“我既不恨他，也不厌烦他……”

“啊，那样的话你为什么不伤心呢？”

“唉，我说不清。”

“不懂。”鹤川一副遇到了难题的样子，在草地上坐直了身子。

“那样的话，你是不是还有其他更伤心的事呢？”

“唉，我也不知道自己有没有。”

说完之后，我不由地反省起了自己，为什么这么喜欢让别人产生疑问呢？对我来说这件事不是疑问，而是不问自明的事情。因为我在情感上也存在着结巴的现象。我的情感总是赶不上趟。这就导致了我认为父亲的去世和悲伤之情是两件事，是孤立的，相互之间是无法联系的。时间的一点儿错位和延迟，经常会将我的感情与事件分开，而这种分离的状态可能就是它的本质了吧！假如说我有悲伤这种情感的话，恐怕它也会在与其他任何事件毫无瓜葛的情况下，突然毫无理由地向我袭来……

……最后我还是没能把所有的事情都向眼前的新朋友讲清楚。鹤川笑出声来。

“喂，你可真是够怪的。”

他白衬衫的小腹处一起一伏着。从上面摇曳的树叶间漏下的光斑让我感到一阵幸福。我的人生就像他衬衫上的皱纹一样，起起伏伏。可是，就算他的衬衫满是皱纹，却又是那么的白净……难道说我的人生也会？

与尘世间不同，禅寺自有禅寺的一套规矩。因为夏天天长，每日最晚五点就得起床。这里将起床称为"开定"。一起床，马上就要开始作为早课的读经。我们会读三遍，这叫"三时回向"。然后就是屋内的大扫除，把抹布挂好。接着就是念早饭前的"粥座"经。

　　粥有十利
　　饶益行人
　　果报无边
　　究竟常乐

　　念完之后，开始喝粥。吃完，还有除草、打扫庭院、砍柴等活儿等着我们。开学的话，接下来就是上学时间。放学之后，不久就是吃晚饭"药石"餐。饭后有时会聆听住持方丈讲经。到了九点，我们就得"开枕"，即就寝。

　　如上所示就是我每天的日程。早上起床的信号就是负责膳食的典座①摇响的铃铛。

　　金阁寺也就是鹿鸣寺，本应该有十二三个人。但是由于应召入伍或者政府征用的关系，除了七十多岁的门卫和年近六十的做饭老太太之外，只剩下了执事、副执事，以及我们这三个徒弟了。老人们都已经老得像长了青苔一样，差不多半截身子入了土；少年呢，归根结底还只是孩子罢了。执事又叫"副司"，光是会计工作都已经让他焦头烂额了。

　　几天之后，我被安排到住持（我们都称呼他为老师）的房

_____

　　① 禅寺里做杂务的僧人。

间里面送报纸。早课和打扫结束之后，报纸就到了。寥寥几人需要在短时间内打扫完有三十几间房子的寺庙的走廊，难免工作有点粗糙。我在寺庙玄关的地方取了报纸，走过"使者之间"，即客房的前廊，从后面绕客殿一圈，穿过中间走廊，就到了老师居住的大书院了。这一路的走廊，因为大多采用的是直接向上面泼水、任其风干的方法，所以木板的凹陷处都积着一摊摊的水，在阳光照耀下闪闪发光。人从上面走过，能把脚踝打湿。

时值夏天，我心情正愉悦。但走到老师房间的屏风外时，我就得跪下说："打扰您了。"

"唔。"

里面答了一声之后，就要进去了。进去之前还得迅速用僧袍的下摆把湿漉漉的脚擦干。这是朋友教给我的小诀窍。

我在走廊下快步走着，一边闻着印刷墨水发出的那股刺鼻的世俗的味道，一边快速地偷看这报纸上的大字标题。这时我看到："京都空袭不可避免吗？"

说起来挺奇怪的，我以前从没有把金阁与空袭联系起来过。塞班岛沦陷之后，人们就觉得本土必然也会遭遇空袭，所以就把京都市的一部分地区给强制疏散了。但是我依旧固执地认为空袭之祸是与金阁不相关的事情，它是半永久存在的。我清晰地感觉到，拥有金刚不坏之身的金阁与科学点燃的火焰是性质完全不同的两种东西，两者一旦相遇，金阁必然会闪身错开的……但，金阁不久还是可能会被战火焚毁。如此一来，肯定会化为灰烬的。

……我心里萌生出了这样的想法，给金阁又增添上了一层悲剧的美感。

此时是夏日的最后一天的午后，从明天开始学校就要开学了。住持受托带着副执事去某个地方主持法事去了。鹤川则邀请我去看电影。因为我兴致不高，所以他也突然就没了兴致。这是鹤川的一个特点。

我俩请了几个小时的假，在土黄色的裤子上绑上绑腿，戴上临济学院中学的帽子，离开了大堂。夏日暑气正浓，一个香客都没有。

鹤川提议道："找个地方玩玩吧？"

我答应了他，但是又提出去玩之前先要好好地看一看金阁，因为可能到了明天的这个时候，我们就看不到金阁了。说不定在我们去工厂玩的时候，金阁就会被敌人空袭，化为火海。我结结巴巴着，说得断断续续，而鹤川就一脸焦急诧异地听着。

好容易说完了之后，我好像刚说了什么丢人的事情，脸上大汗淋漓。我只对鹤川说过我对金阁的那种异常的执着之心。但是鹤川的脸上，出现的只是我司空见惯的那种努力听懂结巴讲话的焦急之情。我的面前就是这样的一副面容。不管是坦露自己重要的秘密，还是述说自己对于美的极致的感动，抑或是对人推心置腹，我所遇到的就是这样的一副面容。这张脸就像一张让我感觉毛骨悚然的镜子一样，以一种无可挑剔的忠实性，完美地呈现出我那滑稽的焦躁感。不管是多么美的一张脸，每当到了这个时候，总是会变得像我一样丑陋。每次看到这副表情，我都感觉自己所要表达的那种视若珍宝的东西，都会沦落为瓦砾土块一般没有价值的破烂儿。

夏天强烈的阳光，直射到我与鹤川之间。鹤川那张年轻的脸，油光闪亮。阳光把他的睫毛染成了金色，一根一根地好像要燃烧起来了。鼻孔扩大，呼哧呼哧地喘着热气。他就这样等着我把话说完。

我终于说完了。说完的同时，一股怒火在我心底油然而生。鹤川从第一次见面到现在，竟然一次都没有嘲笑过我的结巴。

"为什么？"

我这样诘问他。就像我以前说过很多次的那样，比起同情，我更宁愿得到的是嘲笑或者轻蔑。

鹤川嘴角浮现出难以形容的温柔的笑，然后如此说道："因为我天生就不介意这个。"

我愕然了。我生在乡下那种粗野的环境之中，对这种温柔一点儿都不了解。鹤川用他的温柔告诉我，从我的存在中除掉口吃这一点，我依旧是我。于是我全身心地品味到了一种将我剥得一丝不挂之后的快感。鹤川的那双被长长的睫毛所映衬的眼睛，接受的是过滤了结巴的我。以前我却一直奇怪地坚信，要是无视我是结巴的这一点，就是完全抹杀我个人的存在。

我感受到了一种和谐和幸福。这也难怪我会永生记住此时此刻看到的金阁的景象。我们走过正打着盹儿的看门老人，沿着栅栏边空无一人的道路，疾步走向金阁前。

……我至今记忆犹新：镜湖池边，两位打着绑腿的白衣少年并肩而立。金阁就这样没有任何阻挡地立在他们面前。

最后的夏天，最后的暑假，暑假的最后一天……我们朝气蓬勃地站在这令人目眩的边缘。金阁也同我们一样，站在这个边缘，与我们面对，与我们交流。空袭的预感拉近了我们与金阁之间的距离。

夏日安静的阳光给究竟顶的顶部贴上了一层金箔；笔直而下的光线使得金阁的内部好像夜晚一样漆黑。尽管之前这座建筑以其不朽的历史压迫着我，将我隔开，但是它不久就会面临被燃烧弹焚毁的命运，却又将我们的命运连接到了一起。金阁可能会先于我们灭亡。这让我觉得我们似乎与金阁有了共生之感。

环绕金阁的长满赤松的群山里满是蝉鸣，仿佛无数看不见的僧侣正在念经消灾一般。"佉佉。佉啊佉啊。吽吽。入嚩啰入嚩啰。盆啰入嚩啰。盆啰入嚩啰。"

这么美的东西，不久之后就会化为灰烬。就像是透过丝绢来临摹原画时，临摹出来的画与原画之间慢慢地一点点地重合起来。我心中的金阁与现实中的金阁也是如此。屋顶与屋顶、探出水面的漱清与漱清、潮音洞的勾栏与勾栏、究竟顶的华头窗与华头窗，都一一重合起来。金阁已经不再是不会动的建筑了。它化为现象界里无常的象征。如此一来，实实在在的金阁也就拥有了不逊色于心象中的金阁一样的美感。

到了明天，大火可能从天而降。我将再也看不到它那修长的柱子，屋脊那优美的曲线，这一切都会归为尘土。但是我眼前的这座雅致的金阁，正以一种泰然自若的神态沐浴在夏日流火般的光芒之中。

山巅飘浮着凝重的云彩，就像在为父亲超度时我看到的一样。它绽放着沉郁的光彩，俯视着下方精致的建筑。金阁在晚夏强烈的光照下，看上去已经失去了细微之趣，内部包裹着冰冷的黑色，仅仅以其神秘的轮廓抗拒着周围闪烁的世界。只有阁顶的凤凰，以其锐利的利爪抓住台座，以求不会屈服于太阳。

鹤川早已不耐烦我的呆视了。他捡起脚边的小石子，明显以投手的姿势，把它投向镜湖池中的金阁倒影。

波纹推动了水面的水藻，扩散开来。倏忽之间，精致优美的建筑一下子崩溃了。

从那时起到战争结束，那段时光是我与金阁最亲近，最关心金阁安危，最沉溺于金阁之美的时候。说起来，此时金阁被降级到和我同样的高度，在这样的假定之下，可以大胆地热爱它。我还没有受到金阁恶劣的影响，或者说毒害。

在这个世上，我与金阁共同遭遇的危难鼓舞了我。我找到了连接我与美的媒介。我感受到我与拒绝我、疏远我之物之间，被架起了一座桥梁。

烧毁金阁的大火也许也会将我烧死。这种想法几乎让我迷醉。我与金阁即将遭受到同一种灾祸，同一种不祥之火。在这种厄运的支配之下，我和金阁所处的世界共同归于了同一次元。金阁虽然很坚固，但是和我那脆弱丑陋的肉体一样，拥有的依旧是易燃的碳元素构成的身体。想到此，我觉得我似乎可以像偷走珍贵宝石，把它吞下藏匿起来的小贼一样，把金阁藏在我的身体里、我的内脏组织里，偷偷逃走。

这一年间，我经也不学了，书也不读了，日复一日地修身、操练、习武、去工厂帮忙，抑或是强制疏散。如此地虚度光阴，日日如此。我那原本就沉湎于幻想的性格越发变本加厉，托战争的"福"，人生已经离我远去了。对我们这些少年来说，战争就是虚幻的梦一般的恐慌体验，宛如切断了人生意义的隔离病房般的存在。

昭和十九年十一月，B29 轰炸机刚刚开始轰炸东京，人们担心恐怕明天京都也会在劫难逃。我暗暗期待着京都全市化为一片滔天火海。这座城市原封不动地守护着它的那些古老之物，大多数的神社佛阁早已忘却了其曾经化为灰烬的记忆。一想到曾经应仁之乱把这座古都摧毁得多么彻底，我就觉得京都由于长久地失去对战火不安的记忆，而减少了几分美感。

恐怕明天金阁就会被烧毁，就会失去它那充盈了所占空间的形态……它那阁顶的凤凰也会像不死鸟般振翅而起，凤舞九天吧？摆脱了形态束缚的金阁，也将自由自在地出现在远离锚地的地方——在湖面之上、在幽玄的海潮之上，摇曳着微光漂浮着……

等啊等，京都却迟迟没有被空袭。哪怕等到了来年的三月九日，东京的下町一带都被大火所包围了，对京都来说，灾祸依旧远在天边。早春的京都上空只有一片澄明。

我等得几乎有些绝望了。我劝说自己，这早春的天空就像闪光的玻璃窗一样，尽管看不见内部的样子，但是其中早已孕育着火焰和破灭的种子了。前面说过了，我对人从来都是漠不关心的。父亲的去世，母亲的穷困，都丝毫没有影响到我的内心生活。我所梦想的只有灾祸、毁灭，是人类大规模灭绝的惨剧。我期待有一台像天空一般巨大的压缩机，把人类、物质、丑与美统统挤压成一团。有时，早春天空中的那璀璨的光辉，在我眼中俨然成为一把足以覆盖天地的巨斧所发出的寒芒。我只是在期待它的落下，期待它以迅雷不及掩耳之势落下而已。

有一点我依旧感觉很奇怪，我原本的思想并不黑暗，赋予我的，我所关心的，只有美的问题罢了。我并不认为是战争将我推向了黑暗面。人只要一被美所俘虏，那么就会在不知不觉之中，堕落进黑暗之中。人或许就是如此之生物。

我想起了战争末期京都发生的一段小插曲。这件事真的很难让人相信。目击者并非我一人，当时我边上还有鹤川。

停电休息的那一天，我和鹤川前往南禅寺。我还一次都没有去过那里。我们穿过宽阔的马路，走上了架在牵引轨道上的一座木桥。

那是五月晴朗的一天。索道已不再使用了，斜坡上牵引船只的钢轨早就生锈，几乎被丛生的野草淹没。十字形的白花探出草丛，迎风摇曳着。污浊的积水一直漫到斜坡脚下，水面上是这边岸上一排木樱树的倒影。

我们站在那座小小的桥上，呆呆地盯着水面。战时的各种回忆之中，这段短暂而又无谓的时间却给我留下了深刻的印象。在这无所事事而又极为短暂的时间里，我们放空了自己的身心。这段时间就像是不时从云间露出一瞥的蓝天一般，无处不在。它竟然能给我留下这般痛快愉悦的鲜明记忆，实在是让我百思不得其解。

"真不错啊！"

我微笑着随口说了一句。

"嗯。"

鹤川看着我也笑了。我俩深切地感受到，这一两个小时是属于我们自己的时间。

宽阔的石子路一直向前延伸着。它的边上是水渠，长着丰美的水草，水流清澈。片刻之间，我们就到了有名的山门了。

寺内依旧没有一个人。葱绿之中，众多塔脊瓦就像一本本巨大的锈银色的书本一样反扣在那里，十分秀美。在这一瞬间，我认识到，战争又算得了什么呢，在某时某地，战争也只不过是存在于人们意识之中的精神性事件罢了。

大概就是在这座山门处，石川五右卫门①将自己的脚搭在楼上的栏杆上，欣赏着满目的繁花。虽然此时樱花散尽，满树只有嫩叶，但我们出于小孩子玩闹的心理，也想像右卫门一般摆出同样的姿势去赏花。我们只花了一点点的入场费，就登上了木板早已黑黝黝的陡峭楼梯。登到一处转角的时候，鹤川把头撞到了低低的天花板上。正在嘲笑他的我也突然撞了上去。两人在转了一圈之后又往上爬，终于到了楼上。

钻出洞穴般狭小的楼梯，迎面就是极为宏大的景观了。这突然让我们感受到了一种刺激的紧张感。叶樱青松，对岸民居前面延展开的平安神宫的森林，京都城郊外烟雾缭绕的岚山，以及北方、贵船、箕之里、金昆罗等连绵不绝的群山——饱览完这些雄伟景色之后，我们按照寺庙弟子的规矩，脱下鞋，规规矩矩地走入殿内。昏暗的御殿之中，并排摆放着二十四个蒲团。释迦牟尼像居于中央，十六罗汉的金色眼眸在黑暗之中闪闪发光。这里就是五凤楼了。

南禅寺虽然属于临济宗，但是与相国寺派的金阁寺不同，它

----

① 日本安土桃山时代的大盗。

是南禅寺派的祖庭。所以，我们是在同宗异派的寺庙里面。我俩就好像普通的高中生一般，单手拿着导游图，转圈看了据说是出自狩野探幽①和土佐法眼德悦②之手的色彩鲜艳的天棚壁画。

天花板的一边画着飞天的仙人，他们正在演奏琵琶和笛子。另一边则画着手捧白牡丹，正在凌空起舞的伽陵频伽。他是住在天竺雪山上的妙音之鸟，上半身是丰腴的女性之态，下半身却是鸟。天花板的中央处画着一只华丽如虹的凤凰，与金阁的那只威风凛凛的凤凰似像非像。

我们跪倒在释迦牟尼像前，双手合十，然后出了大殿。但是又舍不得从楼上离开，于是就靠在刚才所登的楼梯口旁朝南的勾栏上。

我感觉某处有着一个五彩缤纷的小旋涡一般的景致，也可能是刚刚看到过的那个极为绚丽的壁画的残影。那种凝聚而成的五彩缤纷之色，好像是伽陵频伽模样的鸟隐藏在一片嫩叶或者青松的树枝之下，隐隐约约地展现出其翅膀的一角。

实际上并非如此。在我们眼前，隔着一条路是天授庵。在简单种植了一些低矮灌木的静谧庭院里，一条由正方形石板对角而成的小径，连绵着直通拉门大开的宽大客厅。客厅之中，壁龛与置物架一览无余。那里已经摆好了茶水，看上去是经常举行茶会和租赁茶席的地方。地上铺着一层鲜艳的绯红色毛毯，上面坐着一位妙龄女子。映入我眼帘的就是这些了。

战争时期，平时绝对看不到这种穿着华丽宽袖和服的女子。

---

① 京都人，原名守信，狩野永德之孙，孝信长子，狩野派代表画家。
② 据传擅长水墨画观音像。

要是穿着这种衣服出门的话，半道上就会被路人谴责，不得不折返了。这件和服就是华美到如此程度。虽然我对花纹看不太真切，但是质地是水色的，上面绘着朵朵鲜花，缝合在一起。大红色的系带上金丝闪闪发光。说得夸张一点，连它的周围也都一起发光了。那位年轻的女郎端坐着，白皙的脸庞犹如浮雕一般，让人不由地怀疑她是不是活人。我结巴地问道：

"那边的，到底是不是活人啊？"

"我也这么觉得。活脱脱一个人偶一样。"

鹤川将胸膛紧紧地贴着勾栏，聚精会神地注视着答道。

这时从里面走出一位穿着军装的年轻陆军士官。他在距离女郎一两丈的地方彬彬有礼地坐了下来，两人对坐良久。女郎站起身来，悄无声息地消失在了漆黑的走廊里。不一会儿，她捧着茶碗回转，微风扬起了她那长长的衣袖。接着女郎走到男子面前，依照茶道礼仪献上淡茶之后，又回到原来的地方坐了下来。男子好像在说什么，却不肯去碰眼前的茶。时间变得异常悠长，我感受到了一种异样的紧张。女郎深深地低下了头……

随后发生了让人难以置信的事情。女郎突然端庄地拉开了自己的衣襟。我的耳边仿佛传来了丝绸在紧紧绑住的衣带下被拉扯的声音。看着那雪白的胸脯，我不由地屏住呼吸。接着女郎用手把自己的一整只白皙丰腴的乳房拖了出来。

士官捧起深暗的茶碗，膝行到女郎面前。女郎用双手揉搓着她的乳房。

我不能说我看见了，但是我就是感觉我的眼前出现了这一幕：温热纯白的乳汁射入了深色茶碗内的绿色茶水之中，于是寂静的茶水表面泛起了白色的泡沫。

士官捧起茶碗，将这碗奇妙的茶水一饮而尽。女郎也掩上了白嫩的酥胸。

我俩绷直了自己的脊背，看得完全入了迷。事后按照逻辑想来，这也许是怀了军官孩子的女郎，与即将出征的军官之间的离别仪式吧？但是当时我俩所受到的那种冲击，拒绝一切解释。我们看得太过于入神，以至于都没注意到那边的男女何时离开客厅消失不见了，只在原地留下一方宽大的大红色毛毯。

我亲眼看见了那张宛如浮雕般白皙的侧脸和雪白至极的乳房。在那位佳人离开之后，我在那天剩下的时间里、第二天、第三天，都在执拗地回想着她。没错，她的的确确是复活的有为子！

第三章

　　父亲的一周年忌日到了，母亲生出了一个古怪的想法。由于当时正值动员劳动时期，我没有办法归乡祭拜，所以她就决定自己把父亲的灵位带到京都来，请道诠大师在旧友的忌日那天念上几分钟的经。母亲手头本来就没什么钱，只能依靠往日父亲和法师的交情，给法师写了一封信。法师答应了，并将内容转告给了我。

　　我听到这个消息之后内心并无欢喜。之所以我之前很少写到母亲，其中是有缘由的。我不太愿意提及自己的母亲。

　　有件事情，我从没有责备过母亲，连只言片语都没有。嘴里从未提及。母亲想必觉得我不知道这件事吧？但是从那之后，我的内心一直都没有原谅母亲。

　　事情就发生在我寄居在叔父家里，去东舞鹤中学读书的第一年的暑假初次回乡探亲的时候。当时母亲有一个相好，名叫仓井。他在大阪的事业失败之后，就返回了成生。然而将他招为赘婿的妻子不允许他踏入家中一步。无可奈何之下，仓井便暂时寄居在父亲的寺院里面。

我们寺院的蚊帐很少。母亲、我和患了结核病的父亲在同一顶蚊帐里面睡觉。我和母亲竟然没有被传染，想想都觉得不可思议。这时又加入了仓井。我还记得夏天的深夜里，蝉撞在一起，发出短促的哀鸣，在院子里的树丛之间飞来飞去。可能正是这种声音将我惊醒。海潮咆哮着，海风鼓起蚊帐泛黄的下摆。蚊帐摇晃得异常厉害。

蚊帐每次被风鼓起的时候，都会把风过滤掉，不情愿地摇晃一下。所以蚊帐鼓起的形状，并非完全是依据风儿的心意的。风势已颓，蚊帐也失去了棱角。蚊帐下摆拂过垫席，发出一阵竹叶般的沙沙声响。然而，蚊帐内却传来一阵并非由风引起的晃动。这次的晃动要比风吹时更轻微，如同涟漪一般回荡在整个蚊帐里面。蚊帐那粗劣的布料颤动着，从里面看去，蚊帐仿佛成了动荡不安的湖面。湖面上迎来了预示着远方船只迎面驶来的浪花，抑或是早已驶过的船只留下的余波……

我战战兢兢地将目光转向动荡的源头。黑暗之中，我的眼睛仿佛被锥子扎了一般疼痛。

四个人在蚊帐里挤作一团，我察觉到我可能在翻身的时候，不知不觉就把睡在身边的父亲挤到了一个小角落里。因此在我和我所看到的东西之间，隔着皱巴巴的白色褥子的距离。我的身后是团身而卧的父亲，他吐出的气息直冲我的后颈领口。

我察觉到父亲已经醒来。因为我的背部感受到了一阵又一阵他强忍咳嗽时那不规律的颤动。此时十三岁的我，睁开的双眼被一个温暖宽大的物体遮住了，我又重归黑暗。我立刻明白了，这是父亲从我背后伸出来的双手，挡住了我的视线。

时至今日，我依旧深深地记得那手掌，它大得无法形容。忽然从背后伸出，将我与亲眼看见的地狱隔开。它是来自另一个世界的手掌。不知是出于疼爱还是慈悲，抑或是屈辱，它立刻关闭了我所接触到的恐怖世界，将其埋葬于幽冥之中。

我在那手掌中轻轻点了点头。父亲马上从我那小小脑袋的动作中察觉到了谅解和默契。于是他将手挪开。我遵照那手掌的命令紧紧地闭住双眼，直到不眠之夜结束，眼睑迎来了炫目的晨光。

我想请读者回想一下，后来父亲出殡时，我急于回去一睹遗容，却没有流下一滴泪水。父亲的死让我从那手掌中挣脱出来。面对父亲的遗容，我以他的死而感受到了自己的生。我对父亲的手掌，手掌传递给我的疼爱，心里有着堂堂正正的复仇的渴望。但是对母亲，与那段不可饶恕的记忆不同，我却从未想过复仇。

父亲忌日的前一天，母亲来到金阁寺，被安排住了一晚。住持特意为我写了假条，以便我可以从学校请假。我每天都在参加义务劳动，直到前一天，我才心情沉重地回到鹿苑寺。

单纯的鹤川为我和母亲久别重逢而感到高兴，寺里的师兄弟们也感到很好奇。只有我，深深地憎恶着穷酸的母亲。我实在是没有办法跟亲切的鹤川解释清楚为什么我不想和母亲见面。从工厂刚一下班，他便抓住我的胳膊说道：

"快点儿，我们跑回去！"

要说我完完全全不想见到母亲，也不尽然。我不是不想念母亲。可能这是因为我讨厌骨肉至亲见面时那种露骨的爱意表达，而试图找的各种理由吧？这是我性格中的一个缺点。以各种理由来将感情正当化，其实也无可厚非。但问题是我脑子里编造出来的各种理由有时反而会强行地唤起某种意想不到的感情。我本来并没有这种感情。

　　不过，仅仅针对我的厌恶之情来说，是有着某种正确性的。因为我本身就是一个不折不扣的厌物。

　　"跑也没用啊！与其那么辛苦，还不如慢慢地走回去。"

　　"你难道想让你妈妈同情，然后趁机撒娇？"

　　鹤川总是这样，充当着我的心理解读者。可惜满是谬误。但是对我来说，他不可或缺，他是令我感觉快乐的伙伴。他将我的语言转化为当世语言，可以说他是我最忠实善良的翻译，无可替代。

　　是啊！有的时候我觉得鹤川就像一位从铅里面提取黄金的炼金术士。我是照片的底片，他就是照片的正片。很多时候我惊异地发现，我那原本浑浊黯淡的感情被他的心那么一过滤，立马变得晶莹剔透，熠熠生辉。在我那段结巴迷茫的时间里，正是鹤川将我的感情翻转过来，传递到了外界。从这些令人惊讶的事情之中，我发现不光是人的情感，世界上最恶劣的感情和最善良的感情也并非大相径庭，其效果往往是相通的。杀意与慈悲心看上去也完全一致。尽管我费尽了口舌，但是鹤川就是不肯相信。这对我来说，完全是一个令人害怕的发现。就算是因为鹤川的存在而使得我不再畏惧伪善了，但是对我来说，伪善依旧是一种相对的罪孽罢了。

京都虽然没有被空袭，但是我受工厂指派拿着飞机零件的订货单去大阪的总厂的时候，有时还是会遇到空袭。我亲眼见到漏出肠子的员工被担架抬了下去。

为什么漏出来的肠子看上去那么凄惨呢？为什么人们看到人体内部时会吓得捂住自己的眼睛呢？为什么淌出来的鲜血会给人以莫大的冲击呢？为什么人的内脏是那么丑陋呢，它和光滑的皮肤不都是同一种东西吗……假如我说自己将丑陋化为乌有的想法来自鹤川，那么鹤川又该是什么样的表情呢？将人视为没有内外之分的事物，如玫瑰花一般，为什么人们会觉得这种想法是没有人性的呢？倘若说人就像蔷薇花的花瓣一般，可以将人的内在精神和外在肉体轻轻地翻过来，使之暴露在阳光或者五月的微风之中……

母亲已经来了，正在禅房里面和老师说话。初夏的黄昏时分，我和鹤川在走廊边跪下，向里面打了一声招呼。

老师仅仅把我叫进来面见母亲。他跟母亲说了很多我的好话。而我只是低垂着头，看都不看母亲一眼。我只看到她那洗得发白的蓝色粗布的裤子，脏兮兮的手指整齐地搭在膝盖上。

老师跟我们说了一阵之后，便允许我们回屋子了。我们再三行礼向他致谢，离开了房间。小书院朝南，面对中庭的一间五张榻榻米大小的仓库就是我的房间。我俩进来之后，母亲痛哭起来。

我因心里早有预料，所以冷眼相对。

"我已经是鹿苑寺的弟子了，在我有出息之前希望你别来了。"

"知道。我知道。"

我冷冷地甩给母亲一句，心里快意无比。可母亲依旧像从前那样，没有任何感觉，也没有任何抵抗，让我感到无比焦躁。一想到母亲可能跨过门槛闯入我的世界之中，我就感觉毛骨悚然。

母亲那张被太阳晒得黑黑的脸上，长着一双又小又凹陷的眼睛。只有她的嘴唇就像别的什么生物一样红润到发赤，里面是乡下人特有的坚硬粗大的牙齿。如果是城市里和她同龄的妇人的话，早已浓妆艳抹了。可她却尽可能地往丑陋的一面打扮，其中还残存着隐蔽的肉感。我敏感地察觉到了这一点，并深深地痛恨着。

从老师那里退下之后，母亲痛哭了一场。然后用政府分发的人造纤维毛巾擦了擦敞开的衣襟中露出来的黑乎乎的胸膛。动物皮毛般油亮亮的毛巾被汗水浸湿，变得更加光亮了。

母亲从自己带过来的背囊之中取出大米，告诉我她要把这个送给老师。我一声不吭。然后母亲又从旧灰色的丝绵中取出包裹了好几层的父亲的灵位，把它放在我的书架上面说道：

"真是太感谢了，明天老师还会帮着念经呢，你父亲一定很高兴的！"

我回问道："父亲忌日结束之后你就回成生吧？"

母亲的回答让我十分意外。她告诉我，家里寺庙的所有权早就被她转让出去了，就连那微薄的田产都没了。往后她孤身一人，只能寄居在住在京都近郊加贺郡的伯父家里。这次来就是为了告诉我这个消息。

我没有可以回去的寺庙了！那荒凉的海角村庄已经没有人会再迎接我了！

这时，我的脸上浮现出一种解放的感觉。也不知道母亲到底是怎么理解这种表情的，她凑到我的耳边说道：

"唉，你已经没有寺庙可回了。往后你只能当这金阁寺的住持了。你要争取讨大师的欢心，以后当他的继承人。你懂不懂？这是妈妈活下去的唯一指望了。"

我惊慌地回头看了一眼母亲。但是因为害怕，没敢正视她的脸。

储藏室早已昏暗下来。母亲把嘴凑到我的耳边，空气中弥漫着一股"慈母"身上的汗臭味。我记得这时母亲笑了。那久远的喂奶情景、浅黑色的乳房的回忆，这些印象在我心里回荡着，令我无比不舒服。

燃烧着的卑劣的野火，就像有着肉体强制力的东西，让我感觉万分恐惧。黄昏时分，母亲那卷曲的鬓发擦过我的脸颊，而我却看着一只蜻蜓落在了院中长满青苔的洗手盆上歇息。傍晚的天空在小小圆圆的水面留下了自己的倒影。四下十分空灵，鹿苑寺在那一刻仿佛没有活人一般。

我终于可以直视母亲了。母亲那光滑的嘴唇露出闪光的金牙。她笑了。我的回答更加结巴了。

"但是，我、我说不定、定会被军队招走，战死沙场呢！"

"哎呀！要是连你这样结巴的孩子都要的话，日本才是真的完蛋了！"

我感觉自己的后背一下子僵硬了，愈加憎恶母亲。但是我结结巴巴说出来的话，依旧只是无意义的词语罢了！

"金阁可能会、会被空袭的大火烧、烧毁掉的。"

"都已经打到这种程度了，京都肯定不会遇到空袭。美国佬会手下留情的。"

……我没有说话了。薄暮时分，寺里的庭院化为海底一般的颜色，陷入泥土中的石头呈现出激烈的犬牙交错之势。

母亲没有把我的沉默当作一回事。她站起身来毫无顾忌地望着我这间屋子四周的板门，又问道：

"怎么还不吃晚饭？"

——事后想来，我与母亲的这次见面，给我带来了莫大的影响。假如说此刻我认识到母亲与我生活在不同的世界里的话，那么也正是从此刻开始，母亲的想法也开始对我产生巨大的作用了。

母亲天生就和瑰丽的金阁无缘。相反，她拥有的是与我无缘的现实感觉。尽管这是我的梦想，但是也许就像母亲说的，京都真的不会被空袭。可要是金阁没有被炸毁的危险的话，那么我就没有了活下去的意义，我所居住的世界也就土崩瓦解掉了。

另外，我虽憎恶母亲那无法想象的野心，但是与此同时这种野心又将我俘虏了。我被送到这间寺庙里来的时候，父亲一句话都没有说过。可能他和母亲拥有同一种野心吧？田山道诠大师一直都是孤身一人。如果老师自己是受之前的住持之托继承的鹿苑寺的话，那么只要我多长点儿心，也许就有可能被选为大师的继承者呢！要是真这样的话，那么金阁就是我的了！

我的大脑一片混乱。第二的野心一旦成为沉重的担子，我又回到了第一的梦想之中——金阁遭到空袭。这种梦想被母亲直率的现实判断打碎之后，我又回到了第二的野心上了。在这这那那地胡思乱想许久之后，我的后颈根部长出了一个红红的大肿块。

我决定不去管它。没想到这肿块竟然扎下了根，从后面以一种发烫的沉重感压迫着我，害得我连觉都睡不好。这一段时间里，我梦见我脖子上长出了一个纯金的光圈。椭圆形的光圈环绕着我的头，而且越来越亮。等我醒来才发现原来只不过是充满恶意的肿块在疼罢了。

我终于因为发烧而躺了下来。住持把我送到外科医生那里。外科医生穿着国民服，打着绑腿，简单地给了这肿块一个名字——疖子。他连酒精都舍不得给我用，只是把手术刀在火上烫了一下，就算是消过毒了。

我呻吟着。然后那沉重痛苦的世界就从我脑袋后面裂开、萎缩、衰败了……

战争终于结束了。当我在工厂里听着人宣读停战诏书的时候，内心里想着的却只有金阁。

一回到寺院里，我就急匆匆地去了金阁。这当然不足为奇。观光小路上的石子被太阳晒得滚烫，一颗颗地粘在我那双质量低劣的运动鞋鞋底。

要是在东京的话，听完停战诏书之后，可能就会有人跑到皇宫前了吧？在京都，也有很多人跑到空无一人的皇宫那里痛哭流涕。在这个时候，京都有着无数的寺庙神社供人哭泣发泄。不管在哪里，众多庙宇这一天一定会香火旺盛的吧？可是金阁寺却偏偏没人来。

灼热的小石子上，落下的只有我的影子。应该说金阁在那儿，我在这儿。当我这天看到金阁的时候，我感觉我和金阁之间的"关系"已经发生变化了。

在战败的冲击之下，举族悲哀。这更衬托出金阁的超凡绝世，抑或佯装出一种超凡绝世的感觉。今天之前的金阁还没有给我这种感觉。可能是因为金阁"觉得"从今天开始终于不用害怕被空袭了，于是它又恢复了那种"亘古永居于此"的淡定表情。

金阁的外层涂满了夏日阳光一般的漆，很好地保护了内部那古旧的金箔。金阁看上去就像一件格调高雅的摆件一般，巍峨耸立着。郁郁葱葱、苍翠欲滴的森林的前边摆放着一个巨大的空摆物架子。上面理应摆放着与之相称的饰品，比如巨大的香炉啊，庞大的虚无啊之类的。但是金阁早已将这些东西丧失殆尽，倏忽之间将这些实质一洗而空，只留下一个古怪的虚幻形态。更令人感到惊讶的是，往日金阁虽然时不时地显露美态，但是像今天这般的绝美却是我从未见过的。

金阁从未显露过这般坚韧的美感。这种美感既超越我的幻想世界，又超越了现实世界，同任何一种变化的元素都是绝缘的。它拒绝一切定义。它的美超越凡尘。

夸张一点儿说，在它面前我感觉自己的双腿瑟瑟发抖，额头直冒冷汗。有一次，看了金阁之后我回到了乡下，它的细节和整体就像音乐一般，在我耳边回响着。与之相比，如今我听到的却是完全静止、彻底无音的音乐。这里并无流动或者变化的东西存在。就像音乐中那令人震颤的休止抑或轰鸣之后的沉默，金阁就是那般存在、屹立于此。

"我与金阁大概已经没有关系了吧?"我这般思考着,"我与金阁共存于同一个世界的梦已经碎裂。原来那般,甚至比原来那般还要绝望的事情又一次发生了。美在那一头,我却在这一头。这件事与世同存,亘古难改……"

对我来说,战败就是这样绝望的体验。至今我的眼前依旧可以浮现出八月十五日那宛如火焰一般灼热的夏季的阳光。人们说所有的价值都泯灭了,但我却相反,"永远"苏醒、复苏过来,并主张它的权利。它将述说金阁永存于此的道理。

"永远"从天而降,黏在我们的脸上、手上、肚子上,并将我们埋葬。这应该遭受诅咒的"永远"……是这样的。在战争结束的那一天,我从周围群山里的蝉鸣之中听到了这犹如诅咒的"永远"。它将我涂在了金色的土墙之上。

晚上开枕读经的时候,特意为陛下的龙体安泰和为抚慰战死者的英灵而延长了读经的时间。战争时期,各个宗派用的都是极简的圆筒形袈裟。老师今晚特别穿上了存放了许久的绯红色五条袈裟。

就连每一条皱纹都洗得干干净净的肥胖的脸上,今天也是同样的气血正佳,带着一种满足的表情。这是个酷热的夜晚,袈裟发出摩擦的簌簌声,带给人清凉的感觉。

读完经之后,寺里众人就被叫到老师房间里面去了,听老师讲解公案。

老师选择的公案是《无门关》第十四则的《南泉斩猫》。

《南泉斩猫》在《碧严录》中共分为两则,分别为第六十三则《南泉斩猫儿》和第六十四则《赵州头戴草鞋》。这个公案在古代都以难解著称。

　　唐代的时候，池州南泉山上住着一位名叫普愿禅师的名僧。因山之名，又被称为南泉和尚。

　　有一次，所有的和尚都出去割草的时候，寂静的山寺里突然闯入了一只小猫。众人顿感稀奇，于是争相追逐着想要抓住它。东西两堂的和尚都将其视为自己的宠物，因此就产生了争执。

　　南泉和尚看着眼前这场闹剧愈演愈烈，于是突然一把揪住小猫的脖子，亮出了割草的镰刀，对着众人说道：

　　"得众人之道则可活，反之则死。"

　　众人哑口无言。于是南泉法师将镰刀挥下，扔掉了它的尸体。

　　当天晚上，当南泉法师的高足赵州回来之后，南泉和尚就把事情的来龙去脉告诉了他，并询问如果赵州在场的话，他会怎么说。

　　赵州立刻将穿在脚上的脏草鞋脱下来，顶在自己头上出去了。

　　见此，南泉法师叹息道：

　　"要是白天你在的话，猫儿就能得救了呀！"

　　——故事大体上就是如此。特别是故事结尾处赵州将草鞋顶在头上的部分，一向以难以解读而闻名。

　　可是通过老师的解释，这就不再是什么费解的公案了。

　　南泉法师斩去的不是猫儿，而是自我迷妄和产生妄念妄想的根源。通过无情的实践，南泉法师将猫斩首，也斩断了一切矛盾对立、自他两执。如果说法师的刀是杀人的刀，那么赵州的就是活人的剑。赵州以一颗无比宽容的菩萨心肠，把沾满泥土、遭人鄙视的草鞋，放在自己的头顶，以此来贯彻自己的菩萨道。

老师解释完之后便打住了话头，只字未提日本战败的事情，这让我们完全摸不着头脑，全然不知为何老师特地在战败的这一天选择讲解这桩公案。

在回自己房间的走廊之中，我跟鹤川提出了自己的疑问。鹤川也摇了摇头。

"我也不知道。没过过僧堂生活的话，完全搞不明白他的意思。不过今晚公案的绝妙之处，就在于战败之日不讲战败，而是讲一只被斩首的猫吧？"

虽说日本战败了，但是这绝非我一个人的不幸。只是，当时老师脸上那股满足幸福的表情，实在是让我感觉不舒服。

通常在一个寺院之中，只有僧众对住持方丈保持尊敬，才能维持寺院里的秩序。但是虽然过去的一年里，老师对我十分关照，但是我对他却没有一点儿深切的敬爱之情。光是这样的话其实也还好。但是在母亲点燃了我的野心之后，十七岁的我竟然时不时地批判起老师来。

老师是公正无私的。但是我认为要是我能当上住持的话，我也很容易地和他一样公正无私。我觉得老师性格里缺乏禅僧特有的那种诙谐，尽管他那肥胖矮小的体型看上去还是有几分幽默的。

我听说老师也是一位烟花之地的猎艳能手。一想到老师左拥右抱的样子，我就不由得感到可笑和惴惴不安。被他那桃红色年糕般的躯体抱着的女人，到底是怀着什么样的心情呢？可能她觉得这桃红色年糕一样的肉体连接着世界的尽头，好像被埋在了肉的坟墓之中吧？

我对禅僧竟然也有肉身这一点感觉无比的惊异。可能老师沉湎于女色是为了舍弃肉身，表达对肉体的轻蔑之情吧？但是这被他所轻蔑的肉体，却能够充分地吸收营养，黏滑湿润地将他的精神包裹住。这让人感觉十分怪异。这肉就像被驯服了的家畜一般温顺谦让，对于和尚的精神来说，宛如一位侍妾一般……

战败意味着什么呢？对我来说，我必须找到这意义。

它不是解放。这断然不可能是解放。它是不变的、永远的、日常性的东西，将自己融入了佛教的时间之中，又一次复活罢了。

从战败的第二天开始，寺里面的功课又开始了。起床、早课、早饭、杂务、斋座、晚饭、入浴、就寝……在这期间，因为老师严格禁止从黑市买大米，所以寺里只能以信徒捐赠的大米为生。副司考虑到我们的身体正在发育，于是就时常偷偷去黑市买一点儿米，回来之后谎称是信徒给的。每天，我们的粥碗里只有少得可怜的一点点大米。还得经常出去买红薯。我们一日三餐，不光是早饭，中饭和晚饭都只能以薄粥和红薯充饥，每天都是饥肠辘辘的。

鹤川时常让他家里从东京寄些甜食过来。夜深人静的时候，就来到我的床前和我一起吃。深夜时分，天空中不时地划过一道道闪电。

我问鹤川："你为什么不回东京的家里呢？你家里有钱，父母又很疼你。"

"唉，这也是修行的一种啊。反正我最后还是得继承老爸的寺庙。"

鹤川似乎从不为外界的事情感到苦恼。他就像筷子盒里摆放整齐的筷子一样。我进一步地追逼着。我告诉他，可能往后一个超乎想象的新时代就要到来了。那时，我回想起了停战第三天去上学的时候，大家都在议论着管理工厂的士官，他竟然把足足一卡车的物资拿回自己家里去了。有人说士官都这样公然地干了，那往后自己也要做一做黑市生意了。

那个胆大妄为、长着一双残忍锐利的眼睛的军官，果然在向着恶的方向奔去了。他脚穿半长筒军靴奔跑在那条路上。那条路的尽头是与战争中的死亡一般的长相、朝霞一般的混乱。他的胸前飘着白绢围巾，偷来的物资几乎压弯了他的腰。他出发了，风吹拂在他的脸上。他正以一种惊人的速度泯灭着。但是在更遥远的地方，混乱辉煌的钟楼的钟声在轻轻地响着……

我和这一切都隔绝了。我没有钱，也没有自由，更没有解放。但是当我说出"新时代"的时候，才满十七岁的我虽然心里还没有形成清晰的轮廓，但是却真的已经下定了某种决心。

我想："假如世人是以生活和实践来品味罪恶的话，那我就尽可能深地沉溺于内心的罪恶之中吧！"

但是我首先考虑的罪恶是如何讨得老师欢心，然后有朝一日可以接管金阁寺，又或者仅仅是在幻想之中，我将老师给毒死，然后取而代之。这只是我的春秋大梦罢了。当我得知鹤川没有和我一样的野心之后，这个计划反而成了我良心的慰藉。

我问鹤川："你对未来有没有某种不安或者希望呢？"

"没有，什么都没有。就算有，那又有什么用呢？"

鹤川这样回答说。他的语调中没有一点点的灰暗或者自暴自弃的情绪。这时天上的闪电照亮了他脸上唯一纤细的部分——细长舒展的眉毛。看上去好像剃头匠给鹤川剃了眉毛的上下部分，仅仅留下了中间的眉毛。于是他的眉毛就像人工做出的那么纤细，眉梢的部分还有着刚剃完之后留下的青色的痕迹。

我瞥见了这抹青色，顿感不安起来。眼前的这位少年和我这类人不一样，他那纯洁的生命的末端正在燃烧。在烧完之前，他的未来是看不见的。未来的灯芯就浸泡在冰冷透明的灯油之中。假如世人的未来只有纯洁和无垢的话，那么谁又有必要预见自己的纯洁和无垢呢？

……那天晚上，鹤川回到自己的房间之后，我因为炎炎夏日残留的暑气和一种抗拒自渎行为的心情的困扰，迟迟无法入眠。

偶尔我也会梦遗。但是没有实实在在的色欲影像，而是——比如说一只黑狗在黑暗的街道上奔跑，它张着火焰一般的嘴，喘息着。悬在狗脖子上的铃铛不停地响，这也让我越来越兴奋。当铃铛响到极点的时候，我便射精了。

自渎之后，我便陷入了地狱般的幻想之中。有为子的乳房出现在我的眼前，有为子的大腿也出现了，我却变成了一只小得可怜，又极为丑陋的虫子。

——我蹬了一下床，起来了。然后从小书院的后面偷溜出来。

鹿苑寺的后面从夕佳亭所在之处再往东走，就是一座叫作不动山的山峰。这座山上满是赤松。在松林之间丛生着茂密的小竹子、水晶花和杜鹃花之类的植物。我对这条路十分的熟悉，就算是夜里在这条路上走也不会被绊倒。爬到山顶之后，就可以远远地看到上京、中京、远方的睿山和大文字山了。

我登山了。在一片被惊动的鸟儿的振翅声之中，我目不斜视地一路躲闪着树墩子，登上了山。这种心无杂念的登山活动突然一下子治愈了我。登上顶峰的时候，凉凉的夜风吹拂着我大汗淋漓的身体。

眼前眺望到的景色让我不由得怀疑起自己的眼睛来。京都市已经解除了灯火管制，映入眼帘的是一片灯火的海洋。战后我还从没有在夜里登过这座山，所以眼前的景色对我来说，就像是奇迹一般。

灯火构成了一个立体物。散落在平面上的灯火，失去了远近感。它们构成了一个透明的大建筑，生出复杂的角，延展出翼楼，在夜色之中屹立着。这才是都城啊！只有皇家森林缺少灯火，宛如一个巨大的黑洞一般。

闪电不时远远地划过漆黑的夜空。

"这就是俗世啊！"我想着，"就在这灯火之下，人们被邪恶的想法所驱使着。无数男男女女在灯下凝视着彼此的脸颊，嗅到一股死亡的行为般的味道。"一想到那些灯火都是邪恶的，我心里忽然顿感一种安慰。但愿我心里的邪恶可以绽放出亮光，无限地繁衍，并与眼前无数的灯火相互映衬；但愿包裹着我的内心的黑暗，可以与这包围着无数盏灯的黑夜等同。

来金阁祭拜参观的香客越来越多了。基于眼下的通货膨胀，老师向市政府申请提高门票价格，并获得了批准。

以前参观金阁的游客，只有稀稀疏疏少数几位穿着军装或者工作服或者扎腿劳动服的游客。等占领军来了之后，俗世那浮靡的风俗也随之来到了金阁的旁边。此外，上供茶的习惯也恢复了。妇人们穿上原来收藏起来的华美和服，登上了金阁。我们这些穿着僧袍的和尚如今与之形成了鲜明的对照。在她们眼中，我们仿佛成了沉湎于扮演僧侣角色的怪人，又或者像住在偏僻之地的居民，为了给这些猎奇的游客观赏而保留下了自己珍奇的风俗……特别是美国大兵们。他们会肆无忌惮地拽住我们僧袍的袖子，哈哈大笑。有时为了拍纪念照，他们会掏出一点儿钱问我们借僧袍来穿。只会说一点点英语的我与鹤川有时会代替完全不会英语的导游，带这些美国兵参观。

　　战后第一个冬天到了。从一个星期五的晚上开始，雪一直下到了星期六都没有停。中午放学回来之后，赏金阁的雪是我最喜欢的事情。

　　午后依旧下着雪。我依旧穿着长筒胶靴，肩挎书包，沿着游览的小路一直走到镜湖池边。雪以一种畅快的速度下着。我对着天空张大了嘴，就像小时候常做的那样。雪花落在我的牙齿上，发出落在薄锡纸上的声音。雪花在我温热的口腔之中融化，给我一种融入了肌肉的错觉。这时，我想象着那只金色的怪鸟湿润且温暖的口腔。

　　雪让我仿佛又回到了少年时代。更何况就算过了年，我也才刚刚十八岁呢！我感受到了体内少年般的跃动，这难道是错觉吗？

　　被大雪覆盖的金阁是极美的！那宛如亭子一般的建筑，屹立在大雪之中，任由风雪吹入。纤细的柱子依旧林立着，袒露着那清爽的肌肤。

我思考着：为什么大雪不会口吃呢？当雪花被八角金盘的叶子挡住的时候，雪也会结结巴巴地落在地上。当我站在没有任何遮挡的天空下时，大雪流利地落在了我的身上。仿佛陶醉在音乐中一样，我忘却了内心的扭曲，我的精神又恢复了原来的规则的律动。

实际上多亏了这场雪，立体的金阁才能变成与世无争的平面的、画中的金阁。两岸红叶树的枯枝上几乎挂不住雪。红叶树林看上去也比往常更加的裸露。各处生长的松树上的积雪却使之显得更加壮观。池水结冰的表面上积雪更厚，但是奇怪的是有的地方却没有积雪。这些大块大块的白斑就像装饰画中的云一样。九山八海石、淡路岛、池中冰层上的积雪看上去连成一线。茂盛的小松树生长其中，偶尔从冰和雪原之中冒出来，郁郁葱葱。

无人居住的金阁，除了究竟顶和潮音洞这两层屋顶以及漱清殿上的一层小屋顶，这三者勾勒出的白色部分之外，昏暗复杂的木质结构在雪中的映衬下，显得越发黝黑。古色古香的黑色木头散发出的艳丽的色彩，让我们不由地想去窥探一下金阁里面究竟有没有人居住。这就像我们平时在欣赏南画中的山中楼阁的时候，也会忍不住想将自己的脸贴近画纸去一探究竟。但是如果我真的把自己的脸贴过去的话，必定只能碰到冰冷的雪之绘卷，无法再前进一步了。

今日，究竟顶的门对着飘扬着大雪的天空敞开了。在我仰望着这一切的时候，我的内心仿佛看到飘落的雪花在究竟顶那空无一物的狭小空间之中飞舞着。不久雪花又落在了壁面那古旧的金箔上，凝结成了金色的露珠。我仔细地"看着"这一切，几乎停止了呼吸。

……第二天是星期天。一大早看门的老人就在叫我过去。

原来就在开寺门的时候，来了一个外国兵想进来参观。老人打着手势示意他稍等，自己跑来喊会英语的我帮忙。古怪的是，我的英语要比鹤川的流利，说起英语时完全不会结巴。

正门前正停着一辆小吉普。一个喝得烂醉如泥的美国兵扶着门前的柱子，俯视着我，嘴里发出轻蔑的笑声。

雪过天晴，前院十分耀眼。那个青年背对着太阳，满脸油光，对着我的脸不停地呼出夹杂着威士忌酒味的白色热气。虽然这也算是平常，但是一想到这种人心里翻涌着的感情，我就开始不安起来。

我决定采取不反抗的态度。我告诉他现在还没有开门，但是考虑到对你的特别照顾，我就被安排过来做你的导游。然后请他先付门票和导游费。没有想到的是，这位高大魁梧的醉汉竟然真的老老实实地付了钱。然后回头看了一眼吉普车，说了句："出来吧。"

大雪反射的阳光无比明亮的缘故，吉普车内一片昏暗，之前我什么都看不清。在车篷边的采光镜里，一团白色的东西晃动着，活像一只兔子。

一只穿着细高跟鞋的脚踏在了吉普车的踏板上。如此寒冷的天气里她却光着脚，这着实让我吃惊。我一看就知道这是一位专为外国士兵服务的妓女。她裹着红得像火焰一般的外套，手指甲和脚指甲都染得红红的。外套下摆晃动着，露出里面有点儿脏的毛巾睡衣。女人也是一副醉醺醺的样子。那男人却是一身笔挺的军装。看起来女人是刚睡醒，连睡衣都没有换，就围上围巾、披上大衣急急忙忙地赶过来了。

在雪的映照之下，女人的脸色更加苍白，皮肤上几乎没有血色，口红的绯红色也无机地浮现出来。她刚下车就立马打了一个喷嚏，小巧的鼻梁上皱起细小的纹路。那双疲惫惺忪的醉眼向着远处迅速一瞥，然后又黯淡了下去。然后她大声地叫着男人的名字，可惜"杰克"被错叫成了"夹克"。

"夹——克，兹——考尔德！兹——考尔德！"

女人哀切的声音在雪上流动着。男人却不搭理她。

我第一次觉得这位做皮肉生意的女人很美，这并不是因为她长相酷似有为子。她反而就像再三斟酌下描绘的肖像一般，处处都力求与有为子长得不一样。不知为何，这位女子的美就像是为了对抗我记忆中有为子的美一样，带着一种叛逆的新鲜感。可能是因为这种美在采用色欲的方式对抗我初次感受到的美时，还混合了一种媚态。

她只有一点和有为子一样，那就是对没穿着僧袍、只穿着脏兮兮的便服和橡胶长靴的我，不屑一顾。

那天早上，寺里所有的僧人都出动了，好容易才把参观游览的路上的雪给打扫了。要是一个团的游客的话还有点勉强，不过只是寥寥数人的话，路上其实已经可以将就着通行了。我走在了美国兵和女人的前面。

美国兵来到了池子边，视野立马开阔了。他伸展开大手，嘴里不知道念着什么，发出一阵欢声。他粗野地摇晃着女人的身体。女人皱起眉头，又是：

"哦——，夹——克，兹——考尔德！"

美国兵看到了常绿树被积雪压弯的叶片后面的红润果子，于是他问我这是什么。我只能说"常绿树"了。也许他是一位与其魁伟身材不符的抒情诗人吧，但是那双明亮的蓝色眼睛中却闪着残忍的光。在《鹅妈妈》这首外国童谣之中，黑眼睛的人被说成是残忍邪恶的。大概人类就是喜欢以异国风物来做残忍的幻梦吧！

我按照规矩陪着他参观了金阁。这个醉醺醺的士兵随意地把摇摇晃晃的军靴给东一只西一只地扔了。我用冻僵的手从口袋里掏出一张英语写的说明书。这张说明书就是为了这种场合预备的。他从旁边冷不丁地夺走了说明书，然后阴阳怪气地开始读着，我倒是不需要给他导游了。

我倚在法水院的栏杆上，眺望着波光粼粼的池水。金阁被这光照得前所未有的明亮，这反而让人不安起来。

在我走神的时候，正向着漱清殿走去的男女竟然开始争吵起来。争吵得越来越激烈，我却一句都没有听懂。女人也不甘示弱地用某种语气强烈的语言回击了他，只是也不知道是英语还是日语。早已忘记了我的存在的两人一边继续争吵着，一边又回到了法水院这边。

女人突然暴起，冲着探着头叫骂的美国兵脸上扇了一巴掌。然后穿着高跟鞋的女人转身沿着参观的小路逃向入口处。

我正一头雾水呢，于是也随着她从金阁跑到了池畔。但是这时长着一双大长腿的美国兵也已经追了过来，一把揪住女人大红外套的前襟。

青年就保持着这个姿势瞄了我一眼，然后原本紧紧地揪住女人胸口的手轻轻地松开了。这只离开的手上蕴藏的力量仿佛非同一般，女人仰面朝天一下子翻倒在了雪地上。大红的裙摆裂开，露出白得像雪一样的大腿。

女人不想起来，她从下面盯着像云一般高的男人的眼睛。我不得不跪下身体去试图帮着女人站起身。

"嘿！"美国兵突然喊了一声。我回过头发现，他已经岔开两条腿站在了我的面前。他用手指指着我，突然用温和的语气对我说了一句英语：

"踩她！你给我踩她！"

我还没有搞清楚到底发生了什么。但是他那双蓝眼睛已经从高处发出命令了。在他宽阔的肩膀背后，积了一层雪的金阁熠熠生辉，一碧如洗的天空无比纯净。他那双蓝眼睛中没有一点儿残忍的光。有那么一瞬间，我不知为何竟感受到了一种抒情般的诗意。

他那双粗大的手伸下来一把抓住我的衣襟，强行让我站了起来，然后依旧用温柔亲切的语气命令道：

"踩她！给我踩！"

我不敢违抗，于是就抬起了自己的橡胶长靴。美国兵拍了拍我的肩膀。我的脚踩下，感受到一种春泥般柔软的触感，那是女人的腹部。女人闭上眼呻吟起来。

"继续踩！继续！"

我又踩了。最初踩上去的违和感，在第二次时变成了一股迸发出来的喜悦。我想着，这就是女人的胸啊！他人的肉体竟然像皮球一样富有弹性。这真是出乎我的意料。

　　"够了！"

　　美国兵明确地说道。然后礼貌地抱起女人的身体，帮她擦掉身上的雪和泥，然后看都没有看我一眼就扶着女人走了。女人直到离开的时候才将死死盯住我的视线移开。

　　来到吉普车边，美国兵先把女人扶上车。他已经酒醒了，摆出一副严肃的样子对我说谢谢。当他打算给我钱的时候，我拒绝了他。于是他又转身从座席上拿了两条美国香烟，塞到了我的手中。

　　我站在大门前面。在雪的映照下，脸颊开始发烧。吉普车扬起一阵雪粉和烟雾，摇摇晃晃地走远了。当吉普彻底消失之后，我感觉自己的肉体兴奋起来。

　　……好不容易等身体不再亢奋之后，我心里又升起了一个伪善的喜悦的企图。要是送给喜欢抽烟的老师的话，他得多么高兴啊！他什么都不知道……

　　我没有必要告诉他真相。我只不过是被人强迫命令的。要是反抗的话，我可不知道自己会落得什么样的下场。

　　我去了住在大书院的老师房间里。手艺精湛的副司正在给老师剃头。我站在走廊边，在清晨明媚的阳光下等待着。

　　院子里的陆舟松将皑皑白雪衬得愈加耀眼。松树宛如一幅已经折叠整齐的崭新船帆。

　　老师在剃头的时候闭着眼睛，双手拿着一张纸接着落下的头发。剃着剃着，老师的头显露出动物一般清晰的轮廓。剃完之后，副司拿起温热的毛巾包住了老师的头，过了一会儿又将毛巾拿开了。毛巾下露出来一个冒着热气，仿佛刚刚生下来的冬瓜头。

我好不容易才说清楚了自己的来意。然后拿出两条切斯特菲尔德牌香烟递给老师，向着老师磕了头。

"啊，真是辛苦你了。"

老师脸上似笑非笑的，仅此而已。老师随意地把这两条香烟放在了堆满各种文件信纸的桌子上。

副司接着开始替他揉肩，老师又闭上了眼睛。

我只能退下了。不满让我全身发烫。自己做下的原因不明的恶行、作为奖励收下的香烟、完全一无所知就坦然收下的老师……这一系列的事件之间，本应该有更戏剧化、更加凄惨的事情发生的啊！我又有了一个看不起老师的理由，身为师长竟然对这些事一无所知。

但是我刚想退下就被老师叫住了。原来他刚才正想着给我的恩惠呢！"你呢，"老师说，"你一毕业我就送你去上大谷大学吧！你那过世的父亲肯定很牵挂你。所以你要好好学习，争取考个好成绩！"

——这个消息突然一下被副司传得满寺皆知。老师要推荐我去上大学这件事，就是我备受老师青睐的证明。我曾无数次地听人家说，过去徒弟要是想请老师帮忙推荐去上大学的话，就得连着一百个晚上去住持房间帮着揉肩膀。

要靠着家里去上大谷大学的鹤川，开心地拍打着我的肩膀；而另一个没怎么得到老师关照的徒弟，往后竟然不再同我说话了。

第
四
章

　　不久之后，昭和二十二年的春天，我进入了大谷大学的预科。但是我并非被老师始终不变的慈爱和同伴们的羡慕所包裹着，意气风发地进入学校的，大概在别人看来是这样的，但是每当我回忆起升学的事情便深感厌恶。

　　一个雪日的清晨，老师许诺让我去上学一周之后，我一放学回来，就遇见那个没有得到升学许可的学徒，以一种开心到极致的表情盯着我。在此之前，他一句话都不愿和我说。

　　寺里男仆的态度，甚至是副司的态度都透露着不同寻常。但是表面上又装得好像无事发生一样。

　　那晚，我去了鹤川的寝室，告诉他寺里人的态度好像都有点奇怪。起初，鹤川也装作同我一起绞尽脑汁地思考，但是掩饰自己的感情毕竟不是他的强项，于是他很快就一脸愧疚地盯着我：

　　"我是从那小子，"他说出了另一个学徒的名字。"从那小子那儿听来的，不过，他也去上学了，所以了解得也不清楚……总之就是，你不在的时候发生了一件怪事。"

我心脏怦怦直跳，赶紧催促鹤川把话说清楚。鹤川先让我发誓保密，然后一边仔细瞧着我的脸色，一边娓娓道来。

那天下午，有一个披着赤红色外套、专门和外国人打交道的妓女来到寺庙，要求面见住持。副司代表住持来到门口。然后那女子将副司骂得狗血淋头，表示无论如何都要和住持见面。此时，住持恰巧沿走廊而来，看到女子的身影之后，便来到了大门口。据那位女子自述，大概是一个星期之前晴雪的早晨，她和一个外国兵共同前来观赏金阁。结果她与外国兵产生口角，被他一把推倒。寺里的一个小和尚为了讨好外国兵，就狠狠地踩了她的肚子，然后当晚她就流产了。所以，她要求寺里面必须赔偿她一笔钱。要不然，她就要把鹿苑寺的丑闻曝光，让世人都看看鹿苑寺的丑恶嘴脸。

老师默不作声地把钱赔给女子，打发她回去了。老师心里很清楚那天负责导游的人就是我，但是由于没有对我的恶行的目击证人，所以最后老师说决不能告知我此事，然后便就此不了了之了。

但是寺里的人从副司那里听说此事后，都怀疑我是罪魁祸首。鹤川说完，泪眼婆娑地拉起我的手，用纯净的眼眸盯住我，他那少年特有的纯真的声音打动了我。

"那件事真是你做的？"

……我直面自己黑暗的感情。鹤川的这句仿佛追逼般的质问，使我不得不直面这一切。鹤川为什么问我这个？是出于友情吗？他这样质问我，等同于他放弃了自己应有的职责，他可清楚这一点？他可意识到这样的质问是对我无情的背叛？

我已经多次提及，鹤川是我照片的正片……如果他忠实于自己的职责，那就应该对此不闻不问，只管将我阴暗的感情丝毫不差地翻译成明朗的感情。这样一来，谎言就会成真，真实也可化作谎言。假如说鹤川真的运用了自己的天赋，也就是将所有的阴暗翻译为光明、夜晚翻译为白昼、月光翻译为日光、一切夜间湿漉漉的苔藓翻译为白天闪闪的嫩叶，如此我或许会结结巴巴地忏悔一番。但是，偏偏是此时，他没有这样做。于是，我暗黑的感情越发壮大……

我暧昧一笑。寺庙的深夜毫无火气，膝盖冷如寒铁。几根古老粗大的立柱屹立着，包围着低声私语的我们。

我不住地颤抖着，可能是寒冷所致。但是第一次公然地向这位朋友撒谎所带来的快乐，使我藏于睡衣下的膝盖抖动不已。

"我什么都没做啊！"

"是吗？那么那个女人是跑来骗人的喽？太可恶了，竟连副司都着了她的道儿。"

他的正义感渐渐高涨起来，愤慨激昂地扬言道明天一定要替我跟老师解释清楚。这时，我的心里旋即冒出老师那剃得如同煮熟了的冬瓜一般的光头，接着浮现出他桃色而又无力的脸颊。不知为何，我突然对此产生极度的厌恶感。趁着鹤川的正义感尚未付诸行动，我必须亲手将此埋入土中。

"你说，老师会相信是我做的吗？"

"这个……"鹤川的思考陷入了僵局。

"我觉得既然别人在背后说尽坏话，老师对此也无动于衷的话，八成老师是不相信这件事的，你尽管放心吧！"

接下来我说服了鹤川，让他相信他的解释只会帮倒忙，加深别人对我的猜疑。只要老师能够相信我的无辜，别人的言语都可以置之不理。我越说越开心，这喜悦刻在我的胸腔，并且渐渐地扎下根来，也就是"没有目击者，没有人证"的喜悦……

尽管如此，我并不相信只有老师会视我为无辜者。甚至恰恰相反，老师对一切不闻不问的态度反而证明了我的推测。

说不定老师在从我的手里接过那两条切斯特菲尔德烟的时候，就已经心如明镜了。他之所以会不闻不问，可能只是为了在远处等待我自发的忏悔。不仅如此，还可能是以上大学为诱饵，作为我忏悔的条件。如果我不忏悔的话，就用取消我的升学资格来作为不诚实的处罚；要是老老实实地忏悔了，便会在确认我有悔改的表现之后，特别给我开恩，允许我继续升学。而最大的圈套则是老师命令副司不许告诉我这件事。如果我真的是无辜的，那么我就应当什么都没有感受到，什么都不知道地每天照旧过着日子。另外，假如我真的犯下了罪孽，并且有一点儿小聪明的话，那我就会完全模仿不需忏悔的生活，一直过着无辜的我所度过的纯洁般的沉默的日子。是的，只要模仿就好，这是最优解，也是可以证明自身清白的唯一之路。老师暗示的就是这个，而我不得不踏入这个陷阱之中……想到这里，我不由得火冒三丈。

可是我并非没有辩解的余地。如果我不按照那个外国兵的要求去踩那个女郎的话，说不定他就会生气地掏枪杀了我。我可是没有办法对抗占领军的。一切都是身不由己。

然而，透过长筒胶靴底部所感受到的女人的肚皮，那媚惑般的弹力，女子的呻吟，肉感之花相互挤压竞相开放的触感，这些感觉蹒跚着从女郎体内向我体内前进，如同雷电一般将我贯穿——这种东西，却不是他强迫我感受到的。哪怕是现在，我也没有忘记那甜美的一瞬间。

老师清楚地知道我所感觉到的核心，知道那甜美的核心。

之后整整一年，我如同一只被关在笼子里面的小鸟。笼子无时无刻不在我眼前出现，我打定主意不会忏悔，我的每一天也开始变得不安起来。

奇妙的是，当时那般丝毫不会以为不妥的罪行，那践踏她的行为，居然在我的回忆之中闪闪发光起来。这不仅仅是因为我知道我让这女郎流产了。那个行为就好像沙里的金子一般，在我的记忆之中沉淀了下来，永恒地放射出夺目的光彩。这是恶之光！是的，即使是再微不足道的罪恶，犯下罪行的意识也如影随形。这种明确的意识不知道什么时候与我合二为一，如同勋章一般戴在我的胸前。

……回归现实问题，在备考大谷大学之前的那段时间里，我只能翻来覆去地揣摩老师的想法，除此之外别无他法。老师一次都没有表现出要取消我的升学资格的行动，但是也没有再催促我准备考试的意思。怎样都好，我只盼老师能明确对我说出他的想法。他却只是依旧险恶地沉默着，让我遭受着无尽的煎熬。或许是出自懦弱，或许是出自对他的反抗，在升学问题上我一次都没有询问过老师的想法。曾经我也和他人一般满怀敬意，有时也用批判的目光仰望着老师的身影，渐渐地，那身影变得像是怪物一般巨大，无论如何都不可视为拥有常人之心的存在。好多回我都想转开自己的眼睛，但是他就是像一座古怪的城堡一般矗立在那儿。

时值晚秋，某一日老师受邀去参加一位老信徒的葬礼。从寺庙到那里需要乘坐两小时左右的火车。头天晚上我们接到通知，老师需要五点半便动身出发，副司也将陪同前往，我们则需要在四点的时候起床打扫和准备早饭，以便能赶上老师出门。

副司服侍老师的时候，我们刚起床，正在念经做早课。

吊桶相互摩擦，发出的咯吱咯吱声从灰暗阴冷的厨房那边不停地传来。寺里的人们急急忙忙地洗脸。后院的鸡群用其清澈、嘹亮的声音刺破晚秋的昏暗，天空渐渐发白。我们合拢法衣的长袖，各自急急地奔向客殿的佛坛之前。

黎明前的寒风吹拂，为无人居住的铺席间里更添一丝冷气，凉意袭遍肌肤各处。烛台上的火苗不断摇曳着。我们需叩拜三次。首先站起磕头，然后伴着钟声坐下磕头，这样反复三遍。

每次读晨经时，我常常能感受到生命的活力从男人的齐声合奏之中奔涌而出。一天之中，唯有这读晨经的声音最为强健有力，有力到吹散一整夜的胡思乱想和杂念妄念，仿佛有一股黑色的、飞溅的水沫从声带里喷涌而出。我对这一切感到很不理解。虽然不理解，但是我不可控制地认为自己的声音同样可以吹散男人身上的污浊之气，这种想法以其奇妙的状态赋予我勇气。

"粥座"还未结束，老师就要出发了。寺里的众人必须在大门前排好队列为老师送行。这是寺里的规矩。

黎明还未到来，天空仍闪烁着满目繁星。通往山门的石板路在星光的照耀下闪着碎光，妖娆地向下延展着。高大的栎树、梅树以及松树的影子，向着四周舞动，相互交融，覆盖了整片大地。身穿一件破洞毛衣的我，感受着刺骨的晨风从肘子那边的空隙之中无情灌入。

一切进行于无言之中。我们默然低头，老师同样一言不发。他和副司两人的木屐声，在石板咔嗒咔嗒地响着，渐渐离我们而去。我们必须目送到其背影完全消失，此即禅门之礼。

目送至远方，全部身影已然模糊，映入眼帘的仅剩其僧衣的白色下摆和白色布袜而已。有时好像突然不见，原来是被树影给遮蔽了。树影另一侧，白色下摆和布袜再次出现，脚步声却仿佛愈加响亮。

我们凝神目送着，直到两人的身影完全消失于大门口外侧，这一过程对我们来说过于漫长。

此时一股异样的冲动从我心间悄然升起，就像重要的话语在迸发出的时候，会被我自己的结巴阻挡住一样，这股冲动在我的咽喉处熊熊燃烧着。我想得到解放。母亲过去曾经暗示过的，继承住持之位的希望变得渺茫，而此刻连上大学之事也成为无稽之谈。我迫切地渴望从那无声地支配我、囚禁我的牢笼中脱困而出。

不能说此刻的我缺乏勇气。我懂得坦白之人的勇气！这二十年来我始终默默生存着，但是我懂得坦白的价值。你能说我是大言不惭吗？我用拒不坦白的方式来对抗老师的沉默，是在尝试进行"恶是否可能"的实验。要是我能从始至终拒不忏悔，那么即使是再小的罪恶，都可以拥有可能性。

然而，当看到老师那白色衣摆和布袜一边透过树影若隐若现，一边在黎明前的黑暗中渐行渐远的时候，在我喉咙深处燃烧的力量带来了几乎不可压制的威力。我想坦白一切。我想追上老师，拉住他的衣袖，大声将那个雪日里发生的一切都和盘托出。而这绝不是出自对于老师的尊敬。对我来说，老师的力量，近似于一种强大的物理之力。

……但是如果我真的坦白了，那么自己人生中那些最初的小恶也会消失殆尽。这种想法制止了我，一股力量紧抓着我的后背。老师的身影终究踏出大门，消失于破晓前的天空下。

大家一下子解放了，叽叽喳喳地向门里跑去。我仍在发愣，鹤川敲了敲我的肩膀。我的肩膀好像一下子醒了过来。看上去瘦骨嶙峋的肩膀又恢复了平日里的矜持之态。

*

……尽管中间出了这么一档子事情，但是如前所述，我最终还是成功地进入大谷大学。我不需要悔改。几天之后，老师就将我与鹤川叫过去，言简意赅地交代我们应该准备考试，因此免除我们在寺里的杂务。

就这样，我进了大学。可是这并非意味着所有的一切都解决了。老师的这个态度，依旧是什么都没有表露，让我猜不透他究竟想不想让我接他的班。

大谷大学。我的生命在这里首次被赋予思想，而且是我随心所欲选择的思想，这所大学成为我人生的转折之处。

这所大学始于三百年前，当时为筑紫观音寺的大学寮，后于宽文五年迁入京都枳壳府①内。长久以来充当着大谷派本愿寺弟子们的修道院。然而到了本愿寺第十五世常如宗主的时候，浪华门徒高木宗贤慷慨解囊，在被称为"洛北乌头丸"的此地建造了大学。面积为一万两千七百坪②，作为一所大学来说是绝对不算大的。但是不光是大谷派本身的人，还有来自其他各门各派的青年也都汇聚于此，学习着佛教哲学的基础知识。

西方天空下比睿山脉连绵起伏，一道古老的砖瓦大门与其遥遥相对，将电车轨道和学校操场分隔开。从大门始入，沿着沙石车道便来到主楼前的马车停泊地。主楼是一座古老忧郁的红砖二层建筑。玄关的屋顶上矗立着一根青铜橹。作为钟楼来说却没有钟，作为报时楼来说却没有表。于是在一根细细的避雷针之下，这橹透过其寂寥的方形窗口将天空一分为二。

一株树龄很大的菩提生长于大门一侧。在阳光的照耀下，其庄严的树冠闪烁着红铜色光辉。主楼建成后，校舍不停地扩建，毫无秩序可言。这些校舍大多是古老的木制平房。由于校内禁止穿鞋行走，连接楼与楼的便是铺着即将损坏的木地板的走廊，一

①东本愿寺的庭园周围种满了枳壳树，因此起名叫"枳壳府"，又名"涉成园"。

②日式土地面积单位，一坪约合 3.3 平方米。

眼望不到头。仿佛心血来潮一般，木地板上只有真正坏掉的地方进行了修理。这样一来，每次当人们从一栋建筑走向另一栋建筑的时候，比较新的木色与较旧的木色交织出现，仿佛脚踏各种浓淡不一的镶嵌地板。

我就像任何一所学校的新生一般，满怀好奇之心前往校园，思想如同脱缰的野马一般无法控制。认识的人只有鹤川，不管怎么说能够交流的对象只有他一个人。如此，来到这新世界的意义便消失了，就连鹤川也感受到了这一点。几天之后，我俩在休息的时候刻意分开，各自去寻找新的朋友。但是对于患有口吃的我来说，自然缺乏这股勇气。于是，鹤川的朋友在增加的同时，我却越来越孤单。

大学预科有一年的时间，学习的一共有十门课：修身、国语、古汉语、中国现代语、英语、历史、佛典、逻辑学、数学、体操。从一开始，我就对逻辑学伤透了脑筋。有一天下课之后，我决定选择一位比较有把握的同学，向他提几个问题。

这位同学总是孤身一人，一个人独自地坐在花坛边上吃便当。这个习惯好像一种仪式一样，加上他吃饭时那种一脸嫌弃的表情，让人非常不舒服，所以没有一个人愿意去他边上。他从来不和同学说话，好像拒绝交朋友一样。

我已经得知他的名字叫作柏木。他最明显的特点是双脚内八形状，而且内八程度很严重。他走起路来实在是不容易。平时走起路来就好像在泥潭之中拖行，一只脚好不容易拔出来之后，另一只脚又陷了进去，身体也随之一起一伏。这导致他的走路姿势就像是跳着动作幅度很大的舞蹈一般，完全不像正常人。

入学伊始，我就注意到了柏木，这不是没有原因的。他身体的不便使我格外放心。他的内翻足从一开始就表达了和我处境的共鸣。

柏木在后院长满三叶草的草地上打开便当。空手道社和乒乓球社共用的那间几乎没有一块完整玻璃的房间，就是正对着这片草地的。其中长着五六棵干枯的松树，有几座空空如也的小型温室花棚。涂抹在花棚框架上的绿色油漆已经剥落卷起，恰似干枯的假花一样卷曲着。边上是有两三层的盆栽架子，堆积的砖瓦，长着风信子和樱草的花圃。

这片三叶草草地坐起来很舒服。柔软的叶片吮吸了光线，碎影浮动，仿若草地轻轻漂浮于地面之上。坐着的柏木看上去和普通的学生别无二致，与他走路时的样子完全不同。此外，他那苍白的脸上浮现出一种险峻的美感。残疾者同美女一般让人赏心悦目。残疾者和美人早已在别人的注视中产生厌恶之感，此举逼得他们不得不返回存在的本体，回以注视，让那些无聊的人不得不转开视线。吃着便当的柏木虽然低垂着头，但我能感觉到，他早已将自己周围的一切都尽收眼底。

他沐浴在光芒下，已然心满意足。这种印象使得我很感动。我一眼就看出来了，他的身上并没有我在春光或者花丛中感受到的那种羞愧和歉意。他就是那般的。他就是非由他自己主张的，而是本身存在的影子本身。毫无疑问，阳光是没有办法渗入他那坚韧的皮肤的。

他一脸嫌弃地专心吃着自己的便当。这便当看上去相当难吃，比起我早上从寺里厨房装过来的便当更逊一筹。昭和二十二年，要是不通过黑市的话，是根本没有办法得到足够的营养的。

我拿着笔记本和饭盒，走到他的身边。我的影子落到了他的饭盒上。他好奇地抬起头，看了我一眼，然后又很快就低下了头，继续他那仿佛春蚕咀嚼桑叶般的单调动作。

"今、今、今天课上我有不太懂的地方，方便请教你一下吗？"

我结结巴巴地用标准的东京话对他说道。进入大学之后，我已决定要改口说东京标准语了。

"你说的什么东西？我听不懂。光听着你结结巴巴的了。"

柏木毫不客气地说道。

我的脸泛起潮红。接着他一边舔着自己的筷子尖端，一边又说：

"你跟我搭话的原因，我心里一清二楚。你是叫沟口的是吧？咱俩情况类似，当朋友也不是不可以。但是比起我来，你为什么要把自己的结巴看得那么严重呢？你太以自己为中心了，所以你就非常看重自己的结巴的毛病，对吗？"

后来，当我知道了他也是临济宗禅门弟子的时候，心里立刻就明白了他当初与我的对话多多少少地表现出了一点儿禅僧风范。尽管如此，我却不能否认他带来的强烈的印象。

"结巴！结巴！"柏木兴致盎然地一连对我说了两次。"你总算是碰到了一个让你可以安心地在他面前结巴的对象了是吧？人就是这样喜欢物以类聚的。这个先不说了，你是不是还是处男？"

我面无表情地点点头。柏木提问的方式就像医生一样，这让我感觉为了健康还是对他如实说比较好。

"我想也是的。你是处男，但是这可不是什么好事，既不讨女孩喜欢，又没有勇气去召妓，仅此而已。不过你要是以为我和你一样，也是个可悲的处男，而和我交朋友的话，那你可就大错特错了。你想不想知道我是怎么告别处男之身的？"

柏木没等我回答便自顾自地说了起来。

……

我是三宫附近的一座寺庙的孩子，天生是内翻足……我要是这么说起来的话，你或许就会觉得我是个逢人便喜欢唠叨自己可悲命运的可怜虫了。实际上我并不是对着所有人都喜欢唠叨这种事情的。毕竟我也清楚，这不是什么光荣的事情。你是第一个听我这么说的人。因为我觉得，可能我的经历对你来说是最值得借鉴的。你照着我的方法去做再合适不过了。宗教家就是这样选择自己的信徒的，禁酒者就是这样寻找自己的同伙的。你也知道吧？

是啊！我对自己生存的条件感到很难堪。如若和条件和解、坦然接受的话无疑是种失败。抱怨也是常常有的，父母应当在我小的时候就给我做矫正手术之类的。现在做的话也已经太迟了。但是我现在根本懒得在意这些，我也懒得再去埋怨自己的父母了。

我相信绝对没有女孩会喜欢我。比起他人所想，我安乐而又平和地接受了这点。你大概也清楚吧。不与自身存在条件和解的那种决心，与这种确定之间并非是矛盾的。因为如果我相信凭这些存在条件能取得女孩的芳心，那么与自身缺陷和解也不叫难事。我知道正确判断现实的勇气，与战胜这判断的勇气，是两种易于融合的东西。存在本身便是一种战斗。

像我这样的人，自然不会效仿朋友的做法，通过召妓来破除童贞。要问为什么的话，因为妓女选择接客的条件不仅仅出自爱。老人也好，乞丐也罢，盲人也好，帅哥也罢，妓女是不挑的。不知道的情况下，甚至可能会接待麻风病人。假如是普通人的话，大可以在这种平等性面前心安理得地去花钱买自己的第一个女人。但是我可是忍受不了这种平等，忍受不了对方一视同仁地接待我和四肢健全的人，我觉得这是对我的一种可怕的自我亵渎。假如说有人忽视或者对我的内翻足这一条件视而不见的话，那就说明我本身不复存在了。你现在心里的那种恐惧，也曾经淹没过我。为了让人们认同全部的我，我不得不付出超于常人数倍的努力，只有这样的人生才是我所追求的。

我们身处世界的对立面，对此种境况的不满，本可以通过我们或者世界发生变化而得到治愈，但我憎恨渴望变化的梦想，讨厌极不合理的幻想。不过世界变化的话，我则不复存在；我发生变化的话，世界则不复存在，这种理论上的确定，反过来说也类似某一种和解、某种融合。倘若最为真实的我不能拥有爱，这样的想法更能促进我与世界共存。残疾者最后陷入圈套的原因，并不是源于对立状态的消解，而是来自对对立状态的全面认同。就这样残疾再也不可治愈……

那阵子有一件破天荒的事情降临在处于青春期的我身上（我很实诚地用了这一词语）。一位有钱的寺院施主家的女儿，美貌尽人皆知，毕业于神户女校。她因为一件小事情就对我告白了。以至于好半天，我都不敢相信自己的耳朵。

托这不幸命运的福，我格外擅长洞察人的心理。她对我的爱不单单是出自同情，因为我很清楚，她不可能仅凭同情之心便爱上我，因此我没感到别扭。根据我的推测，她对我的爱，实际上来自她超乎寻常的自尊心。作为女人，她深刻清楚自己有多美，因而不能接受那些无比自信的求爱者，她不能将自己的自尊心与求爱者的自以为是放在同一个天平上称量。她排斥外界所认同的良缘。出于她那奇特的爱情洁癖，她决定抛弃所有在爱情中的均衡点（在这一点上她很诚实），将我作为求爱对象。

　　我心中早有答案。你听后可能会发笑吧？面对这女孩，我直接说："我不喜欢你。"难道还有别的什么回答方式吗？我的回答是很诚实的，没有任何的装模作样。假如我因为她对我表白便欣然接受的话，那么就不光是滑稽，恐怕还会陷入悲剧之中。拥有滑稽外形的男人，早已深谙如何避免被人当成悲剧人物的方法。因为我知道，一旦我沾染上了悲剧色彩，那么人们再也不会安心地与我接触了。不让别人用悲剧的眼光看自己，远远胜于他人的魂灵。正因如此，我才会斩钉截铁地告诉她："我不喜欢你。"

　　但女孩毫不让步。她说我是在撒谎。然后她尽可能地在给我留面子的情况下，千方百计地想要说服我与她谈恋爱。在她看来，身为男人是不可能不爱上她的。即便是真的有，那也只是在她面前装模作样罢了。在对我的心理进行精密的分析之后，她认为我肯定是很早就爱上了她。她确实是很聪明的。假如说她真的爱我，那么她爱上的也只是一位不知如何是好的男人。违心地说我那并不英俊的脸很耐看的话，势必让我生气；说我的内翻足很有特点的话，我更会生气；要是说不是因为我的外表，而是因为我的内心的话，我说不定会暴跳如雷。她清楚地认识到了这些。因此，她不停地对我表达爱意。而我内心里也分析着一切，找到与之对应的感情。

我难以接受她不合常理的爱意。但实际上我的欲望越来越强烈了。这种欲望并不是想寻求我和她的结合。假如她爱的是我而不是别人的话，那么我就必须具备某种有别于他人的东西。那便是我的内翻足。尽管她没有说出口，但是她能爱的也就只有我的内翻足了。而这种爱在我看来是不存在的。只有我的特点不是内翻足而是别的某样东西，我所理解的爱才会成立。可是倘若我承认了内翻足之外的某种特点，承认了我存在的理由，那么也就是说我还承认了补充性的东西，承认了别人存在中的补充性，继而承认了被世界包容的自己。爱情是不存在的。她会爱上我其实是我的错觉，我爱她更是天方夜谭。所以我也只是翻来覆去地说：
"我不爱你。"

但古怪的是，我越是说我不喜欢她，她越是对我情根深种，陷入了爱上我的错觉之中。终于在某一个晚上，她赤身裸体地出现在我的眼前。她的玉体确实是美得惊心动魄，但是我却无能为力。

结合的失败，简简单单地就解决了所有的烦恼。我对她说的不喜欢也因此得以展现。她离开了。

我感到很羞愧，但是与内翻足带给我的羞愧相比，任何羞愧都是很好消化的。真正让我感觉狼狈的是别的原因。我知道我无能为力的原因。当我想到自己的内翻足会接触到她美丽的玉腿的时候，我便阳痿了。这一发现，把确定绝对不会被人所爱带来的安全感打得粉碎。

　　要问为什么的话，这是因为当时我产生了不诚实的喜悦，我准备通过自己的性欲，通过满足自己的性欲的方式，来证明爱的不可能。没想到，我的肉体却背叛了我，把我原来想着用精神的方式来做的事情给做了。我知道我遇上了矛盾。如果用恶俗一点的说法来解释的话，我是用得不到爱的证明来做着爱情的美梦，而在最后阶段，把性欲作为爱情的替代，以此来抚慰不安的心情。但是情欲本身却要求我忘掉自己存在的条件，要求我放弃爱情唯一的关卡——坚信得不到爱情。我相信性欲这种东西完全是明晰的，所以根本没有预料到它竟然多多少少还需要对自己的坚持。

　　从这时开始，比起肉体，我更多地关注起精神了，但是不会使自己彻底沦落为纯粹的欲望化身。这只是幻想而已，想要幻化为风儿，对面察觉不到我的存在，我却悄然凝视着一切，轻轻地靠近对方，抚遍对方的全身，最后悄无声息地潜入对方的内部……说到肉体的觉醒，你的大脑里大概想象的是某种拥有着质量、不透明、有着准确外形的"东西"吧？我说的不是这个。我想象中的是透明、看不见的东西，也就是说我想化成风儿。

　　但是内翻足很快就让我知难而退了。只有它绝对不是透明的。与其把它叫作脚，不如把它称为一种顽固的精神。比起肉体，它更称得上实在之"物"。

　　大家都说人无镜，无以正衣冠。残疾，便是时时刻刻挂在自己鼻子尖儿上的镜子。它二十四小时地映照着我的全身，想忘记它如同痴人说梦。所以在我看来，世间所说的不安之类，简直就像儿戏一般可笑。我是没有过不安的。我这样的存在之物，同太阳、地球、美丽的小鸟、丑恶的鳄鱼一样，都是实实在在的。世界就好像墓石一般纹丝不动。

扫清不安，扫除立足点，就这样，我以自己独创的方式开始生存了。自己为什么活着呢？有的人因这一问题感到不安，甚至自杀的也大有人在。我倒是无所谓了。因为内翻足是我活下来的条件、理由、目的、理想……是存在本身。只要我还存在着，这就足够了。所谓的那种对存在的不安，只不过是人明白了自己并不能充分地存在而产生的不满引起的。这种不满是奢侈的，难道不是吗？

我在老家村子里，盯上了一位独居的老寡妇。有人说她已经六十了，还有人说不止六十岁了。她生父忌日那天，我就替父亲去给他念经。灵堂里没有前来吊唁的亲戚，灵位前只有我与她两个。念完经之后，我们就去另一间屋子里喝茶。因为当时是夏天，天气很热，我就央求老太太让我冲凉。她往我的裸背上撩水。当她一脸慈爱地注视着我的内翻足的时候，我忽然心生一计。

回到刚才的房间，我一边擦拭着身体，一边装腔作势地对她说："我出生的时候，母亲梦见了佛祖。佛祖说这个孩子成人之时，真心实意地拜倒在他脚下的女人，死后可以前往西方极乐世界。"这位很信佛的寡妇手里数着念珠，聚精会神地盯着我的眼睛。我随口念起经文，手里拿着念珠在胸口合十，光着身子仰面躺倒，如同尸体一般。我闭着眼睛，嘴里不停诵经。

你可以想象一下我当时是怎样的忍俊不禁。我心里实际上早就乐开了花了。我清楚，老太太真的一边念着经，一边对着我的脚跪拜了。我心里只有我那被跪拜着的内翻足，感觉自己快因为这滑稽的场景而憋过气了。内翻足、内翻足，心里面、脑里面仅仅只有内翻足。想到它奇特的外形，想到它所在的丑恶的状况，像上演一出吊儿郎当的滑稽短剧。实际上，不断对着我的脚磕头的老太太那蓬乱的头发，也在不断地接触着我的脚。她越是这样，我越是觉得无比好笑。

　　自从上次因为碰到那双修长的美腿而不行之后，我便感觉自己对于性欲有了一种误解。因为此时我发觉自己正因这丑恶的顶礼膜拜而兴奋得不能自已。尽管我自己并没有执着于此，尽管我正身处这最不可允许的状况之中。

　　我猛地站起身，一把将老太太推倒在地。老太太很古怪地并没有露出半点惊愕之情。我当时却没空理会这一点。只见她倒地之后，依旧闭紧双目，口中念经不止。

　　奇妙的是，当时老太太嘴里念叨的正是《大悲心陀罗尼经》的一节，我到现在都还清楚地记得。

　　　　伊醯伊醯

　　　　室那室那

　　　　阿罗嘇

　　　　佛嘇舍利

　　　　罚沙罚嘇

　　　　佛啰舍耶

你也知道吧，根据"解"的解释，意思大概是这样的：

"祈求您，祈求您，彻底扫除贪、嗔、痴三种毒瘤，现出无垢清净之本体。"

我的眼睛里，只有这位闭着眼睛迎接我的六十几岁的女人。她没有化妆，脸被太阳晒得漆黑。但是我却无法遏制自己的兴奋之情。这正是这场好戏的高潮部分。我不知不觉地被她引诱了……

但是，也许不应该用"不知不觉"那种文学的表达。我看见了所有的一切，清楚地看见了地狱各处的特色，而且竟然是在一片黑暗之中！

寡妇的这张满是皱纹的老脸，既不好看，又不神圣。然而其所拥有的老和丑，似乎在不断地为我那没有丝毫杂念的内心，提供着确凿的证据一样。有谁能给我打包票，在心无杂念的情况下看到的美女的娇容，不会变成眼前的这张老脸呢？我的内翻足、这张老脸……是的。总的来说就是我所看到的实相支撑了我的肉体之亢奋。我第一次用一种亲近的心态，相信了自己的性欲。而且我也明白了，问题不在于如何缩短我与对象之间的距离，而在于如何保持距离，使对象得以成为对象。

你看着吧。那时的我，从这种停止同时便意味着到达的不完善的理论、决不会带来不安的理论中，发明了我自己的性欲理论。这与世间的人们所发明的"沉溺"理论有异曲同工之处。隐身衣和类似风的欲望相结合，对我来说只是幻梦，我只要看便需看透彻。我的内翻足和我的女人，都只是过眼云烟。它们都与我保持相同的距离。欲望不过是假象，实像在另一侧。我一边跌入假象的无尽深渊，一边对着实像射精。我的内翻足和我的女人绝不相互接触、融合，它们的世界互相排斥……欲望是无限前进的。要说为什么，因为我那双美腿和我的内翻足，再也不会结合了。

我的想法很费解吧？要我解释给你听吗？但是从那之后，我就可以安心地相信"爱是不可能"的这一命题了。这个你能懂吧？没有不安，爱也就随之消失。世界是永恒的静止，也是永恒的抵达。难道我需要特意给这个世界加上个注解，解释说它是"我们的世界"吗？我可以就这样给笼罩在世间的"爱"身上的迷茫下一个定义，那就是：迷茫是假象企图与实像结合所带来的。不久我开始知道，我那绝对不会被人所爱的确定，才是人类存在的根本样态。这便是我失去处男之身的来龙去脉。

……

柏木说完了。

我一直听到最后，终于可以舒一口气了。我感觉自己受到了极为猛烈的冲击，感受到了一种痛苦。这种痛苦是我与我之前从未考虑过的思考方式的相遇产生的。我久久地没有从这痛苦中醒来。柏木说完之后，过了好一会儿，我才意识到周遭明媚的春光，意识到明亮的三叶草地正在闪闪发光，意识到后面的篮球场传来的欢笑。尽管所有的一切都还在同一个春天的白昼里，但是我却感觉它们的意义都发生了改变。

我没办法再沉默下去了。我只能去附和他的话，于是我就结结巴巴地说了下面的蠢话。

"这么说来，你从那之后就一直很孤独？"

柏木又摆出一副听得很吃力的样子，让我重复自己的话。这让我很难堪。不过这次他的回答之中，多了一分亲切。

"孤独？为什么我会孤独呢？你以后跟着我玩儿，慢慢就会懂了。"

这时午后的上课铃声响了起来。我刚起身，还在原地坐着的柏木突然狠狠地扯了一下我的袖口。我的制服是禅门学院时代的旧衣服改做的，其实也就是换了衣服的扣子罢了，质地很旧，到处是裂口。再加上我本来就身材瘦小，这样一来，我看起来就更单薄了。

"这节是古汉语课吧？你不觉得无聊吗？我们去那边散散步吧！"

柏木说着，费了好大的劲儿才站了起来。我感觉他站起来的样子，就像把他拆成一片片，又重新组装起来一样，活像电影里看到的骆驼起身一样。

我还从没有翘过课。但是我真的很想加深对柏木的了解，实在是舍不得放弃这个千载难逢的好机会，于是我俩就一起往正门的方向走去。

出门的时候，柏木独特的走路方式引起了我的注意，这让我甚至生出了一股羞怯的感觉。我觉得自己很奇怪，我竟然也会和其他的人一样，会因为跟柏木一同行走而感到很不好意思。

柏木让我清楚地知道了自己羞怯的原因所在，这鼓励了我，让我有勇气进入自己的人生。我所有隐秘的感情，所有邪恶的念头，经过他的话语陶冶一番之后，变成了一种新鲜的东西。或许正是因为这个原因，当我们踏着沙石路走出红砖大门的时候，远处的比睿山显得十分秀丽，好像在春日的浸润下，第一次出现在我们眼前一般。

如同沉睡在我身边的许多事物一般，这座山带着全新的意义出现了。虽说比睿山的山顶较为突兀，但它的山坡无限延伸，仿若自带一种主题的余韵，在无时无刻鸣叫着。低矮房檐所连接着的，是比睿山的阴郁山壁，一部分山壁上展露出浓淡不一的春色，隐藏在藏蓝色阴影中，只有那部分景象格外鲜明。

大谷大学门口的人流量与车流量都很少。从京都站前通往乌丸车库前的市内电车的轨道那边，才会时不时地传来电车的轰鸣。马路对面是学校运动场那古老的门柱，正与这边的正门遥遥相对。门柱的左边则是成排的长着嫩叶的银杏树。

"要不要去操场转一圈？"

柏木说完，先我一步穿过了电车轨道。他整个儿身体都在猛烈地抖动着，就好像水车一样颠簸着、狂奔着，穿过了几乎无人的车道。

运动场很宽阔，不知是旷了课还是没有课的学生，三三两两地在远处练习着投棒球；这边又有五六个人在跑着马拉松。虽然战争仅仅结束了两年，但是年轻人们早已开始挥洒着自己的精力了。我想起了寺里那寒酸的食物。

我们坐在已经开始腐烂的秋千式圆木上，随意地眺望着在椭圆形跑道上时远时近地练习着马拉松的人。在这段旷课的时间里，周围的阳光和微风轻轻地爱抚着我们的肌肤，给我们一种刚刚晒干的 T 恤抚摸在皮肤上的触感。运动员们痛苦地喘息着越跑越近，之后在留下了一串疲惫散乱的脚步声和飞舞的灰尘之后，又离我们而去。

"这些傻子！"柏木说道。听起来没有一点认输不甘的味道，"弄成那副样子是图什么呢？为了健康？退一万步说，就算你很健康，这又值几个钱？"

"到处都是体育运动。这简直就是世界末日的征兆！该公开的东西却没人公开。应该公开的……也就是死刑场了。为什么不让人去看执行死刑的样子呢？"柏木就好像梦呓似地继续说着，"你不觉得，战争时期的安宁秩序，是得惠于当时公开的犯人的惨死吗？据说之所以不再公开死刑的样子，是因为担心这样会让民众产生杀伐之心。真是蠢啊！那些负责收敛空袭遇难者的人们，看起来可是很和善快乐的呀！

"实际上，让人亲眼看见流血或者垂死挣扎的样子的话，可以让人变得谦卑，让人更加细腻、开朗和平和。我们绝对不是在那个时候变得残暴喋血的。而是在，比如说，就是在这样一个春日的午后，坐在修剪得整整齐齐的草坪上，呆呆地眺望着树林里跃动的光斑的时候，突然一下子，就变得这样残暴嗜杀了。

"世上所有的噩梦，历史上所有的噩梦都是这样产生的。但是光天化日之下，浑身是血、痛苦不已的人的样子，将会赋予噩梦一种清晰的轮廓，将它变为物质。我们苦恼的不是噩梦，而只是他人肉体的剧烈痛苦罢了。不过，我们可感受不到他人的痛苦。这样一来，反而拯救了我们！"

不过，在这个节点上，比起他的这番充满血腥的独断（当然也是富有一定魅力的东西），我更想听的是他失去处男之身后的经历。我一味地想从他那里得到对于"人生"的期待，这点前面已经说过了。我插了一句话，对他暗示了自己的问题。

"女人吗？嗯。我最近可以通过直觉看出哪个女人喜欢内翻足的男人。女人里面是有这一号人的。说不定她们会一辈子都隐藏自己对于内翻足男人的渴望，将这个秘密带进墓地。那是这类女人唯一的恶趣味，唯一的梦啊！"

"是的！我一眼就可以看出到底哪个女人喜欢内翻足。那一类的女人都是极其美丽的，鼻子高傲地翘起，但嘴角却透露出风情……"

就在这时，有位女郎迎面走来。

第五章

那位女郎并不是跨过操场而来的。操场外侧有一条通往居民区的路，这条路看上去比操场的地面还要低个二尺左右，她就是沿着那条路而来的。

从一个宏伟壮观的西班牙风的耳门那里，女郎的身影渐渐出现。那栋建筑有两个烟囱和倾斜的玻璃窗，上面是宽大的温室玻璃屋顶，给人一种易碎的感觉。一道铁丝网隔着道路，在操场另一侧高高地竖起。这铁丝网绝对是房屋主人为了表示抗议而建立的。

柏木和我坐在铁丝网边的秋千木上。我偷偷地打量了女子一眼，感受到了很大的冲击。那张有着崇高气息的脸，跟柏木对我说的"喜欢内翻足"的女郎的脸一模一样。然而不一会儿，我就觉得自己是大惊小怪了。可能柏木早就认识这个人了，说不定还梦见过她呢！

我们等着女郎走过来。在春日和煦的阳光下，那边是葱茏的比睿山峰顶，这边是向我们婀娜地缓步走来的女郎。我正沉浸在柏木刚才那番令我感动万分的奇谈之中，还没有回过神来。他说他的内翻足和那位女郎就像两颗星星一般，散布在真相的世界里，参差不相见；而他本人将会继续躲藏在假象的世界里，满足自己的欲望。这时云层遮住了太阳，我与柏木身上浮现出一层淡淡的阴影，好像我们的世界突然一下显露出了虚幻的样子。所有的一切都被隐匿在了一层灰色的模糊之中，连我自己都开始变得影影绰绰了。远处比睿山青翠的峰顶和这位气质高雅缓步而来的女郎，唯有这两者在真相的世界之中存在着，闪耀着炫目的光芒。

　　女郎确实走了过来。但是时间的推移就像慢慢加剧的痛苦一般，当她逐渐靠近我们的时候，那张与我们毫不相关的脸开始变得鲜明起来。

　　柏木站起身，用深沉而又压抑的声音在我耳边低语道：

　　"走！按我说的办！"

　　我只能挪动脚步了。我们沿着女郎边上高出二尺左右的石墙，和她同一方向地平行走着。

　　"从这里跳下去！"

　　柏木尖尖的手指戳了一下我的背。我跨过低矮的石墙，跃到了路上。二尺左右根本算不上有多高。但是内翻足的柏木在随着我跃下的时候，伴着一声巨响，一下子跌落在了我的边上。看起来他是跳的时候没有准备好才摔倒的。

　　穿着黑色制服的后背在我的眼前剧烈地起伏着。那一瞬间，我觉得他趴着的姿势很难与人类相联系，而是像一个没有任何意义的黑色大污点，又或者是雨后路上浑浊的积水潭一般。

柏木正翻倒在那位女郎前进的路上，于是她停下了脚步。在我蹲下打算扶起柏木的当口，我看到了她那高挺冷傲的鼻梁、颇具诱惑的嘴角、水盈盈的美眸。在那一刻，这一切诱惑之物又使我想起了皎洁的月光之下有为子的脸庞。

突然幻影消失了。看上去还没到二十岁的女郎，用轻蔑的眼神瞥了我一眼，打算从我们身边绕过去。

柏木比我更敏锐地察觉到了这一点，他大声地喊了起来。那恐怖凄厉的喊声在正午没有人影的居民区上空回响着。

"没有良心的家伙！你就打算看着我不管吗？我可是为了你才摔成这样的。"

回过头来的女郎浑身颤抖着。她用修长纤细的手指摩挲着自己失去血色的脸颊，最终转头询问我：

"要怎么做呢？"

此时柏木已经抬起了头，一动不动地盯着她。然后一个字一个字地从嘴里蹦出来：

"你家里起码应该有药吧？"

沉默许久之后，女郎回转过身，沿着来时的路又回去了。我把柏木扶了起来。扶起来的时候他的身子显得很沉重，气息也很紊乱。但当扶着我的肩膀行走的时候，他的身体又意外地变得轻盈起来……

——我快步跑到乌丸车库车站，飞速坐上电车。当电车朝着金阁寺的方向行驶的时候，我才能喘口气。手上已经满是汗水。

刚才我扶着柏木走到那栋西班牙风格的洋馆前，当女郎进了耳门之后，一股恐怖的感觉弥漫上了我的心头。我吓得将柏木扔在那里，头也不回地逃之夭夭了。我估摸着去学校也已经来不及了，于是就独自在寂静空旷的街道上跑着。药店、糕点铺、电气品店等建筑一个接一个地从我眼前飞过。我眼角闪烁着的那道紫红光亮，恐怕是跑过天理教①弘德分教会时，那里的灯笼留下的。教堂黑黝黝的墙壁上挂着绘有梅花家纹的灯笼，门上也包裹着用同样的梅花家纹装饰的紫色幔布。

我自己也不清楚要去哪里。等电车徐徐地开向紫野的时候，我才反应过来原来我那颗仓促的心，是要奔往金阁寺的。

尽管这天是工作日，但是因为时逢观光季节，所以金阁寺周边已经是人山人海。看门的老人惊讶地看着我分开拥堵的人群，跑回金阁的前面。

就这样，我站在了被漫天飞舞的烟尘和丑陋的人群所包围的金阁前。在导游的大声介绍中，金阁一脸无辜地半掩着自己的美貌，只有池水中的倒影依旧澄明。但恍惚之间，就像圣众来迎图中被诸多菩萨所环绕迎接的弥陀佛一般，漫天的灰尘变成了包围众多菩萨的金色的云，金阁在飞扬的尘埃之中显露出朦胧的姿态，也恍如褪色了的旧颜料或者磨破了的图案。这种嘈杂与喧嚣渗入了修长的柱子，汇入了由小小的究竟顶和其上逐渐变细耸立的凤凰，向上连接着发白的天空。这是不足为奇的。建筑只是存

---

① 原属日本教派神道系统，后自立成教的日本新兴宗教之一，大和国山边郡庄屋敷村（今奈良县天理市三岛町）妇女中山美伎创立。

在于此，起着统制管辖的作用。周围的躁动越来越明显。西边临着漱清池，头上顶着二层以上突然变小的究竟顶的金阁，这座不匀整的纤细的建筑物，起着不断地把污水变成清水的过滤器一般的作用。金阁没有拒绝周围人群的窃窃私语，它反而将这些噪声吸纳进了空阔而优雅的廊柱之间，然后不一会儿就将它过滤成了一种静寂、一种澄明。而且金阁就像池水中毫不动摇的倒影，不知不觉地就达成了存留天地间的目的。

我的心渐渐平复下来，恐怖的感觉也渐渐消失了。对我来说，所谓的美感，就必须是这样的东西。它将我与人生阻断，又从人生中保护我。

我几乎是在祈祷了。

"要是我的人生变得像柏木那样的话，请保佑我吧！否则的话，我是绝对难以承受的。"

柏木暗示着的，或者说在我面前表演着的人生，其生恰似其死。这种人生既缺少自然，也缺少像金阁那样的结构之美。可以说，这种人生只是一种痛苦的痉挛罢了。然而，我被它吸引，并借此确定了自己人生的方向，这也是事实。首先，用布满荆棘的生之碎片将双手扎得鲜血淋淋这件事是很恐怖的。柏木对本能和理智同样的不屑，他的存在犹如一个奇怪形状的球，到处翻滚，企图冲破现实构筑的墙。这根本算不上一种行为。总而言之，他所暗示的人生只是一出闹剧，是要用未知的伪装来击破欺骗着我们的现实，清扫世界，使之不含有一丁点儿的未知。

为什么呢？因为后来我在他的公寓里面看到了如下的一张海报。

这是日本旅行协会印刷的一张美丽的石版画。画面中是日本阿尔卑斯山。在蔚蓝的天空之下，雪白的山顶之上，印刷着"召唤你，去未知的世界吧！"的字样。柏木在这排横着印刷的文字和山顶那边，用红色的笔迹使劲地打了一个"叉号"，试图将其抹消掉。同时还在旁边涂鸦了一句："所谓未知的人生，实在是无法忍受。"这几个龙飞凤舞的字，立马让我联想起他用内翻足走路的样子。

第二天，我在上学的路上还在担心着柏木的身体情况。现在想来，那时把他扔在那边自己逃了回来，其实也是重视友谊的行为，所以内心并没有感觉到内疚。不过心里还是有点儿不安，万一今天他不在教室里面呢？不过，就在快上课的时候，我看见柏木和往常一样，不自然地耸着肩膀，晃进了教室。

课间休息的时候，我一把抓住了柏木的胳膊。对我来说这种快乐的动作已经是很罕见的了。他歪着嘴笑着，和我一起去了走廊。

"你的伤不要紧吧？"我问道。

"什么伤？"——柏木看着我，好像嘲讽一般。"我什么时候受伤了？嗯？你做梦做糊涂了吧？"

我接不上他的话茬儿。看我真的急了，他才把事情挑明了。

"那只是演戏罢了！我在那条路上不知道练了多少次了。看上去好像骨折了，但其实我就是装装样子。不过我实在没想到那个女人竟然佯装不知想要绕过去。你就瞧好吧！那个女人已经迷上我了。不对，应该说那个女人已经迷上我的内翻足了。那个家伙还亲自给我的腿涂碘酒呢！"

说着他提起裤腿，给我看已经染成淡黄色的小腿。

那个时候，我觉得自己好像已经看到他的骗术了。他故意摔倒在那条路上，自然是为了引起女人的注意。那么假装受伤是为了隐藏自己的内翻足吗？但是这一疑问并未让我对他产生轻蔑之情，相反，这让我与他更加亲近了。我只有一般年轻人的感受。我觉得他的人生哲学之中越是充满骗术，越是证明了他对人生的坦率。

鹤川并不喜欢我与柏木交朋友。他虽曾出于友情忠告过我，但是我却觉得他很腻味。不光如此，我还与他争论，告诉他："你，鹤川这样的人自然会有好朋友的。但是像我这样的人，也就只有柏木愿意和我玩儿了。"当时鹤川的眼中浮现出不可名状的悲凉之色。后来每当我想到此节，心中都会涌现出无限的悔恨之感。

到了五月，柏木计划躲开休息日拥挤的人潮，找个平常的日子旷课去岚山游玩。真不愧是柏木。他决定要是晴天的话就不去，阴天再去。他打算陪着那栋西班牙风格的洋房里的女郎，还给我带来他住的那家房东的女儿。

我们约好在被称为岚电的京福电铁的北野站相见。那天幸好是五月里很少见的阴云密布的天气。

鹤川家里好像是出了点儿麻烦，于是就请了一个星期左右的假返回东京了。他虽然不是一个喜欢打小报告的人，但是因为平时我都是和他一起上学的，要是他还在的话，我就不得不半路丢下他独自溜走了，所以我松了一口气。

是啊！一回想起那天的爬山经历我就感觉很痛苦。我们游玩的一行人都很年轻，年轻人所特有的黯淡、浮躁、不安和虚无感，给那一天涂上了厚重的油彩。无疑，柏木就是预见到了这一点，所以才故意选择了一个阴天。

那天的风是西南风，风势猛地增强，然后又戛然而止。一阵阵让人不安的微风拂过。天空虽然十分暗淡，但是还没到看不清太阳的地步。一部分的云朵绽放出了白光，就像多层的衣襟处露出的雪白酥胸一般。这白光模糊着，可知其内部藏着太阳。但是一瞬间白光又立刻融化在了阴天一般的铅灰色中。

柏木的话是真的。他真的在两位女郎的陪伴下，出现在了检票口。

其中一人确实是那位女郎。高挺冷傲的鼻梁，颇具诱惑的嘴角，身穿进口的衣料做的洋装，肩上挂着一个水壶，十分美丽。她的前面是微胖的房东的女儿。与之相比，房东女儿无论是穿着打扮还是容貌都相形见绌，只有小巧的下巴和紧闭着的嘴唇还带一点儿少女的娇媚感。

在去往岚山的车里，游玩时的那种愉快的气氛就已经消失得无影无踪了。因为柏木一直在和那位女郎争吵。内容听不太清。只见得女郎有的时候好像快要哭出来了一样，紧紧咬住嘴唇。房东的女儿对此漠不关心，只顾低声哼唱着流行歌。突然，她对着我打开了话匣子：

"我们家的边儿上有一位很好看的插花老师。她前些日子给我讲了一段特别浪漫的故事。战争时期，她其实已经有了一位恋人了，是一位陆军军官。在他出征之前，两人利用短暂的时间，去了南禅寺相见告别。两人的父母本就不许，分别时女方虽怀了孕，却是一个死胎。这位军官无比悲伤，哀叹之余说道：'哪怕是一点点，我也想喝到你作为母亲产下的乳汁。'因为没有多少时间了，于是老师就当场把乳汁挤到淡茶里让他喝了。一个月后，她的爱人就战死了。从那之后老师就一直守着寡，独自一人生活着。她还那么的年轻，那么的好看啊！但是……"

我简直不敢相信自己的耳朵。战争末期我和鹤川从南禅寺山门那看到的，令人难以置信的情景又重现了。我有意不告诉她我的回忆。因为我觉得，要是我和盘托出的话，那么刚刚听到这个故事时的感动，就会背叛那时神秘的感动。只要守口如瓶，今天的故事不仅解不开谜团，反而使之相互交叠，更加深了它的神秘色彩。

这时，电车从鸣瀑附近的大竹林边开了过去。五月正是竹子凋零的季节，竹叶一片枯黄。风微微地摇动着竹梢，枯叶落在了茂密的竹林之中。可是竹子的下面好像和风毫无瓜葛，粗大的竹根盘根错节地伸展到了竹林最深处，显得十分寂静。只有靠近铁轨的竹子，在电车疾驰之后才会猛烈地摇晃。其中有一株竹子苍翠欲滴，格外显眼。这株嫩竹低伏身子，以一种艳丽且奇异的方式摆动着，它在我眼中停留片刻便远去消失了……

我们一行人到达岚山，来到了渡月桥边，特意拜谒了因为无知而不曾知晓的小督局①的陵墓。

---

① 日本平安朝中纳言藤原盛范之女，高仓天皇的宠妃。

小督局为避开权臣平清盛而选择隐居在嵯峨野，奉敕命前来寻找她的源仲国，在一个中秋月圆之夜，听到了隐隐的琴声，顺着琴声，他顺利地找到了小督局的幽居之所。那首琴曲就是《想夫恋》。谣曲①《小督》里面有这样的一段唱词："明月皎皎夜，闻琴拜法轮。犹疑松涛响，却是所寻人。借问何所弹，方知想夫恋。听君歌一曲，陶然共忘机。"但是后来小督局依旧留在了嵯峨野的草庵之中，为高仓帝祈福，就此度过了自己的后半生。

　　她的坟墓就在小径的深处，只不过是一尊小小的石塔，夹在一棵巨大的枫树和一棵快要腐朽的老梅树之间。我和柏木为了表达对死者的悼念，为她念了一段短经。柏木那无比严肃认真、亵渎般的念经方式也深深地感染了我。我学着那里的学生，用鼻子哼歌的方式念完了经。这种小小的渎圣的方式使我感受到了一种解放的快感。

　　"所谓优雅之墓，竟然是这般寒酸！"柏木说道，"拥有政治权力或者财富的人留下了气派的墓、堂皇的墓地。这帮人生前就没有想象力，死了之后墓地自然也是由没有想象力的家伙们建造的。但是优雅的人只能依靠着自己和他人的想象力而生存，他们的墓也只能是凭借想象力而留存。这些墓主人真的很可悲啊！死后还得继续祈求着他人的想象力。"

　　"优雅只存在于想象力之中吗？"我也快活地搭了一句。"你所说的实像，优雅的实像到底是什么呢？"

　　"就是这个！"柏木用手拍打着长满青苔的石塔塔顶说道，"石头或者人骨，人死后留下来的无机部分。"

　　———————————
　　① 日本能乐的词曲。

"纯粹是佛教的玩意儿！"

"这和佛教有什么关系？优雅、文化，人所想象出的美的东西，所有的这些事项，都只是无结果的无机的东西罢了。不是龙安寺，只是石头而已。哲学、艺术，都是石头。另外，说到人的有机的关系的话，你不觉得它很可悲吗？因为只有政治存在！人实在是一种喜欢自我亵渎的生物啊！"

"性欲算哪方面的？"

"性欲吗？大概是介乎二者之间吧！性欲是在人与石头之间跑来跑去捉迷藏的。"

对于他所说的美，我本想着立即反驳的，可是那两个女人已经听腻了我们的议论，顺着小路回去了。于是我们也跟了上去。从小路上遥望保津川，那里是渡月桥的北边，宛如河的堤坝一般。河流对岸的岚山，草木丰茂，一片青葱。只有河流这部分，生机勃勃的水珠迸发，连成一条白色的线，激流之声响彻这一带。

河面上漂着许多小船。我们沿着河滨而行。等我们走到路的尽头的龟山公园的门口的时候，仅仅看到地上散落的纸屑，由此而知今天公园里的游客着实稀少。

在门口处，我们回头又看了一眼保津川和岚山新叶葱茏的样子。对岸有个小瀑布点缀着。

"美景就是地狱啊！"柏木又说道。

不知为何，我总是感觉柏木的这个说法让我捉摸不透。不过我还是模仿着他的样子，试着把那片景色当作地狱来眺望着。我的这番努力并没有白费，眼前恬静、漫不经心和青翠的景色之中，也有地狱在摇曳着。这地狱不分昼夜、不分地点，随心所欲地显露着，好像我们只要随意呼喊，它就会立刻出现在我们眼前一般。

岚山上的樱花据说是在十三世纪的时候从吉野山上移植过来的，现在已经全部长出嫩叶了。花季已经过去了，在这片土地上，樱花只不过像死去的美人的名字一般，偶尔被人想起。

龟山公园里面最多的植物是松树，所以几乎看不到色彩因季节的变动而变动。这是一座高低错落有致的广阔公园。松树随处亭亭而立，下面很长的一部分都是没有叶子的，数不清的裸露松枝无规则地交叉纵横着，给公园整体的景观平添了几分不安。

一条宽阔且迂回的大路环绕了公园一圈，升一段降一段的，到处是树墩子、灌木和小松树。巨石的一半被深埋在地下，裸露出白色的肌体，四周都是竞相怒放的紫红色的杜鹃花。在阴沉沉的天空的衬托之下，似乎带上了几分不怀好意。

一对年轻的男女坐在架设在洼地里的秋千上面。我们从他们旁边爬上小山丘，在山丘顶部的一片伞形凉亭休息。从亭子这里向东望去，可以饱览公园的全貌；向西望去，则可以鸟瞰被翠绿的林地所包围的保津川那永不停歇的河水。荡秋千发出的咯吱咯吱的声音，就像磨牙声一般地传到亭子里。

女郎把她的小包裹解开了。柏木之前曾对我说过不需要便当，果然是真的。解开的包裹里有四份三明治、很稀罕的西洋点心，最后还有专供占领军，只有黑市才能买得到的三得利威士忌酒。据说，当时京都是京阪神①地区的黑市买卖中心。

我几乎不怎么喝酒，但还是跟柏木一样，双手合十作谢，接过了递过来的酒杯。而那两位女士则是饮用水壶里面的红茶。

对于柏木和女郎之间亲密的关系，我至今还是感觉半信半疑的。我搞不懂为什么如此难以亲近的女郎，会对柏木这样一个长着内翻足的穷酸书生这般殷勤。在喝了两三杯之后，柏木为我揭晓了答案：

"刚才我和她在电车里吵起来了。是这么回事，她家里想让她同一个她讨厌的男人结婚，她眼看着就要屈服了，所以我就半安慰半威胁地告诉她，我是绝对不会让她结成婚的。"

这种话本来是不应该在当事人的面前提起来的，可是柏木好像完全忘记了女郎的存在一样，满不在乎地说了出来。女郎在听了这番话之后，脸上的表情竟也没有出现任何的变化。她那细嫩的脖子上戴着陶片串起来的蓝色项链，在阴沉的天空的衬托下，卷曲的秀发的轮廓使得她那过分鲜明的容貌变得朦胧起来了。她的双眼十分湿润。也正因如此，只有双眸才给人留下了裸露般的生机勃勃之感。她那挑逗的嘴唇像往常一样微微地张开，两片薄唇之间是一排细小尖锐、晶莹光洁的牙齿，给人一种小动物的牙齿的错觉。

"好疼啊！好疼！"柏木突然弯腰捂住自己的小腿，呻吟了起来。我惊慌地蹲下来想要照看他的时候，他一把推开了我，然后冷笑着给我一个眼神的暗示，于是我把手抽了回来。

"好疼啊！"柏木又用逼真的声线呻吟着。我不由地看向了身

①指京都、大阪和神户三个相邻城市组成的区域。

边女郎的脸。她的脸上出现了明显的变化，眼睛失去了冷静的光芒，急躁得嘴角发颤。只有她那高冷挺拔的鼻子依旧无动于衷，形成了奇异的对照。面部的和谐和均衡也被打破了。

"忍一下，你忍一下！我现在就给你治！现在就治！"

她扬起声音说道。我是第一次听到她那旁若无人的高亢的声音。她伸长了脖子，抬起头环视了四周。见四下无人，旋即她便跪在亭子里的石板上，抱住柏木的小腿不住地用脸颊摩挲着，最后竟亲吻了起来。

我的心再次被恐怖所占据了。我看了看房东的女儿，她正若无其事地哼着歌，眺望着远方。

……这个时候，我感觉日光好像从云层间隙倾泻下来一样。也许这是我的错觉？然而宁静的公园的全景构图好像产生了某种异变，那包围着我们的澄明的画面——松林、河水反射的粼粼波光、远处的群山、洁白的岩石、点点开放的杜鹃花……被这样的景物点缀着的画布四周，一点点地裂开了。

实际上，奇迹"确实"发生了。柏木渐渐不再呻吟了。在他抬起头的瞬间，他冷笑着给了我一个暗示。

"我不疼了！真奇怪啊！我疼的时候，你这么一治总是能治好。"

然后柏木用双手揪住女人的头发，将她的头抬了起来。女人的头发被揪着，抬起头仰视着柏木，脸上露出忠犬般讨好的微笑。在阴天那昏暗的光线下，有一瞬间，我感觉这位女郎娇美的容颜，幻化为柏木所说的那个六十岁的老太婆的脸。

……完成了奇迹之后，柏木变得十分开心，开心得好像疯了一般。他大声地狂笑着，突然一把把女人抱在自己的膝盖上热烈地和她接吻。他的笑声在洼里数不清的松树树梢上盘旋着。

"怎么不说话了？"柏木冲着默不作声的我说道，"我专门给你带来一位女孩，你却不理不睬的。难道你担心她会笑话你的结巴吗？哈哈！说不定她就喜欢结巴呢？"

"你是个结巴？"房东的女儿好像刚刚回过神儿来，"这样一来《三个残疾人》① 就来了两位了。"

这话深深地刺痛了我，令我痛苦不堪。然而，我对她产生的憎恶，却在一种头晕目眩般的感受之后，转变为突然冒出的欲望。真是奇异！

"我们分成两组各自躲起来吧！两小时之后，我们在这里会合。"

柏木俯视着依旧兴致勃勃地玩着秋千的男女，嘴里说道。

我同柏木和女郎他们分开之后，就和房东的女儿一起沿着亭子这边的山丘下到了北边，然后又往东边迂回，爬上了缓坡。

"他可真是把那位女郎视为'圣女'啊！总是喜欢耍那样的花样。"女孩说道。

我结结巴巴地反问道：

"你、你是怎、怎么知道的？"

"我当然知道啊！我和柏木也曾经处过。"

"现在你已经无所谓了吧？不过也真亏得你刚才能沉得住气！"

---

① 日本狂言剧目之一。

"我是真无所谓了。那样的残疾人，谁看得上啊！"

她的这番话反而给了我勇气。于是我的反问顺利地脱口而出：

"你不是也很喜欢他的内翻足吗？"

"胡说！那脚跟青蛙的一样。我啊，嗯，是因为觉得他的眼睛很好看。"

这样一来我就又丧失自信了。不管柏木自己是如何想的，这个女孩喜欢的是柏木身上尚未察觉的美。我身上不是没有尚未察觉的美，只是我的骄傲拒绝了这种美。

——且说我与那个女孩已经走到了山坡的尽头，来到了幽静的平地之上。透过松树与杉树，可以隐约看到远处的大文字山等远山。竹林覆盖着从这片丘陵到城镇的一大片向下延展的斜坡。竹林的尽头是一株迟开的樱花树。花儿尚未凋谢。那确实是迟开的樱花，结结巴巴地一点点绽放，所以花期才会来得这么晚。

我的胸中堆积起了块垒，感觉胃部沉甸甸的。这不是喝了酒的缘故，而是因为一到紧急关头，我的欲望就会变沉，一种从我的肉体抽离出来的抽象结构，压在了我的肩上。我感到它就像是乌黑、沉重、铁制的机床一般。

正如我之前多次述说过的那样，我十分珍视柏木赋予我的那种面对人生的亲切或者恶意。中学的时候，我曾经把高年级学生的短剑鞘给弄坏了。从那个时候开始，我就清楚地知道我是没有资格面对人生的光明之表面的。但是，柏木却为我第一次指出一条从内部走向人生的黑暗的近路。乍看好像是走向毁灭的，但是实际上却是富于意外的法术。它能把卑劣变成勇气，能把我们称之为缺德的东西变成纯粹的热能。就这一点来说，将之称为点金之术也不为过。尽管如此，尽管事实如此，这依然是人生。它能够前进、获得、推移和丧失。即便它称不上是典型的生，却也具备了生的所有功能。假如在我们目不能视的地方，所有的生都是以无目的为前提的话，它就越发和一般的生等价了。

我想，就是柏木也不会说他没有酩酊大醉吧？我突然明白了，任何阴暗的认识里面都会隐藏着足以使认识者沉醉的事物，而且使人沉醉的东西也就只有酒了。

……我们坐在褪了色并且被虫子蚕食过的杜鹃花的花荫之下。我不明白为什么房东的女儿愿意这样陪着我。我故意对自己表现得很残酷，但是这个女孩却莫名地被一种"想受伤"的冲动所驱使着。世上也有充满羞耻和温柔的乖巧，但是女孩却只是将我的手放在她那微胖的小手之上。这让我有种午睡时身上落了苍蝇的恶心。

长时间的接吻以及女孩柔嫩的下巴的触感，唤醒了我的欲望。虽然说这是我梦寐以求的事情，但是现实感却是非常淡薄。欲望环绕着其他的轨道奔驰着。灰白色沉郁的天空、喧嚣的竹林、在杜鹃花的绿叶上吃力攀爬着的七星瓢虫……这些东西依旧毫无秩序地散乱存在着。

我原本是不想把这姑娘当作欲望对象的。但想到人生之路，应该把它作为通往"前进"和"获得"的一道关隘来思考。要是错过了眼前的机会，人生就将再也不会光顾我了。想到此处，我想起了因不能顺畅说话而受到的百般屈辱的回忆，这时万千的委屈涌上心头。我应该果断地开口说话的。即便是结巴，我也要把事情全部说出来，把"生"掌握在手里。这时柏木那尖酸的催促、那"结巴！结巴！"的无情叫声在我耳边响起，鼓励了我……我终于将自己的手滑入了女孩的裙子里。

这时金阁出现在我的眼前。

这是一座充满威严、忧郁且精致的建筑物，是一座处处金箔剥离的奢华的尸体一般的建筑。这座永远澄明地悬浮着的金阁，出现在不远不近、不亲不疏的不可理解的距离之外。

它就矗立在我和我追求的人生之间，起初像一幅工笔画，精致且小巧。然后眼睁睁地看着它一点点变大，在它那精巧的模型之中，仿佛可以看到包裹了整个世界的巨大的金阁的呼应。这金阁将我四周的世界吞纳，将这个存在的世界包裹得严严实实。它就像宇宙间的一首宏大的交响曲，唯有这音乐，才能使世界变得有意义起来。虽然有的时候，它是那样排斥着我。但是如今，看似屹立在我之外的金阁，将我完全地包裹住，在它构造的内部给我预留了位置。

房东的女儿走远了，就像一粒尘埃般地消失在我的视野之中。女孩既然是被金阁给拒绝了，那么也就相当于被我的人生拒绝了。既然被无限之美包围了，那么又有什么理由向人生伸手呢？即使是站在美的立场上来说的话，我也有要求放弃的权利吧？我不可能一只手去触摸"永远"，另一只手去触摸"人生"。在我看来，如果人生的意义在于对某一瞬间宣誓忠诚，从而使得这一瞬间停止的话，那么金阁可能就会及时知晓，在一瞬间放弃对我的抗拒疏远，并会亲自化为瞬间，告诉我我对人生的渴望不过是虚无的。人生之中，当我们化身为永恒的那一瞬间，是最让我们沉醉的；但是正如此时的金阁一般，比起可以融入瞬间的永恒的姿态，这是完全不值一提的。美的永恒的存在，真正阻挡我们的人生、毒害生命的，正是此时了。生虽然让我们从裂缝之中窥见瞬间的美，但是在面对这样的剧毒时，完全是不堪一击的。它将崩溃、毁灭，就连生的本身也将完全地暴露在苍白的毁灭之光下。

……我完全沉湎于幻之金阁中的时间并不是很长。等我清醒过来时，金阁已经完全消失了。其实它只不过是一座至今尚存的建筑罢了。它耸立在东北方向遥远的衣笠山地，从这里眺望的话是看不见的。那样接受我、拥抱我的金阁的幻影时间，已经结束了。我躺在龟山公园的山坡顶上，四周只有花草和慢悠悠地飞舞着的昆虫，以及一位肆意横躺着的女孩。

看到我突然地畏缩，女孩对着我翻了个白眼，然后起身。接着她扭转腰肢背对着我坐定，从手提包中掏出一面小镜子照了起来。虽然她一句话都没有说，但是那种轻蔑的感觉就好像秋天扎到衣服上的牛藤果一样，千遍万遍地刺疼我的皮肤。

天空低低地垂着。轻盈的雨水敲打在四周草丛和杜鹃花的叶子上。我们连忙站起身，急急忙忙地沿着小路跑向刚才的亭子。

这一天给我留下了灰暗的印象。凄凉地结束了郊游固然是原因之一，但实际上不仅于此。这天晚上准备就寝的时候，老师收到了一封来自东京的电报。于是，他立刻召集全寺僧众，公布了电报内容。

鹤川死了。电文非常简单，只是简单地写了他是因事故而死。后来才了解到了事情的全部内容。他去世的前一天晚上曾到访住在浅草的伯父一家，在那里喝了一些酒。鹤川本身不是很能喝酒。回家的时候，他在车站附近被一辆突然从小胡同里冲出来的卡车撞倒在地，头盖骨骨折，当场就没了呼吸。骤闻噩耗，他的家人顿时束手无策。过了好久才想起来给鹿苑寺发一封电报。此时已经是事发后第二天的下午了。

　　父亲去世时我都没有哭过，此时我却禁不住流下了热泪。为什么失去鹤川要比失去父亲更让我痛苦呢？我想可能是因为这与我自身有着重大的关系吧！自打认识柏木之后，我就有点儿疏远鹤川了。但是等真正失去挚友之后，我才深深地感受到，他的死切断了维系着我与白昼般的光明世界之间联系的细线。我为失去的白昼、失去的光明、失去的夏天而哭泣。

　　我自己又何尝不想去东京吊唁呢？可是我没有钱啊！老师每个月只会给我五百日元的零花钱。母亲本来就穷，每年大概只会给个一两次，每次只有可怜的两三百日元。母亲之所以选择清理家产之后寄居在加佐郡的伯父家里，就是因为父亲去世之后，她就只有香客每月不足五百元的救济金和微薄的政府补助金了，实在是难以维持下去。

　　我没看到鹤川的遗体，也没有参加他的葬礼。我不知道如何才能确认鹤川确实在我的心里死去这一事实。往日，他那穿着白衬衫，沐浴在透过林间洒下的光斑的腹部，依旧在一起一伏地燃烧着。谁能想象得到像他那般为光明而生的、最适合光明的肉体和精神，如今正埋在墓土下休憩呢？他身上全无夭折的预兆。他完全一副乐天派的模样，一点儿都不具备类似死亡的要素。也许正是源于此，他才猝然离世的吧？纯血肉构成的动物的生命是脆弱的。鹤川既然是由最纯粹的生之精华构成的，那么也就相应地缺乏对抗死亡的手段了。我和他正相反，所以我那应被诅咒的生命却意外地得到了长寿保证。

他所居住的世界是一个透明的结构体。对我而言，这个透明的结构体时常是个难以解开的谜。这个谜因为他的死去而愈加恐怖起来。从旁边冲出的卡车，好像撞到了一尘不染的透明玻璃，把这个透明的世界撞得粉碎。鹤川不是病死的。他十分符合这样的比喻。所谓意外事故这般的死，并不符合他那无比纯粹的生的构造。通过瞬间的冲突接触之后，他的生与他的死结合了。这是多么迅速的化学反应啊……毫无疑问，那光明之子般的奇怪年轻人，只能通过这种过激的方式，来将自己的身影和自己的死相互联结了。

可以断言，鹤川所居住的世界即便是洋溢着明朗的感情和善意，他也不是仰仗着误解和幼稚的判断居住于此的。他的那颗光明之心，对我们的这个世界来说是一分不值的，却被一种力量、一种坚韧的柔软很好地保护着，成为他行动的法则。他把我那阴暗的感情翻译成了明朗的感情。这种做法之中蕴含着某种难以描述的正确性。这种光明，在每一个角落都与我的阴暗相互照应，显示出详细的对比。有时我会不由得怀疑，鹤川是不是也如实地产生过我的那种心情呢？其实并非如此！他的世界里的光明是纯粹的，也是偏颇的。它建立起了一个细致的体系，该体系的精密程度甚至无比地接近邪恶的精密程度。要不是这个年轻人不屈不挠的肉体力量支撑着这个体系的运动的话，也许这个光芒万丈的透明世界会立马土崩瓦解。他无畏地径直向前奔跑，于是卡车碾过他的肉体。

鹤川那明朗的容貌，修长的躯体，确实是能够给予人好感的源泉。但是如今这些东西都没有了，却又把我引入有关人的可视部分的神秘思考之中。在我们目光所及之处，实际存在的那些东西，都在行使着光明的力量。这是多么不可思议啊！我想，人的精神要想获得这样朴素的实在感的话，要向肉体学习多少东西啊！据说，禅体无相。了解自己的内心是无形无相之物，也就是人们常说的"见性"①。不过要想清楚地洞察无相的见性，人还需要对形态的魅力保持一种极度的敏锐。不能以无我的敏锐来看待形与相的人，又怎么可能清楚地察知无形与无相呢？所以，像鹤川这般光芒万丈地存在着的人，可以看得见摸得着的人，可以被视为以生为生的人，如今已经远去了。他那明了的形态就是不明了的无形态的明确比喻，他的实在感就是无形虚无之物最贴切的模型。我想，他也不过是这种比喻罢了。比如，他和五月的鲜花很契合，这种契合表现在他是于五月突然逝世的。放在他棺椁之上的鲜花是五月的，这两者达到了极为契合的程度。

总之，我的一生缺少鹤川那般明确的生的象征。也正是基于此，我非常需要他的存在。而且最让我嫉妒的是，他的一生之中丝毫没有我的那种独自性或者独自担负着使命的意识。正是这种独自性夺走了生的象征性，夺走了他的人生可能被比作其他的象征性，进而又夺走了生的扩展性和共同性，以至于成为永远无法

———————————
① 佛教用语。专指大彻大悟之意。

摆脱的孤独的本源。这让我感觉很不可思议。我甚至和虚无都没有联系了。

我又开始孤独了。此后我再也没有见过房东的女儿，和柏木也没有了先前那般的亲密。柏木的生活方式对我来说依旧是极具魅力的，但是我却多少有点儿抵触。虽然不是出自本心，但我俩之间还是疏远了，因为我觉得这样做是对鹤川的一种悼念的方式。我曾经给母亲写过信，信中断然写道："在我出人头地之前，请不要来找我！"我虽然先前也对母亲说过这些话，但是不用强硬的口吻给她再写一封信的话，心里总是不踏实。母亲在她的回信中，用磕磕巴巴的笔触，讲述了她是怎样勤劳地帮伯父干农活儿的，信里还有一些简单的教导之类的话语。最后她加上一句："要是不能亲眼看见你成为鹿苑寺的住持的话，我是死不瞑目的。"我憎恶这行文字。此后的好几天，我都是在不安中度过的。

整个夏天我都没有去拜访过母亲的寄居地。由于伙食比较恶劣，所以身体遭了很大的罪。九月十日之后的某一天，天气预报说可能会有强台风来袭。寺里需要有人去金阁值班，于是我就主动报名了。

从这时开始，我感觉我对金阁的感情发生了微妙的变化，虽然不能说是憎恶，但是我有预感，我的体内必然正在慢慢地滋生一种与金阁绝不相容的感情。自从去龟山公园玩耍之后，这种感情就变得清晰了，不过我很害怕给这种感情起一个名字。但，一想到我要在金阁值一晚上的班，寺庙已经完全地将金阁交到我的手里的时候，我就难掩欢喜之情。

我拿到了究竟顶的钥匙。金阁的第三层尤为珍贵。这里高出地面四十二尺，门楣上悬挂着后小松天皇 ① 御笔匾额。

　　广播里时不时地通知着台风即将来袭的消息。但是我却总是不见台风接近的迹象。下午时断断续续的降雨停止了。满月高悬夜空之中，寺庙的人走到庭院里仔细观察着天象，纷纷议论说这是台风来临的征兆。

　　寺院中一片宁静。金阁之中只有我一人。我站在月光无法照到的地方时，感觉到金阁那厚重奢华的黑暗将我包围。我感到一阵恍惚。这种现实般的感受又原封不动地变成了幻觉一般的东西。待到我醒转过来，才发现如今我正身处在龟山公园里游玩时的恍惚之中。那是将我与人生隔离开的幻影。

　　我形单影只，绝对的金阁抱住了我。不知是我拥有金阁，还是金阁拥有我，抑或是这里产生了罕见的均衡，这使得我就是金阁，金阁就是我的状态成为可能。

　　晚上十一点前后，风势越来越大。我借助手电的光登上了究竟顶，用钥匙打开了究竟顶的大门。

　　我倚靠在究竟顶的栏杆之上，凭栏远眺着。风从东南方吹来，天空中还没有出现任何变化。镜湖池的水草在月光下闪闪发光，虫声和蛙鸣此起彼伏，响彻四周。

　　最初强烈的风从正面吹拂着我的脸颊，一种仿佛性欲满足般的战栗在我的皮肤上游走着。这风仿佛就像内里藏着妖魔一般无限地增强着，让我甚至误以为它想要将我和金阁一起摧毁。我的心既在金阁之中，也在风暴之上。规定了我的世界构造的金阁，

---

　　① 后圆融天皇的长子。

它的帷幔在狂风之中依旧平静，泰然自若地沐浴着月光。风啊！我那凶恶的意志！总有一天我会让金阁战栗，使它觉醒，令它崩塌。在那一瞬间，我要夺走令金阁感到倨傲的存在的意义。

是啊！我当时是被美所包围，确实是身处美之中。然而我怀疑，如果不是无休止地猛烈狂舞着的、凶暴的风的意志支撑着我，我可能会那样地被完整的美所包围吗？正如柏木呵斥我时"结巴！结巴"的呼喊，我也尝试着鞭笞着风暴，发出呼唤骏马般的声音。

"使劲刮吧！再强一些！再快一些！再有力一些！"

森林开始飒飒作响，池边的树枝分分合合。夜空失去了宁静的蓝色，呈现出一片深井般的浑浊。虫鸣尚未停歇，风暴却横扫一切，天地之间一片混乱。风尖啸着，就像神秘的笛音一般，越来越近。

我看见头顶浩荡的云层从月前流过，宛如千军万马一般，从群山那边由南向北缓缓而来。有的厚重，有的稀薄，有的庞大，有的只是若干个云的碎片拼接而成。这些云彩掠过月亮，从南方蜂拥而来，覆盖了金阁的屋顶。然后好像要干某种大事一般，又向着北方蜂拥而去。我似乎听到了头顶那只金色凤凰的哀鸣。

风突然平静，又突然猛烈起来。森林竖起灵敏的耳朵注意倾听着，忽而宁静忽而喧嚣。池面月影，时明时暗。有时粼粼的波光，迅速地扫过池面。

厚厚的云彩拥抱着层层叠叠的山峦，就像一只巨掌在空中舒展翻动，气势汹汹，滚滚而来。云层的断裂处，时而闪出一片澄明的天空，时而又被新的云彩覆盖。但是当稀薄的云层掠过的时候，透过薄云，可以看到月亮露出朦胧的轮廓。

夜深了，天空依旧是这般运动着，但是眼看着风势不会再增强了。我倚靠着栏杆陷入了沉睡。第二天清晨，寺里的老仆前来把我唤醒，告诉我幸好飓风绕过了京都。

第六章

我感觉自己已经为鹤川服丧有一年的时间了。每当我开始感觉孤独的时候，我就顺其自然，几乎不与其他人说话。我又一次感觉到，对我而言，过这样不需要与其他人交流的生活，简直不费吹灰之力。我已经不会再对生命产生焦躁之感了，如同死去一般的生活让我如鱼得水。

学校图书馆是我唯一可以享受放松的地方。我从不在那里读佛经之类的典籍，只是信手翻阅着翻译小说或者哲学一类的书籍。那些小说作者或者哲学家的名字，这里就不方便一一列举了。我承认，这些作家多多少少对我产生了一些影响，并成为导致我后来行为的一个原因。但是我更愿意相信这些行为本身是我自己的独创，而并非因为某种已有的哲学的影响。

从少年时代开始，我唯一的骄傲就是从未被人理解。我之前也说了，我从未想过要让别人理解我。我确实想着让自己变得清楚明晰起来，这一点我无须斟酌犹疑。但是我怀疑这一点仅仅是源于我想要了解自我的冲动。因为这种冲动服从于人之本性，自然而然地成为横跨在自我与他人之间的桥梁。金阁之美给予我沉醉，让我的一部分变得不再透明，这种沉醉让我免疫了其他的沉醉。为了与之相抗衡，我不得不用自己的意志来确保明晰的部分。我不清楚别人的情况，但是对我个人而言，只有这种明晰才是我自己，反过来说，也就是我并不是这种明晰的主人。

……在我进入大学预科的第二年，昭和二十三年的春假时，发生了一件事情。这天晚上老师不在寺院里。于是，我趁着这难得的自由时间，独自一人去散步——我没有什么朋友。我走出寺院，穿过了总门。总门外边环绕着一条沟渠，沟渠边上则是立着一块告示牌。

尽管这东西我已经很眼熟了，但是在月光之下，我还是无聊地重新阅读起这块旧告示牌的内容。

请注意

一、未经允许，不得改变外观现状；

二、其他行为不得影响此处文物保存。

以上行为烦请注意，违反该条令者，一律按照国家法规处罚。

内务省

昭和三年三月三十一日

告示内容明显说的就是金阁了，但是我不懂那些抽象的语句到底是在暗示什么，只觉得这告示牌与那不坏不朽的金阁没有任何关系。我总感觉这告示牌是为了某种无法理解或者不可能发生的行为而预定的。立法之人肯定为了概括这种行为伤透了脑筋吧！要想事先恐吓住那些疯子，以防他们干出只有疯子才能干出来的疯事，大概只能用上只有疯子才能读懂的语言了……

我正想着这些乱七八糟的事情的时候，忽然看到有个人影正沿着门前宽阔的沥青路向着这边走了过来。黑夜下，白天前来游玩的人群已经消失不见了，只留下了洒满银霜的松林，和远方公路上川流不息的汽车摇曳的灯光。

我忽然认出来这人影来了，是柏木。我认得那特殊的走路方式。于是我想起了之前整整一年的时间，我对他的有意疏远与冷落。我的心里只有对他治愈我的感激之情。是这样的。从我俩见面伊始，他便用自己难看的内翻足、毫无顾忌地刺痛人心的话语、彻彻底底的坦白，治愈了我那因为自身口吃而自卑的心灵。我想起了在那个时候，我平生第一次品尝到了以平等的身份对话的喜悦之情，品尝到了藏身于一种坚定的意识深处的喜悦之情——那意识便是，身为和尚却是个结巴，这几乎等同于道德败坏。这与我和鹤川的交往不同，与鹤川的交往往往会将这些意识全部抹消掉。

我脸上露出笑容，对着柏木迎去。他穿着制服，手里拿着一个细长的包裹。

"你是要出去啊？"他问我说。

"不是……"

"能碰上你就好。实际上呢……"柏木说着就在石阶上坐下了，解开了包袱皮，露出了里面两根闪着哑光的尺八[①]。"最近我的伯父去世了，给我留下了一根尺八作为遗产。我以前跟随伯父学习尺八的时候，他曾经送了一根给我。作为遗产的这一根看上去好像是个名器，但是我用原来的那根已经用惯了，再说我要两根又没有什么用。所以我就想着送一根给你吧！"

我以前从未收到过别人的礼物。不管怎么说，我还是很高兴能有人送东西给我。于是我就接过尺八，在手里细细把玩着。尺八前面有四个孔，后面有一个单孔。

柏木接着又说：

"我学的是琴古派的。今天月色正佳，要是可以的话，我想去金阁上面吹奏一曲，正好也方便教教你……"

"行啊，今天正好老师也不在寺院里。大爷今天也偷了懒，现在都没有去打扫。要是他打扫过了的话，就会把金阁的门给锁上的。"

要是把他今天的出现形容为"唐突"的话，那么他说的什么"月色正佳"也好，提出要去金阁上吹尺八也好，都挺"唐突"的，跟我认识的那个柏木的形象不符。尽管如此，相对于我那单调的生活来说，凡是能让我吃惊的事情都会让我开心，于是我把收到的尺八握在手里，带着柏木去了金阁。

如今我已经不记得那天晚上我和柏木具体聊了什么了。我想可能也没有什么实质上的东西吧！首先，柏木就没有说些什么奇

---

① 古代中国传统乐器，唐宋时期传入日本。竹制，内涂朱砂拌大漆填充（地）外切口，当今为五孔（前四后一），属边棱振动气鸣吹管乐器，以管长一尺八寸而得名。其音色苍凉辽阔，又能表现出空灵、恬静的意境。

诡的哲学理论或者有毒的悖论之类的东西。

　　他的这次拜访，可能是为了向我更多地展示他出乎意料的另一面吧？这位只对亵渎美好感兴趣的毒舌之人，确实让我发现他竟然还有如此细腻的另一面。比起我来，他的确对于美，有着更缜密的理论。他不是用语言，而是用自己的姿态、眼神、奏鸣的尺八、月光下凸起的额头来阐述着自己的美之理论。

　　我们倚靠在第二层潮音洞的栏杆上，这一段走廊的上方是缓缓翘起的深幽庇檐，下面则是由八根典雅的天竺式的插肘木支撑着，走廊本身倾倒向月光下的池水。

　　柏木首先给我吹了一首叫作"御所车"的小曲。我惊讶于他那精湛的演奏技艺。当我模仿他的样子，将自己的嘴唇贴近吹口的时候，却发现怎么都吹不出声音来。于是，他教我用左手握住上端，从手握姿势开始教我。然后是腮帮的位置；贴在吹口的嘴唇开放程度；如何将风变得像一张又宽又薄的纸片一样，送入吹气口的技巧等，非常用心地教给了我。我学了之后又尝试了几次，依旧发不出声音来。我鼓起脸颊，瞪大了眼睛。虽然四周没有一丝的风，但是我却感觉池水中的月影化作一块块的碎片。

　　我已经疲惫到了极点。在某一个瞬间，我甚至开始疑心，柏木是不是故意让我干这样的苦差事，好来取笑我的结巴。但是慢慢地，我感觉到这种努力发出乐音的肉体的力量，将我当初那种因为害怕别人笑话我的口吃，所以尝试着流利地说出话来的普通的精神的努力给净化了。我相信，那一声无法发出的乐音，确实存在于这个月色下静谧的世界的某处。只要我能经过自己的百般努力最终遇到那个乐音，使之苏醒过来就好了。

我到底怎么样才能遇到那个乐音呢？那个就像柏木所演奏出的灵妙之音？只能刻苦地练习才能遇到它。别无他法！美就是来源于不懈的训练。我要向柏木学习，就像他无视自己丑陋的内翻足，最终遇到了那个美妙清透的音色一样，我也要通过自己的练习来遇到自己的那个乐音。这种想法赋予了我勇气，但是随之我又有了别的认识。柏木之所以可以把《御所车》演奏得如此婉转美妙，除了有月色作为背景渲染之外，他的那双丑陋的内翻足不是也起了很大的作用吗？

随着我对柏木了解的加深，我逐渐明白了，他憎恨可以永久地保持美丽的东西。他喜欢的东西仅仅局限于那些只能有刹那之美的东西。比方说，转瞬即逝的音乐、只能绽放几天便会枯萎的插花之类的。他无比讨厌建筑或者文学。他之所以会来金阁，肯定也仅仅是为了欣赏月色皎皎之下的瞬间的金阁之美。尽管如此，音乐是多么的不可思议啊！演奏者所创造的那般短暂之美，在一定的时间里就会化为纯粹的持续，确实没有反复，就像蜉蝣那般短暂的生命一样，成为生命本身的那种完全的抽象之美、创造之美。再也没有像音乐那般恰似生命的美了。金阁虽然也很美，但是它的美是远离生命的美，是一种侮辱生命的美。这种美，除了金阁之外也再无其他了。而且在柏木吹奏完《御所车》这首小曲的瞬间，音乐这种架空的生命就已经死去。而他那丑陋不堪的肉体和那种阴暗的认知却依旧存留在那儿，既没有损伤，也没有改变。

柏木向美索求的，确实不是什么慰藉。在不言不语之中，我理解了这一点。他用自己的嘴唇向着尺八的吹气口吹气。就在这一短暂的时间里于虚空中创造了美之后，他的内翻足和他自己的阴暗认知，就会在他的内心里，留下比以前更加新鲜的刻痕。他享受这种感觉。美是毫无益处的。美在穿透我们的体内时不会留下任何的痕迹。美是绝对不会改变任何东西的……柏木所爱的就是这些。假如我也这样认识美的话，那么我的人生该变得多么轻松啊！

……在柏木的指导之下，我又不厌其烦地尝试了好几次。我的脸憋红了，气息也急促了起来。就在这时，尺八突兀地发出一声尖啸。我好像变成了一只鸟似的，咽喉里发出了一声鸟的啼叫。

"这就对了！"

柏木笑着欢叫道。同样的声音不断地出现。这音声绝不美妙。此时，我幻想这神秘之音不是来源于我自己，而是来源于头顶金色的凤凰。

之后我每天晚上都按照柏木给我的学习手册开始学习尺八。逐渐地，我学会了《白地太阳红》之类的曲子了，我与柏木的友谊也恢复到了从前。

五月的时候，我想着要给柏木回什么样的礼物来作为答谢。但是我又没有钱。思来想去，我决定直接跟柏木坦白。柏木告诉我他不要花钱的礼物，然后奇妙地歪着嘴巴，对我说了如下的一段话。

"好吧。既然你特意来问我了，我确实是有想要的东西呢！最近我迷上了插花，但是花的价格又很贵。正好现在金阁的菖蒲和燕子花都已经开放了，不如你就给我采上个四五根过来吧！最好是带着花苞的或者半开的那种。然后再带上六七根木贼草①。我看今晚就挺好的，你今晚就给我送到我住的地方来吧。"

等我不假思索地应承下来之后，我才发现其实他是在唆使我去当小偷。但是为了面子，我就只能一条路走到黑了。

这天晚上的饭是面食。黑不溜秋的一块很沉的面包和蔬菜汤。幸好当天是星期六，除策②的日子。该出去的人都已经出去了。今晚到了睡觉的时间，我既可以早点儿睡，也可以出去玩到十一点才睡，甚至明天早上还可以"忘寝"，也就是所谓的睡懒觉。因为老师也已经外出了。

过了六点半，天色终于昏暗了下来，起风了。我等待着夜里的第一声钟声。一到八点，中门左侧的黄钟调的大钟就响起了余音袅袅的钟声。声音高亢清澈地响了十八次，世人称之为"初夜十八声"。

金阁的漱清池旁边是一个小小的瀑布，是由莲沼的水汇入镜湖池所形成的。半圆形的栅栏将这个瀑布围得结结实实。好看的燕子花东一簇西一簇地绽放着。正是风光好时候，花儿也尤其好看。

我到了那儿一看，燕子花丛在夜风的吹拂下发出沙沙的声音。高高挺起的紫色花瓣，在潺潺的水声的伴奏下晃动着。那儿黑乎乎一片，紫色也好，叶绿也好，在我看来都是一片漆黑。我

①又名千峰草、锉草、笔头草、笔筒草、节骨草等，多年生直立草本，高50厘米至200厘米。茎中空有节，节间长2厘米至6厘米，表面有纵棱、粗糙、叶退化而抱茎，孢子囊穗长圆形，黄色，轮生茎顶，呈密穗状。喜生于河滩、溪边等潮湿处。
②解除警策。帮别人驱赶困倦和惰性。

本想着采上三两根燕子花，但是一阵清风拂过，花和叶发出沙沙的声音，从我手里逃走，有一片叶子甚至还划伤了我的手指。

等我抱着木贼草和燕子花去拜访柏木的时候，他正躺在床上看书。我很害怕遇上房东的女儿，不过幸好今天她不在家。

我做了一回小偷。这件事让我激动得不能自已。自从我遇上柏木之后，他总是教我做一点儿违反道德或者亵渎先贤的事情。虽然都是一些不大不小的事情，但是每次都让我高兴不已。我不知道，是不是我越是憎恶这样的坏事，我所得到的快乐越是多呢？

柏木高高兴兴地收下了我的礼物，然后跑到房东太太那里借来了水盘和剪枝用的水桶。房东的房子是个平房，他就住在四叠半大的厢房里。

壁龛那边摆着他的尺八。我取了过来放在嘴唇边，吹起了练习小曲。我已经练习得很精熟了，让返回的柏木大吃一惊。但是我意识到，今晚的柏木和那天去金阁的柏木不一样了。

“没想到你吹起尺八来一点儿都不结巴了。我教你尺八，本来是想着听一听结巴的曲调的。”

这句话又让我们回到了第一次见面时的位置上了。他又返回了原来自己所处的位置上。见此，我也轻松地向他打听起那位住在西班牙式洋房里的小姐的近况。

“噢，那个女的啊，早就结婚了。”他简单地回答说。“我当时手把手地教了她怎么装处女。看起来那个男的是个老实人，完全没有发现。”

他嘴里说着，手里一根接一根地拿起浸泡在水中的燕子花，仔细端详一番之后，就把剪子伸入水中开始剪起花茎来。他手中燕子花的花影在榻榻米上激烈地摇晃着。忽然，他又开口了。

"《临济录·示众》这一章里有句很有名的句子。你大概知道吧？'遇佛杀佛，遇祖杀祖……'"

我接上了他的话。

"'遇罗汉杀罗汉，遇父母杀父母，遇亲眷杀亲眷，方始得解脱'。"

"没错，那个女人就是我的'罗汉'。"

"那么，你得到解脱了吗？"

"嗯。"柏木把手里剪下来的燕子花拢好，认真地审视着，"我觉得杀得还是不够啊！"

盛满清水的水盘里被涂上了一层银白。柏木仔细地将针座上弯了的针给掰直了。

"你有没有听说过《南泉斩猫》这段公案？我的老师在战争结束的时候把大家召集在一起，给我们讲了这个故事……"

"《南泉斩猫》啊？"柏木目测着木贼草的长度，试着将它插入水盘里。

"那段公案，可能形式改变了，但是会无数次地出现在人的生活里啊！真是让人毛骨悚人的公案。人生每次遇到转折的时候，同一个公案都会改变它的形式和意义。南泉和尚杀了的那只猫就是一只妖怪。那只猫可美了。你知道的，它美得无与伦比。眼睛金黄，毛色光亮，小巧柔软的身体就像是弹簧一般，里面潜藏了世间所有的逸乐和美好。这只猫就是美好的集合，这一点除了我之外，大多数人都忽略了。再说，那只猫突然就从草丛之中蹿了出来，眼里闪着狡猾优雅的光芒，好像故意让人抓住一样，然后成为两堂争执的导火索。为什么呢？因为这美虽然会委身于任何一个人，却不会成为任何人的私有之物。美这个东西，是的，怎么说好呢？大概就是像虫牙一样的东西吧！它会连累舌头，引起疼痛，彰显自己的存在感。等真的到了疼痛难忍的时候，就请牙医去拔掉。人们手里摆着那颗沾满血、小小的黄褐色的牙齿，可能就会这样说：'就这？原来就是这个？让我疼痛难忍，使我一直感受到它的存在感的，在我的体内顽固生根的就是这个死去的小东西？但是这个小东西和那个真的是同一个东西吗？倘若这个东西原本是我的外部存在的话，它是怎样与我的内部发生联系，成为我痛苦的根源呢？这个东西存在的根据到底是什么呢？它的根据在我的身体里面吗，抑或是在它体内呢？不管怎么说，被我拔掉，现在被我托在手掌之中的东西，肯定是别的什么东西。断然不可能是原来的东西。'

"你明白了吧？美这东西其实就是这样的存在。因此杀猫这件事，其实就像拔掉很疼的虫牙或者选择美一样。然而，我不知道这个是不是最后的解决方法。只要美的根源不断绝，就算猫真的死了，那么猫的美可能也没有消失。所以赵州将草鞋顶在自己的头上，以此来讽喻南泉法师过于简单的解决方法。可以说，他心里明白，人除了忍耐虫牙的痛苦之外，就别无他法了。"

这种解释完全是属于柏木一流的。不过他可能是揣摩了我的话，看透了我的内心，以此来讽刺我的优柔寡断。我第一次感觉到了柏木的厉害之处。为了打破沉默，我又接着问道："那么你站哪一边呢？是南泉和尚还是赵州？"

"哪一边？可能今天我是南泉，你是赵州。但是过一阵子，你就会变成南泉，我就变成赵州了。这种公案就是像'猫眼'一样地变换万千呢！"

柏木嘴里说着话，手还在微微地摆动着。他把生了锈的小针座排列在水盘之中，又将朝天的木贼草并排着插在了上面。再加上三叶片一组的燕子花，慢慢地就完成了观水型的插花造型。水盘边上堆着清洗过的白色或者褐色的、小巧清透的石子，以备之后使用。

他的手很巧，小小的决断一个接一个地被执行，花草形成了相互对比或者整体匀称的效果。生长在自然之中的植物在一定的旋律的指导下，眼看着就有了鲜明的人工秩序。自然的花或者叶，倏忽之间，就变成了人们心中"理想"的花与叶。木贼草和燕子花已经脱离了同种的那些无名的植物。所谓木贼草的本质，燕子花的本质，在此处得到了简洁直叙的表达。

但是他的手的运动中，带着一抹残忍的色彩。对植物而言，他仿佛是拥有让人不舒服的阴暗的特权一般。每次当我听到他剪断植物根茎的咔嚓声的时候，我都仿佛看到植物的血从断口喷涌而出。

观水型插花已经做好了。水盘的右端是笔直的木贼草，中间簇拥着几朵舒展出纯洁曲线的燕子花。有一朵已经绽放了，另外两朵也已经伸出了花骨朵。把这个插花放在这间小小的房子里，几乎把整个空间全部占满了。插花的倒影静静地映照在水盘的水面上，埋藏了针座的小沙石则描绘出水边明澄的风情。

"这也太好看了吧！你在哪里学的？"

我问柏木说。

"附近的女插花师傅那里。最近她还会到我这里来。我就是一边跟她交往，一边跟着她学着插花。要是我学会了的话，可能就会把她甩了吧。她可是一位年轻好看的师傅啊！战争时期她和一位军人交往，可惜他俩的小孩却死掉了，军人也战死了。之后她就开始跟各样的男人勾勾搭搭。她现在手里有一笔小钱，插花也是作为消遣的爱好罢了。这样吧，要不你今晚把她约出来逛逛？去哪儿都行，她不挑的。"

……此刻，一种突然袭来的情绪让我几乎神经错乱了。当初我在南禅寺的山门上看到那位女郎的时候，身边是鹤川。三年后的今天，那位女郎又以柏木的眼睛为媒介，出现在我的面前。过去我是用明亮神秘的眼睛来看待她的悲剧的，但是今天我却是用质疑一切的灰暗的眼睛来看待她的悲剧。我能确定的是，那时远远眺望到的洁如皓月的乳房，已经被柏木的手触摸过了，那时华美的和服包裹下的膝盖，已经被柏木那双丑陋的内翻足给玷污了。我能确定的是，那时的伊人，已经被柏木，也就是他的那种认识所污染了。

这种想法深深地刺痛了我，让我十分痛苦烦恼，真恨不得立马离开那里。但是好奇心阻止了我。那位我曾经甚至认为是有为子转世的女人，如今即将被一个残疾学生抛弃的女人，我已经迫不及待与她见面了。不知不觉，我开始偏袒起了柏木，沉浸在亲自污染了自己的记忆般的喜悦之中了。

……女郎终于来了。我的心里却没有泛起一丝波澜。我至今都还清晰地记得，她那略带沙哑的声音、彬彬有礼的行为举止、谈吐优雅的措辞。尽管如此，我却在她的眼中发现了最原始的粗犷的闪光，虽然顾忌着我的在场，却对柏木有着深深的幽怨之情……这时我才恍然大悟，为什么柏木偏偏今晚特意叫我过来。他原来是把我当作挡箭牌啊！

女郎同我的幻影没有任何关系。她仅仅停留在当初第一次见的个体的印象之中。她那温婉有礼的言辞渐渐开始混乱了。她也不再看我一眼。

女郎似乎已经无法忍受自身凄凉的境遇了，看上去好像放弃了继续撩拨柏木的努力。她突然装出一副冷静的样子，环顾了一下这间狭窄的寄宿小屋。过了足足三十分钟，这位女插花师傅才第一次发现摆在壁龛上、十分明显的插花。

"好漂亮的插花啊，技术真的很精湛。"

柏木就等着这话，马上给了她致命一击。

"漂亮吧？你看，你已经没有什么东西可以教我了。你已经没用了。真的。"

我悄悄地瞥了她一眼，女郎听到柏木这般绝情的话之后，立即脸色大变。然后很快就微微地笑了，优雅地膝行到壁龛边上。女郎的声音传到我的耳边。

"什么呀，这花。简直不成样子嘛！"

接着水花四溅，木贼草倾倒，盛开的燕子花四分五裂，我冒着风险偷来的花变得一片狼藉。我不由得站了起来，心里一团乱麻，只能背靠在玻璃窗上。柏木一把攥住女郎纤细的手腕，然后揪住她的头发，狠狠地给了她一巴掌。柏木这一连串粗暴的动作，与之前插花的时候用剪刀修剪那些叶子或者花茎时一模一样，安静中带着一丝残忍，仿佛是插花动作的延续一般。

女郎双手捧着脸，跑出了房间。

柏木抬起头看向呆若木鸡的我，然后他的脸上浮起了孩子般的微笑，如此说道：

"快，你快去追她。快去，安慰安慰她。"

不知是慑于柏木话里的威力，还是发自本心的同情，尽管当时我心里还在犹疑，但是我的腿却早就行动起来，向她追去。离开柏木的出租屋跑过两三间房子之后，我终于追上了她。

那儿是乌丸车库后面板仓町的一部分。电车入库的回响轰鸣着回荡在昏暗的夜空之中，放电的紫光四处渲染。女郎从板仓町向东沿着后街走着，边走边哭。我沉默着追上她，与她并肩而行。不久之后她便注意到了我的存在，向我贴了过来。她的声音因为哭泣的缘故，变得更加沙哑，但是依旧维持着温文尔雅的谈吐，不停地跟我倾诉着柏木的恶行。

我不知道我们到底走了多久！

我的耳边是她絮叨柏木恶行的声音，那些恶毒卑劣的细节，所有的这些东西都化作了"人生"一词，灌入我的耳中。他的残忍、计划周全的手段、背叛、冷酷、从女人那儿搞钱的各种诡计，在我看来都只不过是给柏木那无法言说的魅力添加脚注罢了。只要我能信任柏木对自己的内翻足的真诚，那就足够了。

鹤川突然离世之后，我一直都没有接触过生的本质。过了好久好久，我才接触到个别的、更长命的、阴暗的生。这种只要活着就会不停地伤害他人的生的律动，鼓舞了我。他的那句简洁的"杀得还不够"又一次在我的耳边复苏，震撼了我。此刻，我心里想的是战争结束时，我面对着京都亮如白昼的万家灯火许下的宏愿：愿我心中之黑暗，等同于此刻包裹了无数灯火的夜之黑暗。

女郎没有再往自己家走了。为了方便与我说话，她专门拣那些人迹罕至的小路，漫无目的地走着。等最终来到女郎独居的屋子前的时候，我已经搞不清楚这里到底是哪儿了。

当时已经是十点半了。等我要告辞回寺里的时候，女郎强行地挽留住了我。

她先进了家里，打开了灯，忽然冷不丁地问了我一句：

"你有没有诅咒过别人？想让他早点死掉之类的。"

她刚说完，我立马说："有过。"我以前确实明确地诅咒过那位见证了我的耻辱的房东女儿，但是我早就忘掉了。奇怪的是，此时这段记忆却又复苏了。

"真是可怕呀！我也诅咒过呢。"

女郎瘫倒歪坐在了榻榻米上。屋内的电灯大概是百瓦的，在当时电力管制的条件下难得见到这种明亮的灯源。这灯光要比柏木寄宿屋里的灯亮上三倍。灯光下，女郎的身体第一次清晰地出现在我的面前。博多市特产的名古屋式和服腰带像雪一样洁白，友禅织的和服上的紫藤色清晰可见。

当初我在南禅寺的山门上，她在天授庵的客厅里，我俩之间是只有飞鸟才能抵达的距离。数年之后，我渐渐地缩短了这段距离，今天终于到达了她的身边。从那一天开始，我数着每一分每一秒，一步步地接近天授庵那神秘的场景，想要弄清它的意义所在。今天我的愿望终于实现了，这是必然的结果。就像从宇宙远道而来的星光洒下的时候，地上万物都会改变外形一般，这位女郎也变质了。这让我感到无可奈何。假如说我在南禅寺山门上与她的相遇，就已经预示着我与她今日的重逢的话，那么我只需要对她现在的外貌进行小小的修正，就可以让她回到从前的样子，让那时的我与她重新相会。

于是，我对她坦白了一切。我喘息着，断断续续地说着。于是，当时的嫩叶在我的脑海中重新舒展开，五凤楼天井画上的仙人或者凤凰也重新鲜明了起来。女郎的面颊上浮现出了血色，眼中狂乱的光芒消失，取而代之的是游移不定的慌张。

"是这样吗？不是，真的是这样的吗？真是奇缘啊！这种事情真是奇缘啊！"

女郎的双眸充盈了昂扬喜悦的泪水。她遗忘了今日的屈辱，反身投入了回忆之中，从一种亢奋的状态转移到了另一种亢奋的状态。这种感觉几乎刺激得她发狂。她那满是紫藤花纹的裙子就像花一样地散开。

"我现在已经没有乳汁了。唉，我那可怜的孩子啊！虽然现在没有乳汁了，但是我就照着那时的样子给你看看我的乳房吧！从那时开始你就爱上了我。今天我就把你当作那个人吧！一想到他，我就忘记了所有的屈辱。我就按当时的样子做给你看！"

她以一种决绝的语气说着，样子既像狂喜，又像大悲。恐怕她的意识里只有狂喜，但促成这种激烈行为的，却是柏木给予她的绝望，抑或是那种绝望感带来的强劲的余味。

我就这样看着，看着她在我的眼前解开自己的腰带，解开多层的小衣带。衣带被解开时发出了簌簌的绢帛摩擦之声。她的领口松开了，洁白的乳房依稀可见。女郎用手捧出左边的乳房，在我面前展示了起来。

要说我没有感受到某种眩晕，那绝对是假话。我端详着，仔仔细细地端详着。但是我仅仅将自己定位为一位证人。我当时从山门的楼上看到的那遥远神秘的雪白，不可能是这样拥有一定质量的肉团。那时的印象是经过了长久的发酵的，而眼前的乳房却只是一块肉、一块物质罢了。这块肉没有对我叙事，也没有对我产生吸引。它只是毫无意义地存在着的肉团，远离了所有生的意义，袒露于此，仅此而已。

我又要撒谎了。是的。我确实感到了一阵头晕目眩。但是当我全神贯注地凝视它的时候，乳房本身已经穿过了女郎的乳房的意义域，渐渐地转变为没有意义的碎片。我仔细地旁观了整个转变过程。

……后来发生了更奇妙的事情。不知何故，在经历了这般凄惨的转变之后，乳房竟然在我眼中变成了一种美好的东西。它赋予了乳房一种荒凉的、无感的、美的属性。乳房虽然是在我的眼前，但就像玫瑰融入玫瑰的原理之中一样，它又在慢慢地融入自身的原理。

美总是很晚才会出现在我的面前。我总是落后于人，当别人可以同时发现美与肉欲的时候，我却总是很晚才能醒悟。看着看着，眼前的乳房恢复了自身与全部事物之间的联系……它超越了肉的质地……成为让人无法感觉到但是不朽的东西，一种跟永恒相互联结的东西。

但愿我能知道自己想说什么。金阁又在那儿出现了。更准确地说，应该是金阁变成了眼前的乳房。

我想起初秋时我值班的那一夜，那天夜里刮起了台风。尽管那夜皓月当空，但是金阁的内部、悬栀窗的内侧、板窗的内侧、金箔剥落的天井下方，都沉积着浓重奢华的黑色。那是当然的事情。要问为什么，那是因为金阁本身就是被仔细地建构塑造起来的虚无。就像那时一样，我眼前的乳房虽然表面上在闪着明晃晃的肉色耀光，但是内部依旧是那抹黑色。它的实质同样是沉重奢华的黑色。

　　我绝对不是沉醉于自己的认识之中。相反，我的认识遭到了践踏、侮辱。生或者性欲自是不言自明的……但是这种深沉的恍惚感没有离开我，我就像被麻痹了一般，呆坐在原地，与面前的乳房对视着。

　　……

　　女郎将自己的乳房藏进了衣服里。我又一次遭遇到了那种冰冷到极点的蔑视的眼神。于是，我向她告辞，起身离去。女郎将我送到玄关之后，在我的背后重重地关上了格子门。

　　——等我回到寺院之后，依然沉浸在恍惚之中。金阁与女郎的乳房，像走马灯一般变换不止，一种让我倍感无力的幸福充盈了我的内心。

　　但是当我走到那片被风吹得沙沙作响的黑黝黝的松林边，看到鹿苑寺的总门的时候，我的内心慢慢地开始变冷，无力地站着，那种沉醉变成了发自内心的恶心，变成了莫名的憎恨。

　　"我和我的人生又被隔开了！"我对着自己说道，"又一次被隔开了。这次金阁会怎么保护我呢？我并没有请求它，为什么它会自作主张地将我与人生隔绝开？原来如此，它是想将我从堕落地狱之中解救出来吧！但是这样一来的话，金阁将把我变成比下地狱还要恶劣的人了。我成了'比谁都清楚地狱消息的人'。"

总门安静地立在一片黑暗之中。门房的灯微微地亮着，直到早上鸣钟的时候才会熄灭。我推了推门房的门，里面吊着的那把生锈的锁发出了声音，原来门是开着的。

门房大爷早已休息了。门房的内侧贴着"下午十点之后回山门之人，需将大门关好落锁"的白纸，然后还有两块翻转过来的木牌，一块写着老师的名字，另一块是打扫庭院的老清洁工的名字。

我走着走着，视线被右边锯木场横放着的几根五米多长的木头给吸引了。在夜幕下，木头呈现出明亮的原木色。走近一看，地上满是大片大片的刨花碎片，活像是铺满一地的细碎黄色花瓣。夜空中飘荡着幽幽的木香。来到锯木场的外侧的水井旁，我本想去厢房的，但是想一想，就又停住了。

在入睡之前，我必须看一眼金阁。于是，我穿过静静地沉睡着的鹿苑寺大堂，从唐门前走过，走向了金阁。

金阁出现在我的眼前。它被木质栅栏牢牢地包围，在夜色之中，纹丝不动。但是它是不会入睡的，它只会矗立在那里，就像在保卫着黑夜一样……是的，我从没见过金阁会像寺院一样入睡。它的内部没有人居住，所以也就忘记了睡眠。唯一住在这里的黑暗，则可以完全免疫人世间的法则。

我面对着金阁，生平第一次用粗犷，乃至于诅咒般的声音呼喊着：

"我总有一天会征服你的！我终将会把你变成我的东西，你再也没办法骚扰我了。"

我那虚幻的声音回荡在深夜的镜湖池上空。

第七章

总的来说，我的体验之内有着一种正在运作的巧合，就像一座镜子组成的走廊一样，影像延伸到了最深处，新遇到的事物也会折射出过去遇见的事物的影子。我就这样被那种相似引导着，不知不觉地就踏入了无底走廊的最深处。命运这种存在，并非突如其来地降临到我们身边。将被处死的男人，每天路过电线杆或者岔道口的时候，会在心里不停地幻想着绞刑架，并对这种幻想产生一种亲近之感。

所以，我的体验里是没有沉积物的，没有堆积构成地面，形成山峦的厚度。除却金阁，我没有亲近任何事物。哪怕是我自己的体验，我也同样没有亲近之感。我只是从自己的体验中感悟到，那些没有被黑暗的时间之海所吞噬的部分，那些没有陷入无意义的重复往返的部分，由这样的一些小部分互相连锁形成的画，那不祥丑陋的画，正在成形。

这些小部分到底是什么呢？我常常思考这个问题。但是这些闪闪发光的碎片，并非路边的那些发光的啤酒瓶的碎片，它们更加没有意义，没有法则性。

说是这样说，但是也不可以把这些破碎的部分当作过去某个外形完整优美的某物的碎片。这些碎片虽然没有意义，缺乏法则性，被世人视为不成体统，被世人所抛弃，但是全都心怀梦想。它们以碎片的身份，无畏地、胆怯地、冷静地……幻想着自己的未来！幻想着那绝无愈合或恢复可能、无法自我掌控、前所未有的未来！

这种不明确的自我反省，有时会给我一种反常的抒情般的亢奋。每当到了这种时候，我常常会带上自己的尺八前往金阁，然后趁着月色吹上一曲。当初柏木吹的那首《御所车》，我现在哪怕是不看曲谱也可以吹了。

音乐就像是梦一般，但是与此同时，它又和梦相反，恰似一种清醒状态。音乐到底是哪一种呢？我沉思着。音乐具有一种时不时地将这两类截然不同的力量相互转化的魔力，并且我有时很容易就会融入自己吹奏的《御所车》之中，我的精神懂得融入音乐之中的快乐。与柏木不同，音乐对我而言确实是一种慰藉。

……吹奏结束之后，我心里暗暗想着，为什么金阁会默许我对音乐的融入而不加以干涉和惩罚呢？另外，当我想要融入人生的幸福或者快乐的时候，金阁有没有过放任我的时候？金阁常做的，不是忽然出现切断我的融入，使得我不得不返回自己的身体吗？为什么独独面对音乐的时候，金阁却默许了我的沉醉和忘我呢？

……这样想来，正是因为被金阁默许了，所以音乐的魅力才减少了许多。要问为什么，那是因为正是被金阁默许了，所以音乐无论多么像是"生"，充其量也只不过是一种虚假的、架空的"生"罢了。就算我融入其中，这种融入也不会维持太久。

我想请读者千万不要认为我因为在女人和人生上产生的挫折，就变得消沉和软弱了。一直到昭和二十三年的年底，我曾经遇到过好几次机会。在柏木的帮助下，我也勇敢地抓住了机会。可惜结果都是相同的。

我与女人之间，我与人生之间，立着一座金阁。当我想要抓住它的一瞬间，它就忽然之间化为灰烬，我的展望也随之化为了一片荒凉的沙漠。

有一回，我去厢房后面的地里干活儿。在空闲的时候我看到蜜蜂环绕着一朵黄色的夏菊飞舞着。光芒洒满大地。夏菊虽然很多，但是那只嗡嗡地飞舞着的蜜蜂只挑选了一朵，在它的面前依依不舍。

我想变成那只蜜蜂，通过它的眼睛来观察。那朵菊花毫无瑕疵，正舒展着那黄色齐整的花瓣。菊花就像微型的金阁那般优美，那般完全。但是它绝不会变成金阁，因为它仅仅是一朵夏菊之花罢了。是啊！它确实是菊花，一朵花。只会停留在一种形态中，不包含任何形而上的暗示。正是由于保留了对自我存在的限制，它才会化为流溢着魅惑力，满足蜜蜂欲望的事物。面对着无形、飞翔、流动、强力的欲望，菊花却将自己隐于作为对象的形态之中，默默地生存着。这是多么神秘的事物啊！它的形象逐渐开始变得稀薄、残破和战栗，这也是题中应有之义。因为它端正的形象其实是按照蜜蜂的欲望建构出来的。它那绽放的花朵之美，其实是被预设的感受。如今正是它在生之中，闪耀着形态意义的瞬间。外形，本身就是无形且流动的生的模型。同时，无形的生之飞行，也是世间所有形态的模型……蜜蜂就这般地突进到花朵的深处，沾染了一身的花粉，沉醉于这一刻。在我的眼中，迎接了蜜蜂的菊花本身，仿佛也化作身披金黄色豪华铠甲的蜜蜂一般，剧烈地摇晃着身体，眼看着就要离开花茎飞翔起来。

我几乎被这种满目光芒下营造出来的幻觉弄得头晕眼花起来。我忽然脱离了蜜蜂的眼睛，又回到自己的身体之中了。此时，我眺望着这些，心里思忖着：我的眼睛正好就位于金阁的眼睛之中。就应该是这样的，就像我从蜜蜂的眼睛回到自己的眼睛一样，当生逼近我的那一刹那，我从自己的眼睛离开，开始使用起了金阁的眼睛。此时，金阁就出现在了我和生之间。

……我回到了自己的眼睛里。蜜蜂与夏菊仅仅是被"排列"在茫茫的物之世界之中。蜜蜂的飞舞也好，花朵的摇晃也罢，和清风的吹拂全无两样。在这个静止冻结的世界里，万物都是同等的。过去的那种释放出魅惑的形态早已灭绝了。菊花并非通过自己的形态，而是通过被我们模糊地称为"菊花"的名称，通过人为的规定来展现自己的美的。我如果不是蜜蜂的话，就不会被菊花所吸引；我如果不是菊花的话，也不会被蜜蜂所倾慕。万般形态与生之流动之间的那种亲和早已消失了。整个世界早已被扔进了相对性之中，唯有时间还在流淌。

永远绝对的金阁出现了，我的眼睛化作了金阁的眼睛。这个世界就这样变形了。不用说，在这个变形的世界里，只有金阁还能保持着自己的形态，占有着自己的美态。除了金阁，万物都化作了沙尘。在之前那位妓女来过金阁寺之后，在遭遇了鹤川的横死之后，我不断地问着自己这个问题：即便如此，恶有成功的可能性吗？

事情发生在昭和二十四年的正月。

正好赶上了星期六的除策，于是我就去三番馆这种便宜的电影院看完电影回来，独自一人久久地在新京极①附近闲逛。这时，我突然在拥挤的人群之中看到了一张熟悉的脸。在我还在思忖到底是谁的时候，那张脸的主人就已经被人群推挤着消失在了我的后面。

那人头戴呢子帽，脖子上围着围巾，身上穿着上等的外套，正与一位身着枣红色外套的女人散步。那女人，明眼人一看就知道是艺伎。那人脸色桃红，微胖，有着普通中年绅士身上罕见的孩童般的赤诚、长长的鼻子……不是别人，正是我的老师。他脸上的特征都被那顶帽子掩盖了。

我虽然并没有做过什么内疚的事情，但是莫名地却害怕被老师看到，一瞬间甚至想要避开他。要说为什么，这是因为我不想成为老师乔装出行的目击者或者证人，从而与老师结下一种信任或者不信任的关系。

这时，我看见一条黑狗穿过了大年夜蜂拥的人群。这条黑狮子狗好像早已习惯了汹涌的人潮，在混杂了女人外套或者身穿军大衣的行人的双腿之间灵活地兜来兜去，靠近各处商店。这条狗

①是京都市中京区的一条南北向商业街，介于北侧的三条通与南侧的四条通之间，长度较短。

走到了圣护院八桥传统礼品店前，嗅着店里的味道。借着店里映射出来的灯光，我第一次看清了这条狗的脸。它的一只眼睛早已溃烂，在溃烂的眼睛的眼角，凝固的血和眼屎混合在一起，就像玛瑙一样。它的另一只完好的眼睛直直地盯着地面。狮子狗紧紧地绷起自己的后背，坚硬的毛发笔直地挺立着。

我也不知道为什么我会突然注意起这条狗来。大概是因为这条狗顽固地把这条明亮繁华的街道当作别的世界，它的那种彷徨之态吸引了我。狗仅仅凭借着自己的嗅觉行走在那个黑暗的世界里，那个世界与充满人气的大街近乎重合。灯火、唱片里的歌声、人发出来的欢笑声，都被执拗且阴暗的气味所威胁着。这种气味产生的秩序最为确定，狗那湿漉漉的脚底沾染的尿的骚味，与人们的内脏或者器官发出的微微恶臭，紧紧地联系在一起。

天真的很冷。两三个做黑市买卖的年轻人，在穿过门松的时候顺手就揪下一把没有清理干净的松针，然后他们张开崭新的皮革手套相互比较。其中一人手掌之中只有几片松叶，还有一人手里则是一根完整的小松针。黑市商人们笑着离开了。

我在不知不觉之间就跟上了那条狗。狗在我以为它消失之后又突然地出现了。它转向了通往河原町的弯路。我就这样踏上了比新京极更黑暗的电车轨道边的人行道。狗消失了。我停下脚步左顾右盼，然后走到电车的旁边，瞪大眼睛仔细地寻找着那条狗的踪迹。

这时，一辆亮闪闪的出租车出现在了我的眼前。门甫一打开，一位女郎就上了车。我禁不住向那边打量了一下，这时又有一位男士要跟着女郎上车，突然他发现了我的存在，呆立在了当场。

那正是老师。不知为何刚才与我擦身而过的老师，在和女郎兜了一圈之后又与我相遇了。总而言之，老师就立在我的眼前，刚才上了车的女郎身上穿着的就是我才见过的那件枣红色的衣服。

这次我避无可避了。但是我的大脑早已僵住，嘴里吐不出一个字来。越是发不出声音，我嘴里越是在嘟囔着什么。最终，我的脸上出现了连自己都意想不到的古怪神情：我向着老师微笑着，好像是与他毫无关系的人一般。

我没有办法解释这奇诡的微笑。它仿佛是从外部而来，倏忽之间就贴到了我的嘴角。但是当老师看到我的微笑之后，立马就勃然大怒起来。

"你这个混账东西！你是不是想跟踪我？"

老师愤怒地扔下这么一句话，转身上了车，把我抛在了后面。车门很重地被关上了，然后绝尘而去。我猛然醒悟过来，原来刚才在新京极的时候，老师就注意到了我。

我就一心等着老师把我叫过去斥责一顿。我认为正好可以趁着那个机会自我辩解一番。但是就和那次踩踏妓女事件一样，老师依旧无言地放任着，让我备受煎熬。

不巧的是，这时我收到了母亲的来信。信的结尾处还是那老一套：我要亲眼看到你当上鹿苑寺的主持才能瞑目。

"你这个混账东西！你是不是想跟踪我？"老师的这一声断喝，让我越想越觉得不对劲儿。他如果是一位诙谐幽默、豪放磊落彻彻底底的禅门大师的话，是不应该对自己的徒弟那般恶语相向的吧？他应该是吐出一句更有效果，仿佛寸铁伤人般的禅理来才对。事情已经没有办法挽回了。现在想想的话，当时老师一定是误解了我，以为我是跟在他的身后来抓他的狐狸尾巴。当他看到我的微笑的时候，肯定误以为那是我的嘲讽之笑，于是狼狈不堪之下，不由得对我发起火来。

这个姑且不提，老师对我的不理不睬让我每天都倍感不安，对我而言老师好像化作一只飞蛾一般，在我眼前晃来晃去，对我施加了莫大的压力。话说以前老师外出做法事的时候需要一到两位僧侣陪同前往，往常这个位置是独属于副司的。但是现在搞起了所谓的"民主化运动"，于是就变成了副司、殿司、我与另外两个徒弟轮流坐庄，陪同老师前往。以前那位喜欢找碴、名声不佳的舍监早就被军队招走战死沙场了，舍监的位置就被四十五岁的副司兼任着。而鹤川去世之后，老师又补招了一个徒弟。

不巧的是，这时同属于相国寺派的一家寺院的住持去世，老师被他们邀请前往新任住持的接任仪式，陪同他的这个任务就落到了我的身上。眼看老师没有拒绝我的意思，于是我就盘算着在往返的路上好好地跟老师解释一番。没想到等到了出发的前夜，又增加了一位新招的徒弟，于是我对第二天的期待也就落空了。

如果有人对五山文学①特别熟悉的话，那么肯定会记得康安

---

① 日本汉诗文，先后在禅僧（特别是镰仓五寺、京都五寺的禅僧）中兴盛起来，进入全盛时期，统称为"五山文学"。

元年石室善玖 ① 在接任京都万寿寺住持时的《入院法语》吧。新任住持在接任的时候，需要从山门、佛殿、土地堂、祖师堂，最后从方丈经过，一路上需要留下一些精妙的法语。

当住持来到山门处的时候，他心中满怀上任的雀跃之情，指着山门，近乎夸耀般地说：

> 天域九重内，
> 帝城万寿门。
> 空手拔关键，
> 赤脚登昆仑。

烧香开始了。大家举行了向嗣法师表达感谢之情的嗣法香仪式。过去禅宗一脉并不局限于惯例，在那个无比重视个人开悟之谱系的时代里，并非由老师决定挑选哪位弟子，而是弟子选择跟从哪位老师。而且弟子受业并不局限于最初选择的那位老师，之后亦可接受诸多名师的教导。其中，徒弟需要在嗣法香的仪式上所说的法语里，公开自己发自内心想要继承其衣钵的老师的名字。

我看着这让人愉悦的烧香仪式，心里胡乱地想着：要是我继承了鹿苑寺的话，我也需要按照惯例在嗣香仪式上公开老师的名字吗？也许我可以打破延续了七百年的惯例，说出别的名字呢！

---

① 1294 出生于日本筑前（福冈县），元代时，渡海来中国，以松源派之古林清茂为师，回国后住持圆觉、建长二寺，并创建平林寺。后将禅文化导入五山文学，对于日本室町初期五山文学之兴盛，有极大之贡献。

早春午后的寺庙一片冷冷戚戚，洋溢着五种不同的香的味道。三具足^①的后面闪着光的璎珞，环绕着本尊背后耀眼的佛光，排列着的僧侣们袈裟的色彩……我梦想着，等到我参加嗣法仪式，焚烧线香的时候，那该是一派什么样的光景呢？我在脑海中描绘着自己当上新任住持时的英姿。

……到了那个时候，我会被早春凛冽的空气所鼓舞，以一种让世人耳目一新的背叛来打破这种惯例的吧？在座的僧侣们必然惊讶得瞠目结舌，气得脸色发白吧？我是不会说出老师的名字的，我只会说出别的名字……别的名字？但是真正让我开悟的老师是谁呢？我真正的嗣法师是谁？我说不出来。这个"别的名字"因为我的结巴而无法顺利地脱口而出。到了那个时候，我会结巴吧？结结巴巴地把那个"别的名字"说成"美"，抑或"虚无"之类的，引起满堂的哄笑。在一片哄笑声中，我狼狈不堪地呆立在原地……

——我忽然从幻想中醒了过来。现在老师有要完成的事情，需要我作为侍僧帮助他。对于可以列席这种场合的侍僧而言，这本是一件非常值得夸耀的事情。因为鹿苑寺的住持是位列当日来宾之上首的。嗣香仪式结束之后，上首需要击打一种名为"白槌"的槌子，以此证明新任的住持不是假浮屠^②或者假和尚。

老师赞美说道：

"法筵龙象众，当观第一义。"

---

① 指花瓶、烛台和香炉。

② 也作浮图。梵语音译词，意为佛陀。原指佛教的创始人释迦牟尼。古时曾把"佛塔"误译为"浮屠"，故又称佛塔为浮屠。

说完，用力地敲响了白槌。白槌震动的响声响彻整个方丈室，向我证明了老师那实实在在的权力。

　　我已经没有办法忍受老师那种一眼看不到头的不理不睬了。不管是爱也好、憎也罢，我如果还有一点儿人的感情的话，就必然会期待对方也能给予我相应的感情。

　　我有一个很丢脸的习惯，那就是每次一到关键时候就喜欢对着老师察言观色。但是老师的脸上看不出任何特别的感情，那种"面无表情"是一种纯粹的冷。就算这种"面无表情"是带着轻蔑的色彩的，那这种轻蔑也不是面向我个人的，而是面向更普遍的事物，比方说全部的人性或者各种抽象的概念。

　　从那时开始，我强迫自己去想象老师那动物般的头颅，或者丑陋的肉体。我想象着他排便的样子，甚至还会想象他与那位穿着枣红色外套的女人睡觉时的样子。在我的幻想之中，他的"面无表情"融化了，满是快感的脸上露出一种似笑非笑、似苦非苦的古怪表情来。

　　老师那闪着油光的柔软的肉，与同样闪着油光的柔软的女人的肉相互融合，无法分清到底谁是谁了。老师那凸起的大肚子与同样凸出的女人的腹部相互顶撞的样子……然而古怪的是，无论我是如何胡思乱想的，老师的"面无表情"总是立刻与他排便时或者性交时动物般的表情联系在一起，中间没有一丝空隙。日常性的细碎感情的色相，不是像彩虹一般横跨整个空间，而是从一个极端变成另一个极端。在这之间微弱地连接着的，给予线索的就是那一瞬间粗野的叱骂："你这个混账东西！你是不是想跟踪我？"

想得累了，等得烦了，我沦为了一种欲望的俘虏。我渴望着能够清楚地看到老师那丑陋的表情，哪怕只有一次。结果我就想出了下面的那个方法来。这个方法虽说有点儿疯狂，有点儿孩子气，很明显对我不利，但是我却已经没有办法遏制住自己了。这个恶作剧般的方法，虽然会加深老师对我的误解，证实他原先对我的猜测，但是我已经没有办法回头了。

去学校上学的时候，我跟柏木打听了一下店铺的名字和地址。柏木问都没问就告诉了我。那天我早早地就去了那家店，在一大堆和明信片一样大小的祇园名妓的照片之间开始挑选起来。

粗粗一看，这些经过人工化妆的女人脸好像都是一个模子刻出来的，但是细细品味一番的话，就能看出其中浮现出来的微妙的性格之浓淡。透过同一张涂抹了白粉和胭脂的假面，多样的色调栩栩如生地浮现在了我的眼前。有的人明丽，有的人暗郁；有的人是七窍玲珑心，有的人则是艳美却痴愚；有的人一脸落落寡合，有的人则是光彩逼人；有的人不幸，有的人则幸福不已……最终，我找到了自己想要的那张。那张相片在店里刺眼的灯光的照耀下，借助了自身表面的反射，差点儿就逃过了我的眼睛。我把相片拿在手里，反射也就随之消失了。那位穿着枣红色外套的女人的脸出现在了相片上。

"我就要这个！"

我对着店里的人说道。

我凭什么能这般大胆？这其实是来自一种不可思议的心理，一旦我真的开始着手实施计划了，我就会变得异常兴奋，被莫名的快乐所压倒。这种充满勇气与喜悦的心理与开始阶段的心理正好首尾呼应。我首先想趁着老师外出的时候执行自己的计划，这样他就不会知道到底是谁干的"好事"了。但是在这种昂扬的情绪的驱动之下，我最后还是选择了最危险的方法。我就是要让他明明白白地知道，事就是我干的。

且说，今天正好轮到我去给老师房内送报纸。时值三月，肌体生寒。一大早我就和往常一样，前往寺院大门处去取报纸。当我把藏在怀里的祇园艺伎的照片，悄悄地夹入报纸中的时候，我的心里好像揣了一只兔子一样，剧烈地跳动起来。

我来到前庭小花园的中央位置，身边被一圈篱笆围拢起来的苏铁正惬意地沐浴在旭日之下。它那粗糙的树干，在旭日的照耀下显出了清晰的裂纹来。左边则是一株小小的菩提树，四五只迟归的黄雀聚在它的枝头，发出微微的好似捻动念珠般的清啼。虽然黄雀就在那儿，但是我还是感到了一阵意外。确实，那光辉灿烂的枝头上，正在微微跃动着的，长着黄色胸毛的生灵确实是黄雀！前庭铺就的白色沙石一片死寂。

草草地打扫过一遍的走廊到处都是湿漉漉的，我小心翼翼地走着，注意着不让积水打湿双脚。大书院里老师的屋子依旧紧紧地关着门。那门障白得异常鲜艳。时间尚早。

我跪在了廊下，就像往常一样禀告道：

"打扰您了！"

老师在屋内回应了一声。于是我拉开拉门进入了房间，将带来的一沓报纸放在了桌子的一角。老师附着身子在读书，完全不理会我……我退出了房间，关上拉门。我强迫自己冷静下来，慢慢地穿过走廊回到了自己的房间。

我坐在自己的房间里，等着上学的时间到来。在这一段时间里，我任由自己被一股越来越高涨的兴奋所包裹。在此之前我从未期待过什么事情的发生。此刻我明明在期待着老师发现我的恶作剧之后对我的憎恶，然而我又很期待人与人互相理解后的那种戏剧般的热情洋溢的场面。

　　可能老师会突然来到我的房间原谅我吧？我在被他原谅之后，大概就可以第一次达到一种无垢澄明的心境，就像以前的鹤川那样。我也许会和老师抱作一团，唯一剩下的肯定就是相互感叹为什么彼此之间的理解来得那么迟。

　　我也搞不清楚为何就在这短短的一瞬，我就陷入了这种有点儿滑稽的空想之中。冷静地细细想来，我可能是想着通过这种愚不可及的行为激怒老师，然后让他把我的名字从住持继承人的名字里画掉，继而永远地失去成为金阁主人的希望。我在那一刻，甚至都已经忘掉了自己对金阁的执念。

　　我竖起耳朵专注地听着大书院老师住处的动静。那边没有一丝响动。

　　这回我只能等着老师那极端的愤怒，雷鸣般的怒喝了。然后是拳脚相加，踢倒在地，血流满面。可是哪怕是那样，我也绝对不会后悔的。

　　然而，大书院那边静悄悄的，没有一丝响动传来……

　　终于到了上学的时间，我离开鹿苑寺时心里疲惫至极。等进了班里也是没有怎么听课，老师问我问题的时候，我回答得牛头不对马嘴，大伙儿都哄笑起来，只有柏木一人漠不关心地眺望着窗外的景色。他肯定已经发现了我心里有事。

等我再回到寺院里，依旧没有发现什么变化。寺院的生活就是这样，阴暗发霉。今日与明日之间，没有任何的差异和间隔。今天是每个月要举行两次的教典授课的日子，寺里所有人都得到老师的房间集合，听他讲授佛法经典。我觉得老师必然在讲授《无门关》这一课的时候，公开在众人面前责难我。

我的理由是这样的：今晚我会与老师相向而坐。对我来说，这种行为确实有点儿不太相符，但是我却从中感受到了堪称男人般的勇气。老师也会顺应当时的氛围，在大家的面前打破伪善，表现出男人的美德，也就是公开自己的行状，在此基础上对我卑劣的行为进行问责。

……在昏暗的灯光下，寺里众人手里拿着《无门关》的讲义聚集在了一起。夜里凄寒难耐，唯有老师身边放着一个小小的暖手炉。我清楚地听到老师抽动鼻子吸鼻涕的声音。俯着身子的老老小小脸上明暗交加，众人都是一副有气无力的神情。新来的徒弟本身白天在小学当老师，他的近视眼镜老是从纤细的鼻梁上滑落。

只有我一个人底气很足，至少我是这样感觉的。老师打开课本后环视了一圈众人，我的眼睛就紧紧地盯着他。我想向他展示自己绝不会屈服的勇气。但是他的那双被肥嘟嘟的皱纹包裹的眼睛，没有泛起一丝的波澜，在看到我的一瞬间就立刻转移到别人的脸上去了。

授课开始了。到底什么时候老师会从讲课转到我的问题上来呢？我一心只等着这个时刻的到来。我竖起了耳朵，老师那高亢的声音延续着，我却没有从中听到一丝发自内心的声音……

那天晚上，我翻来覆去怎么都睡不着。我鄙视自己的老师，对他的伪善嗤之以鼻，然后这种情绪又慢慢地转化为了憎恶。我憎恶自己没有办法始终保持这种亢奋的情绪。那种对于老师伪善的鄙视又奇妙地与我软弱的性格相互联结，进而我想哪怕是我向这个不值一哂的对手道歉了，那也不能算是我的失败。我的内心上升到了顶点之后，又马上急转直下了。

　　我本来想着第二天一大早就去赔礼道歉的。但是真的到了第二天早上，我又想着就在今天之内道歉吧！早上就不去了。我注意到老师脸上依旧没有任何变化。

　　今天的风很和煦。等我从学校回来之后，无意之间打开了抽屉，看到里面摆着一个白纸包着的东西。打开一看，原来就是那张照片，包裹着照片的白纸上依旧没有一个字。

　　看上去老师是想着用这样的方式来了结此事。很明显他不是真的对这事不闻不问了，而是借此告诉我，我的行为都是没有用的。然而照片那奇妙的返回方式，还是立马让我浮想联翩起来。

　　"老师他一定很苦恼吧！"我想着，"思来想去苦恼到了极点，就是想出这样的方式来。如今看来，他确实是很憎恶我了。他大概是不会憎恶这张照片的。而是就为了这张照片，身为老师，却不得不躲着寺里人，趁着没人的时候蹑手蹑脚地穿过走廊，跑到从没来过的徒弟的房间里，就像犯罪一般地打开我的抽屉。在那种万般无奈之下被逼着做下的丢脸行为，才是老师如今无比憎恶我的理由。"

　　想到这里，我的心里突然迸发出了一阵说不出的欢喜之情。然后，我就开开心心地做起了自己的事情来。

我用剪刀把这张女人的照片剪得粉碎，又用两层结实的书写纸包好握在手里，然后就去了金阁的附近。

清风习习，金阁依旧矗立在月空之下，保持着一种经久不变的幽暗的平衡之态。月色之下，金阁那林立的细柱好像古琴的弦一般，金阁本身也好像变成了一种巨大异样的乐器了，这是由于月亮在天上的高低位置不同造成的。这一夜亦是如此。但是清风是绝对不可能吹响这样的琴弦的，它只能空寂地从琴弦之间的缝隙吹过。

我捡起脚边的小石子，把它包进纸里面，紧紧地系牢。然后把拴上了重物的那张变得粉碎的女人的脸部照片，扔进了镜湖池的池心，静静泛起的波纹很快就荡到了站在池边的我的脚边。

那一年的十一月，我突然出走了。这是之前好多事情推波助澜的结果。

后来我自己思量之后感觉，表面上看上去我是突然出走的，但是实际上还是经过了好长一段时间的深思熟虑和犹疑彷徨。只是我更愿意相信这是被突如其来的冲动所驱使的行为。因为我的内心根本上是缺乏冲动的，所以我格外喜欢模仿冲动的行为。比方说，有一个人，打算去给自己父亲扫墓。他本来都在前一天晚上打算好了，结果当天离开家之后，半路上突然又改变了主意，跑去朋友家喝酒去了。这种男人难道是纯粹的冲动之人吗？他突然改变自己想法的行为，实际上是比起给父亲扫墓的长期准备更有意识的一种对自我意志的复仇行为。难道不是这样的吗？

我出走的直接动机是前一天老师对我说的那句决然的话。

"我以前本打算把你栽培成我的接班人的，但是现在我是绝对没有那种想法了。"

虽然我是第一次听到他对我的想法，但是我从很早以前就已经预感到了他的这种明言，心里早就有了准备。因此我一点儿都不感觉突然，更别说有什么吃惊狼狈的感觉了。话虽如此，我还是更喜欢把自己的出走，想成是因为被老师的话所触发，被自我冲动所驱使的行为。

在因自己的恶作剧而被老师憎恶之后，我在学校的成绩眼看着就开始荒废起来。原来预科第一年的时候，我的汉语与历史课成绩为八十四分，排名所有人中第一；总分七百四十八分，八十四人中排行第二十四。总课时四百六十四个小时，而我只缺席了十四个小时。预科第二年时候的成绩是总分六百九十三分，排名滑落到七十七人中的第三十五。等上了三年级的时候，我尽管没有闲钱去消遣，但还是会为了仅仅享受一番不去上课的闲暇时光就逃课。现在这个新学期是在照片事件发生之后刚刚开始的。

第一个学期结束之后，我就被学校注意到，遭到老师的斥责。他虽然是因为我的成绩变差，缺席的时间变多而斥责我的，但是最让他愤怒的是我竟然连每学期仅有三天的接心①课都逃掉了。学校的接心课被安排在暑假、寒假和春假前，每次三天，活动形式参照各个道场的形式。

因为老师要斥责我，所以他就把我招进了自己的房间里，这

_____

① 日本佛教用语，在一定期间内坐禅、静心。

对我来说反而是千载难逢的好机会。我只是低垂着头，不发一语。尽管我一直在心里默默期待着，但是他却只字不提关于照片或者之前妓女勒索的事情。

只是从那以后，老师对我的态度明显冷淡了许多。可以说这正是我所期待的结果，也是我希望得到的证据，更是我的一种胜利。要想获得这种胜利，我仅仅依靠逃学这一项就足够了。

三年级的这一个学期，我缺席的时间长达六十多个小时，比一年级整整三个学期缺席总时间的五倍还多。在这段缺席的时间里，我既没有读书，也没有花钱去消遣，除了有时和柏木说说话之外，也就只是一个人孤独地待着，无所事事。我在大谷大学里的记忆可能就是无为的记忆吧！沉默着，一个人百无聊赖着。这种无为大概就是我特有的"接心"的方式，在这期间，我从未有过片刻的无聊。

我有时会坐在草坪上，花上好几个小时凝视着蚂蚁搬运细碎的红土构建巢穴的样子。这并非我开始对蚂蚁感兴趣了。我有时也会呆呆地看着学校后面工厂烟囱冒出来的青烟。我也对青烟不感兴趣……我只是全身心地感受着自己沉浸在"自我之存在"时的状态。外界的每一处时而冰冷，时而滚烫。是啊，我该怎么形容好呢？外界是光怪陆离的，又是五光十色的。我的内部与外界缓慢地且不规则地交替着，周围没有意义的风景映入我的眼帘，闯入我的内部；而尚且没有进来的风景则是在远处流光溢彩着。那流光溢彩的东西有时是工厂竖立起来的旗子，有时是篱笆上碍眼的斑点，有时又是被扔到草丛里的一只旧木屐。万事万物都在我的体内方生方死，或许可以称之为一切尚未成形的思想吧……

我觉得仿佛最重要的事情都在和最琐碎的事情产生联系，今天报纸上刊登的欧洲政治事件就与眼下那只旧木屐产生了斩也斩不断的联系。

我曾经对着草尖顶端的锐角沉思良久。当然我觉得说是"沉思"确实有点儿夸大了，我的那些奇怪琐碎的想法绝不会延续下去，仿佛乐曲一般的、执拗的在我生死不明的感觉里出现。为何这种草叶的尖端非得是这样的锐角呢？可能一旦变成钝角的话，它就失去了自己的种属，自然界就会从这个小小的叶尖开始崩坏了吧？一旦扔掉构成自然的一个极小的齿轮，那么整个自然不就有可能被推翻了吗？接下来我就徒劳地开始左思右想起来。

——老师的斥责之语忽然泄露了。寺里的人对我的态度也开始变得险恶起来。之前那个嫉妒我上了大学的徒弟，更是常常脸上挂着一副胜利者的浅笑盯着我看。

从夏到秋，我就这样住在寺里，从不与人说话。在我出走的前天早上，老师让副司叫我过去。

那是十一月九日发生的事情，当时我正准备去上学，制服已经穿好了，于是就这样来到了老师面前。

我看见一种不得不与我见面交谈的不快的神色异样地牢牢凝固在他胖乎乎的脸上。对我而言，当我看到他那满脸看到麻风病人般的厌恶之色的时候，心里满是快意。因为这才是我所期待的蕴藏了人类感情的目光。

老师很快就转开了眼睛，双手一边在暖手炉上摩擦着，一边跟我说话。在初冬早上的空气中，他那柔软的手掌相互摩擦着，发出一阵阵轻微却清澈的声音。和尚的肉与肉之间似乎过于亲密了。

"你的亡父要是地下有知的话，他得多么伤心呢？你看看这封信吧！学校又写信来告状了。这件事到底要怎么处理？你自己好好地想想吧！"——接着他又说道，"我本来还想把你栽培为我的继承人的。现在我清楚地告诉你，我已经没有这份心思了。"

我在沉默了很长时间之后，如此说来：

"这跟永远地放弃我有什么区别？"

老师没有立刻回答我，过了一会儿他说：

"事情都已经成这样了，你还觉得自己不应该被放弃吗？"

我没有回答，沉默了一会儿之后，我又莫名地开始结巴着说起另一件事情。

"老师您对我知根知底，我对您也是知根知底。"

"就算是知根知底又怎么样呢？"——和尚的眼神变得黯淡，"什么用都没有，一点儿好处都没有。"

我从未见过如此这般完全放弃了现世的人的脸。这是一张一手玷污了金钱、女人等一切生活细节之后，却又无比蔑视现世的人的脸……我感觉自己好像触碰到了一具颇有血色和温度的尸体，这让我一阵恶心。

这时，我心里产生了一股深切的觉悟，我要暂时远离身边的一切。离开老师的房间之后，我的脑子里一直在翻腾着这个想法，越想这个想法越激烈起来。

于是，我就把佛教辞典和柏木送我的尺八包在包袱皮里，然后把包袱和书包一起提着，跑向学校，此时我的脑子里只有出走这一件事。

进了学校之后，我发现正好柏木就走在我的前面，于是我追上去拉着他的手腕去了路边，问他借三千元。然后我把自己的佛教辞典和尺八给了他，这或许对他有用。

那种平日里精于雄辩的哲学般的爽快之色从他的脸上消失了。他眯起了眼睛，用一种模糊的神色看向了我。

"你还记得《哈姆雷特》里面雷欧提斯的父亲给他的忠告吗？'永远不要借钱给朋友，永远不要问朋友借钱。一旦借了，钱也好，朋友也罢，人财两失。'"

"我已经没有父亲了。"我说道，"要是不行的话就算了。"

"我不是说不行，先商量商量嘛！我先在身上凑一凑，看看有没有三千。"

我不由得想起了插花老师跟我说过的柏木的借口。我本想揭穿他惯用的从女人那儿花言巧语弄钱的把戏，但是想了一下还是没说出来。

"你先想想怎么处理这把尺八和这本字典吧！"

柏木这么说着，忽然转身向校门口走去，我于是也跟着转身与他缓步并肩而行。柏木告诉我，以前那位"光"俱乐部的学生经理因为金融犯罪的嫌疑被人检举了，虽然九月就得以释放，但是因为自身的信用一落千丈，所以现在处境艰难。从春季开始，柏木就对这位经理开始感兴趣起来，常常与我谈论这个人。我和柏木一直以来都深信他是社会中的强者，没有想到仅仅过了两个星期他就自杀了。

"你要钱干什么？"柏木突然问我。我觉得这不像是柏木问出来的问题。

"我想出去随便转一转。"

"你还会回来吗？"

"大概吧……"

"你是在躲着什么事情吗？"

"我想躲开身边的一切。我的身边臭气熏天，满是一种让人感觉无能的气息……我的老师也让我感觉很无能，非常无能！我清楚这一点的。"

"你连金阁都想躲开？"

"是啊！我连金阁都想躲开。"

"金阁也让你感觉无能吗？"

"金阁不是的。金阁绝没有让我感觉无能，不过它正是万物无能的根源所在。"

"你原来是这样想的啊！"

柏木在人行道上像往常一样迈着豪迈的仿佛舞蹈一般的步伐，嘴里轻快地啧啧有声。

在柏木的指点下，我们去了一家寒酸的小古董店，把尺八给卖了，只卖了四百。然后我们又去了旧书店卖掉了字典，勉勉强强才卖了一百。最后柏木又带着我去了他住的地方取剩下的两千五百块。

就在他那儿，柏木对我提出了一个奇妙的想法。我的尺八就算已经还给他了，字典算是送给他的礼物，如此一来这两样就算是柏木的东西了，那么把它们卖了的五百块就应该是柏木的钱。再加上他借给我的两千五百块，我就算欠了他三千。还钱的

时候，月息是一成，还完为止。比起之前"光"俱乐部三成四的
高利贷来说，这已经是相当优惠的低利息了……他拿出纸张和砚
台，将他说的那些条件一股脑地写了下来之后，要求我在借据上
按手印。我已经不想考虑自己的未来了，于是拇指在印泥上染红
之后就直接按了下去。

　　——我已经急不可待了。怀里揣着三千块离开柏木的住处之
后，我乘坐电车在船冈公园前下车，在石阶上一路小跑着，终于
弯弯绕绕地来到了建勋神社①。我要在那里求一支签，希望能够得
到一些关于我这次旅行的预兆。

　　石阶的最高层处，我看到右边是义照稻荷神社②那庄严威武
的朱红色大殿，还有一对被铁丝网住的石雕狐狸。狐狸口中叼着
书卷，那对尖尖竖起的耳朵也被人涂成红色。

　　这天日头不好，阵阵冷风令人遍体生寒。我登上的那些石
阶呈现出一种细微的灰蒙蒙之态，那是穿过树荫流淌下来的微弱
的阳光的颜色，正是因为光照微弱，所以看上去好像是肮脏的
灰色。

　　等我来到建勋神社那宽阔的前院的时候，因为我是一口气
跑到这里来的，所以早就汗流浃背了。正面有一段石阶延伸到
拜殿，与之相对的是平坦的石板路。左右两边聚集在一起的矮

---

　　① 神社位于京都北区船冈山，主祭神是宗三左文字曾经的主人之一，
战国枭雄织田信长，由明治天皇亲赐织田信长建勋的神号。
　　② 日本伏见稻荷大社建于 8 世纪，主要是祀奉以宇迦之御魂神为首的
诸位稻荷神。稻荷神是农业与商业的神明，香客前来祭拜求取农作丰收、生
意兴隆、交通安全。它是京都地区香火最盛的神社之一。

松，弯腰指向了参道的天空。右边是饱经沧桑的木板墙社务所，大门上挂着一个"命运研究所"的牌子。社务所和拜殿之间有一间白色的仓库，从那里开始长着一些稀疏的冷杉。冰冷的蛋白色的乱云蕴含着沉重的光芒。天空之下，京都西郊的群山依稀可见。

建勋神社以织田信长为主祭神明，以他的长子织田信忠为配祀。整间神社给人一种朴素之感，只有环绕了拜殿的朱红色栏杆让人眼前一亮。

我登上了台阶，礼拜之后从香火箱边上的木架上取下一个古旧的六角形木筒。我摇动了木筒，有一根被削得很细的竹签从孔里掉了出来，上面用墨写着：

"十四。"

只有这两个字。

我转身离开，嘴里嘟囔着"十四……十四……"走下了台阶。这个数字的发音在我的舌头上停滞，渐渐地我好像咂摸出一点味道来。

我来到了社务所的门前，请求里面人的指点。一位正在洗洗涮涮的中年女人走了出来，一边用解下来的围裙擦着手，一边冷冷地接过我按规矩付的十元。

"第几号？"

"十四号。"

"去那边走廊等着吧！"

我就坐在走廊沿子上等着。等待过程中，我想到了那双湿漉漉且满是裂纹的女人的手，就是这双手决定了我的命运。这也未免太草率了吧！可是转念一想，我正是自己上门来赌一赌自己命运的，所以草率就草率吧！被关上的拉门里，传出一声好像很难打开的小旧抽屉上铁环撞击的声音，然后就是卷起纸张的声音，不久拉门又被打开一个小缝。

"喂，请吧！"

里面递出来一张薄薄的纸，然后门又关上了。纸的一角被女人的手指沾湿了。

我细细一读，上面写着：

第十四号，凶。

下面是：

汝居此间者遂为八十神所灭

遭烧石矢等困难苦节之大国主命，应听从御祖神教示，退出此国，暗暗逃离，此兆。

解释词说这是预示着万事不如意，前途坎坷之意。但是我并不害怕。下面诸项中还有与旅行相关的：

旅行——凶。西北尤不利。

我决心要去西北方。

*

开往敦贺的车上午六点五十五分就要从京都站出发了。寺里起床的时间则是在五点半。十号早上，我一起来就换上了学校的制服，没有人感觉惊讶，因为所有人都已经习惯无视我了。

早晨，大家三三两两地在寺院各处打扫或者擦洗。打扫要持续到六点半。

我也在前院打扫着。我的计划是不带书包，就好像突然从这儿失踪了一样，偷跑出去旅行。我与我的扫帚正在灰白且朦胧的石子路上晃动着，突然一下我的扫帚摔倒在地，而我则消失不见了，剩下的只有那条微明的白色沙石路罢了。我梦想着能够以这样的形式出发。

我之所以不想与金阁告别也是因为这个。对我而言，只有我本身这个存在才配从包含了金阁在内的所有环境中突然出走。我慢慢地扫着，边扫边向着大门的方向走去。透过松树的树梢，我看到了拂晓的晨星。

我的心激动得怦怦直跳，我必须出发了。"出发"这个词眼下在我嘴里说出来感觉就像是指"起飞"一样。我必须从我的环境、束缚着我的美的观念、我的坎坷不遇、我的结巴、我存在的条件中，无论是什么，出发了！

扫帚就像果子离开树一样，自然地离开了我的手，落到拂晓时分还很昏暗的草丛之中。我在树荫的掩护之下，蹑手蹑脚地走出大门，一溜烟地跑了出去。开往市内的电车就要发车了。车内稀稀拉拉地坐着一些工人打扮的乘客，我则沐浴在明亮的车灯之下，感觉自己好像从没来过这般光明的地方。

我现在脑子里还时常浮现出当时旅行的详细情况。我并非没有目的地出走。我的目的地是中学时曾经修学旅行的地方。但是在逐渐接近那里的过程中，因为我对出发和解放的渴望过于强烈，所以心里只有一种前途未卜的感觉。

火车行驶的路线通往我熟悉的故乡。被煤灰熏得黑黑的车厢，让我感觉到了一种从未有过的新奇之感。车站、汽笛声，就连早上扩音器里的声音的回响，都在重复着同一种感情，将之强化，一种觉醒了的抒情般的展望在我眼前展开。旭日照在宽阔的月台上，使之明暗相加。靴子在上面跑过的声音、撞击着地面的木屐的声音、一直单调地响着的铃声，还有车站卖的刚刚从笼子里面拿出来的蜜橘的颜色……所有的一切，都成了我委身其中的一个巨大的环境的一个个暗示、一个个预兆。

车站的任何一个细小的碎片，都会被聚集到离别和出发统一而成的感情中。从我眼下向着后方快速离开的月台，以一种昂扬的姿态，彬彬有礼地退下了。我可以感受到，月台这般面无表情的平面，由于运动、离别、出发等要素的出现，变得无比的灿烂夺目。

我很信赖火车，这个说法很傻。虽然很傻，但是我的位置是在一点点地远离京都站。为了保证这种令人难以置信的想法，我只能这般说：我在鹿苑寺的时候，等到了晚上，就可以听到运货的火车从花园附近驶过的声音。如今我所乘坐的这列火车正不分昼夜地确确实实地向着远方疾行而去，真是不可思议啊！

火车沿着我曾与抱病的父亲一起看到过的群青色的保津海峡行驶着。在爱宕群山和岚山的西边，从这里到园部附近之间的地域，也许是受到了气流的影响，呈现出了与京都市截然不同的气候特点。十月、十一月、十二月这三个月份之间，从夜里十一点到早上十点左右，来自保津川的大雾就会按部就班地笼罩住这一片区域。大雾会不停地流动，很少会停止。

　　田园在我眼前模模糊糊地展开，收割过的地呈现出一种青苔色。田埂上错落有致地分布着一些稀疏的树，高高低低，有大有小；枝叶一直被修剪到了高处，细细的树干都被当地人称为"蒸笼"的稻草包裹住了。它们依次地出现在浓雾之中，仿佛木之幽灵一般。有的时候在车窗边，以几乎看不清的灰色稻田为背景，一棵很鲜明的大柳树会出现在你眼前，湿漉漉的叶子沉重地下垂着，迎着雾气微微摇晃着。

　　离开京都时，我的那颗富有生机的内心，现在又沉浸在了对死者的追忆之中。每次一想起有为子、父亲或者鹤川，我的心里总是涌起一种无法言说的亲切之感。我疑心自己是不是只把死人当成人来爱了。即便如此，比起活人来，我还是觉得死人更可爱。

　　在不怎么拥挤的三等车厢里，不太可爱的活人们有的慌慌张张地抽起了香烟，有的在剥手里的蜜橘。不知是哪个公共团体的老职员们在隔壁的位置上大声地说着话。他们都穿着不是很合身的旧西服，其中一人的袖口还绽开了线，露出了里面衣服的条纹来。我很佩服这些平庸之人，他们哪怕是上了年纪，也丝毫不见衰老之色。在那种家长里短的平头老百姓的日子里，他们那种黝黑发皱的胖脸，和饮酒过度变得沙哑的嗓音，一起表现出了一种平庸的精华。

他们正在讨论应该让哪些人向公共团体捐钱的事。其中有一个安静的秃头老人，他并没有加入交谈，只是一个劲儿地用洗了无数遍的黄色抹布擦拭自己的手。

"这双手是被煤烟自然地熏黑的。真是烦恼啊！"

另一个人向他搭话说。

"你不是给报纸写信反映过煤烟的问题吗？"

"没有。"秃顶老人否定了他。"总之，真的很烦啊！"

我有一搭没一搭地听着。我注意到他们的对话里时常会出现金阁寺和银阁寺的名字。

他们都一致同意要逼着金阁寺或者银阁寺给公共团体捐款。银阁寺的收入虽然只有金阁寺的一半，但是那也是一笔巨款了。他们举了一个例子，金阁寺一年的收入在五百万日元以上，而寺里人过的都是佛门的生活，就算是算上水电费的话，一年也就只花二十多万日元，剩下来的钱都跑到哪里去了？小和尚们天天只能吃冷饭，住持却一个人天天晚上往祇园跑。他们还不用交税，简直就是法外之地了。正因如此，必须让他们捐钱。大家纷纷开口说着。

那位秃顶老人依旧用手帕擦着手，等大家冷场之后又接着说：

"真是很烦啊！"

这就成了大伙儿讨论的结论了。老人的手被擦了又擦、磨了又磨，煤烟的痕迹已经消失，现在正发着玉器一般的光泽。实际上这双手，与其说是手，不如说是手套更合适一点儿。

　　奇妙的是，我是第一次听到世人对我们佛门的批评。我们都是属于僧侣的世界，上学的学校也是在这个世界里的，寺院之间从来不会相互批评。但是我对老职员们的这番对话，一点儿都不感觉惊讶。事情就是明摆着的！我们吃冷饭，和尚去祇园……但是我对用老职员们的理解方式来理解自己的行为，感到一种说不出的憎恶。我没法用"他们的语言"来理解自己，"我的语言"是与之不同的。我想让读者明白这一点，就算我看见老师与祇园的艺伎一起散步，我也丝毫不会感受到任何道德上的厌恶。

　　正因如此，老职员们的交谈给我心里抹上了平庸的香味，留下一种微微厌恶之感后就飞走了。我从未有过让社会给予我支援帮助的想法。我也不想把世间最易于理解的框架放置在自己的思想之中。我已经重复过很多次了，不被世人所理解，正是我存在的理由。

　　——车门突然被打开，一个公鸭嗓的小贩胸口挂着大篮子出现在我们面前。我这时才猛地想起我还没有吃过东西呢！于是，我就买了一碗海草做的绿色面条吃了。雾气已经散尽，但是天空依旧没有阳光。在丹波山边的瘦土上，种植楮树造纸的人家开始不断出现。

　　舞鹤湾。这个名字一如往昔撩拨着我的心弦。我也不知道为什么。但是从我住在志乐村度过自己的少年时代开始，这个名字就是那看不见的大海的总称，进而变成了我所预想的大海本身的名字了。

那看不见的大海，如果从志乐村后面耸立的青叶山山顶来眺望的话，是完全可以看得清楚的。我爬过两次青叶山。第二次的时候，我们刚好看见了正在驶入舞鹤军港的联合舰队。

舰队就停泊在波光粼粼的舞鹤湾内。也许当时他们正在秘密地编队吧！与这支舰队有关的一切事物都属于保密范围，这让我们甚至怀疑这支舰队是否真的存在。所以远方的联合舰队就像是我只在照片上看到过的不知名的黑色水鸟群，带着慑人的威严。舰队也不知道自己被人看到了，只是在威风凛凛的老鸟的警戒护卫之下，悄悄地在这片海域之中嬉戏着。

……列车员走来走去，大声地提醒乘客下一站是"西舞鹤"了。我被他吵醒，而那慌乱地挑着行李的水兵眼下也不在了。除了我准备下车之外，就只有两三个做黑市生意模样的男人。

所有的事物都变了。这里好像被英文交通标示威胁了一番之后的样子，大街小巷都好像变成了秀丽的外国港口城市，许许多多美国大兵走来走去。

初冬昏暗的天空之下，冰冷的微风带着咸味，吹过了宽阔的军用道路。比起海的味道来，空气中弥漫着的更像无机盐般的带着铁锈的味道。深深地通往城镇中央的运河般狭窄的海、它那死寂的海面、系在海岸边上的美国小舰艇……这里确实有着安宁之态。但是那种过于精细的卫生管理却完全夺走了军港过去的那种杂乱无章的肉体般的活力，镇子好像变成了医院了。

我不想在此处与大海亲近。我身后驶来的吉普车说不定会半开玩笑地把我撞入大海里。现在想来，我那旅行的冲动里是有着大海给我的暗示的。只是那片大海恐怕并非眼前这般人工的港口之海，而是幼时在故乡成生岬那里绵延着的肌理粗糙、时常怒气冲冲、焦躁不安的日本内海。

因此我要去由良一趟。夏天的时候，人人都去那里泡海水浴，非常热闹。而现在这个季节的话那里必然很冷清，只有陆地和大海彼此之间还在暗暗地相互争斗。我凭着自己的脚力，模糊地感觉到，从西舞鹤到由良，有十多公里的路程。

海湾底部的路从舞鹤市一直向西延伸，与宫津铁路相互交叉形成直角，不久之后就越过了泷尻岭，到达了由良川。渡过了大川桥之后，沿着由良川的西岸北上。然后沿着河流的流动方向一直走到河口就到了。

我离开了城镇，开始步行了……

我越走越累。我就这样地问自己。

"由良那儿到底有什么东西呢？我是要找到什么样的明证才这般急匆匆地赶路？那里不是只有日本内海和无人的沙滩吗？"

但是我的腿却没有停下来的意思。去哪里无所谓，我只是需要一个能去的地方。我所要去的地方的名字，也没有任何的意义。不管怎么说，我心里产生了一种直面抵达某个目的地的渴望的勇气、一种近乎不道德的勇气。有时天空中会突然地冒出些稀薄的光线，从大路两边种植的榉树倾泻而下，吸引着我的注意力。也不知为何，我突然不想再荒废时间了，于是就连休息一下的闲暇都放弃了。

当我接近河流那宽大的流域范围的时候，就不怎么能看到平缓着倾斜的风景了。河水由良川从山间突兀地流出，水色碧绿，河面宽阔，水下混沌，在阴沉的天空之下满心不情愿地缓缓汇入大海。

我来到了河水西岸，这里没有汽车来来往往，也没有人的踪迹。路边排列着夏蜜橘的种植园，看不到一个人。在一个叫作"和江"的小村子，草里突然传出声音，一只有着黑色鼻头的狗探出了头。

我知道这一带是个名胜，那位比较奇怪的山椒大夫①的府邸就在此处。我并不想去那里参观一番，所以就直接走过去了。也许是因为专注地盯着河面的原因吧，河中有着一个被茂密的竹林包裹起来的河心洲。明明我在路上没有感受到一丝风，河心洲上的竹子却被风吹得弯下了腰。洲上有着一两亩靠着自然雨水灌溉的农田，除了一个背对着我的人正在钓着鱼之外，我没看到任何农民的影子。

时隔很久才看到一个人影，于是我的心里不由得涌现出一股亲近之情。

"他是在钓鲻鱼吧？要是钓的是鲻鱼的话，那么说明河口已经不远了。"

这时倒伏的竹林发出一阵沙沙的声响，盖过了河水奔涌的声音。河面上泛起白色的雾气，看上去好像快要下雨了。雨滴浸透

---

① 丹后国加佐郡由良的一个富翁。传说陆奥太守岩城判官正氏因谏言而遭流放，其子女二人陪同母亲赴筑紫寻访，中途遭人贩子劫掠，母亲被卖于佐渡，子女被卖给山椒大夫。后来，姐姐出逃而死，弟弟奔赴京都上告朝廷，获得昭雪，山椒大夫等被诛。

了河心洲那干涸的土壤。正在入神之间，雨水已经飘到了我的头上。我浑身湿透了，可再定睛一看河心洲，上面的雨已经停了。钓者依旧保持着原来的姿势，纹丝不动。然后，我头顶的雨水也停了下来。

每当我拐弯的时候，芒草和其他的杂草就会填充我的视野。但是河口就在我眼前了，我感觉视野开阔了起来。刺骨的寒风，扑面而来。

我来到了由良川的终点，眼前又出现了几片荒凉的滩涂。河水的确融入了大海，可是潮水虽然十分汹涌，河水却一片沉静，没有一丝的波澜出现，宛如昏死过去的人一般。

河口意外地十分狭窄。与之交融、与之争斗的大海模模糊糊地横亘在一片铅灰色的云层之下。

为了更好地感受这片大海，我还需要顶着烈风在荒野或者田地里走上一段距离。大风拂过北海的每一处，为了这片海，这般狂暴的烈风就算是白费了气力，也要吹过没有人烟的旷野。可以说，这片海是覆盖了此处冬季的气体之海，是命令的、统御的、不可直视的大海。

河口对面堆叠几重的浪花，慢慢地向着铅灰色的宽阔海面蔓延而去。河口的正面浮现出高高的帽子外形的岛屿。那是距离河口有八里地远的冠岛。该地是野鸟自然保护区大海鸥的栖息地。

我踏入一片农田之中。环顾四周，只觉一片荒凉。

这时，我心里闪过一丝说不清道不明的想法。这个想法刚刚出现在我的脑海里还没容得我细想，立马就消失不见，意义也随之失去了。我在原地站了很久，迎面而来的冷风夺走了我的想法。我又逆着大风开始走了起来。

贫瘠的土地边上是有着很多碎石的荒地，上面的野草近半已经枯萎，尚未枯萎的绿色植物只是一些委顿在地上的苔藓似的杂草。这些杂草的叶子已经萎缩干瘪起来。那里早已经变成了夹杂着沙石的荒土了。

我忽然听到一声浑浊且带着颤音的声音，是人的声音。我听到这个声音的时候，正背对着烈风，仰望着背后的由良岳。

我四处寻找声音的主人。有一条小路沿着低矮的山崖一路通往下面的沙滩。原来为了阻挡海水剧烈的侵蚀，人们正在那里建造一些防御工事。白骨一样的水泥柱子七零八落地摆放着，沙滩上新鲜的混凝土好像显出一种奇妙的生机。那浑浊且带着颤音的声音是一台搅拌机发出来的。眼下它正在搅拌着水泥，把水泥灌注到模子里。四五个鼻头通红的工人，一脸惊讶地看着穿着学生制服的我。

我也往他们那儿瞄了一眼，这就算是跟他们打过招呼了。大海在沙滩处急速地深陷成了圆钵形。我脚踩着花岗岩质地的沙子，向着波涛汹涌的海边走去。我的心里再度涌起喜悦之情，我知道自己确实正在一步步地逼近刚才一闪而过的想法。劲风冷冽，我没戴手套，双手早已冻得僵硬，不过这都不算什么了。

这就是最正宗的日本内海，我所有不幸黑暗的思想源泉，我所有丑陋和力量的源泉。大海汹涌澎湃，波浪一浪接一浪地向着海边袭来。海浪与海浪之间显露出了那光滑的灰色深渊。在暗色的海面上空，累累层叠的铅云兼具沉重与纤细之态。这是因为没有分界线的沉重的云层相互堆积在一起，边缘点缀着轻盈冰冷的羽毛般的花边，中央部分则包裹着若有若无的淡青色的天空。铅灰色的大海正对着紫黑色的海岬上的群山。动荡、安定与不断运动的黑暗力量，像矿物一样互相凝结在了万物之中。

我忽然想起了第一次与柏木见面时，他对我说的话。正是在那阳光明媚的春日午后，我们坐在修剪整齐的草坪上，懒懒地眺望着从树林倾泻而下的光斑的时候，我们才突然变得残暴的。

眼下，我面对着波涛，面对着狂暴的北风。这里没有所谓阳光明媚的春日午后，也没有修剪整齐的草坪。但是比起春日午后或者修剪过的草坪，我更倾心于这荒凉的自然，这自然更能给我亲密之感。能在这儿待着我就已经心满意足了，我再也不会感到威胁了。

我那突然冒出来的想法，确如同柏木所言，是一种残暴的想法吗？总之，这个想法就是突然地在我的内心冒了出来，启示着先前冒出来的意义，将我的内心照得无比明亮。我还没有对此进行深入的思考，只是被这个想法冲击了一下，就好像被阳光突然射到一样。但是这个迄今为止从未考虑过的想法在诞生之后，忽然变得越来越有力，越来越庞大。甚至可以说，我已经被这个想法包裹住了。我的这个想法是这样的：

"我必须把金阁给烧掉。"

第八章

之后我又继续走，来到了宫津线丹后由良车站的前面。我在东舞鹤中学上学的时候，毕业修学旅行走的也是相同的路线，也是从这个车站回家的。车站前的马路没有多少行人，这里的旺季只有短暂的夏天。

车站前有一家小小的旅馆，上面挂着"海水浴旅馆由良馆"的招牌。我就打算住在这里了。我打开大门口的毛玻璃门，问了一声有没有人，但是无人应答。柜台上积着厚厚的尘埃，室内挡雨窗紧闭，一片昏暗，毫无有人的迹象。我继续往里走，里面坐落着一个很朴素的小院子，院中残留一些早已枯萎的菊花。高处架设着水槽，夏日游泳的客人可以回来在这里洗掉身上沾着的沙粒。

稍远一点的地方有一间小屋子，是旅店主人一家居住的地方。关闭着的玻璃窗里传出收音机的高音，声音高扬却又空洞，反而营造出无人居住的氛围。门口散乱地摆放着两三双木屐。我就在收音机声音停歇的时候，向里面打了个招呼，然后呆呆地等在外面。

有人从背后走来。此时乌云弥漫的天空洒下一丝明媚的阳光，我顺势注意到了大门口摆放着的木屐箱子上明亮的花纹。

一个圆滚滚、肤色雪白的女人，瞪着一双小到几乎看不见的眯眯眼看着我。我告诉她我要住宿，女人也没说"跟我来"，只是默不作声地转过身，走向了旅馆的大门处。

——她给我安排的住处在二楼的一角，是一间面朝大海的小屋子。女人给我拿来了烘手的炉子，想要把久久关闭着的屋子里的霉气给驱走，那股霉味实在让我难以忍受。我推开窗，任由北风拂面。海的一角，亘古不变，那儿的云层不是给某些文人骚客观赏的，自顾自悠然地相互重叠着，彼此嬉闹着。云朵好像也是大自然毫无目的冲动的反映物，并且其中一部分必然是明敏理智的青色小结晶，以及天空的薄片。从这里却看不到大海。

……我立在窗户边，大脑里又开始回想刚才的想法了。我不由地反问起自己来，比起火烧金阁，为什么我的第一反应不是杀掉自己的老师呢？

其实并不是说我之前从未想过杀掉老师，只是有时我觉得这样也无济于事。因为就算我杀掉老师，那样的秃驴和那种无力的罪恶，依旧会从黑暗的地平线处接二连三地浮现出来。

一般来说，没有其他的事物会像金阁那样有着严密的一次性。而人类只是接受了大自然诸般属性的一部分，使用非常有效率的方式将其传播，使其繁殖罢了。假如说杀人是为了消灭对象的一次性的话，那么杀人这种行为就是永久的误算了，我就是这样想的。如此一来，金阁与人类的存在之间就呈现出了鲜明的对比，一方面来说人类本身显示出易于灭亡的样子，却浮现着永生的幻想；而金阁虽然有着永恒的美丽，却漂浮着被毁灭的可能性。另一方面，人类这种死亡是完全没有办法根绝的。而像金阁那般不灭之物却反而可以被消灭。为何没有人注意到这一点呢？我的独创性毋庸置疑。我烧毁早在明治三十年代就被政府指定为国宝的金阁，这一行为是纯粹的破坏，是无可替代的破坏，确确实实地减少了人类创作的美的总量。

我越想越觉得戏谑。"金阁被我烧掉的话，"我自言自语地说，"那么这样的教育效果可就太好了。这样的话，人们可以认识到，人繁衍后代其实没有任何意义；金阁屹立在镜湖池畔五百五十多年其实也并没有保证什么；君临于我们的生存之上的，是一个不言自明的前提，那就是明天我们的生活也有着可能崩溃的不安。"

是啊，我们的生存，被在一定时间内持续着的时间凝固物所包围和保护着。这就像木匠师傅为了家事便利而制作出来的小抽屉一样。随着时间的流逝，时间本身就凌驾于这个东西的形态之上，再经过了几十年、几百年的酝酿，时间反而凝固起来，好像占据了小抽屉的外形一样。那些一定的小空间，起初都是被物体所占据，但是后来都会被凝结的时间所占据。这是向着某种幽灵的转变。中世时期的神话故事《付丧神记》①的开头部分是这样

---

① 讲的是康保年间，被扫地出门的一堆旧器物，幻化成精后找人类复仇的故事。

写的。

> 阴阳杂记有云，器物经时百年，化为精灵，诓骗人心，故人谓之付丧神。自是世间每年立春时分，皆抚拭人家之具足，且多弃置于路次，号为除媒烟也。以此百年中若有一年懈怠，则遭付丧神之灾。

我的所作所为，就是为了让人看清楚付丧神之祸，这样就可以从灾祸之中拯救他们。我是想通过自己的行动，将一个有金阁存在的世界，转变为一个没有金阁存在的世界。这样一来，世界的意义就将得到确确实实的改变了吧……

……我越想越感到开心起来。现在这个环绕在我身边的世界，这个我亲眼看见的世界，正在接近它的没落和终结。太阳落山时的光芒笼罩在大地之上，载着金光闪闪的金阁的世界，就像指间滑落的沙子一样，每分每秒都在沉沦着……

*

我在由良馆待了三天之后就待不下去了，因为老板娘见我老是足不出户，遂感觉我形迹可疑，于是就报警带了一个警官来查我。当我看到那位警官穿着制服进入我的房间的时候，顿时感到一阵恐慌。但是转念一想，我现在根本就没有害怕的理由，于是也就心安了。不管他问我什么，我都如实回答。我老老实实地告诉他，我是想暂时远离寺院生活才会出走的。为了证明自己的话，我掏出自己的学生证给他看，还特意当着他的面结清了这几天的房租。结果这反而让警官担心起来。他为了保护我，马上给鹿苑寺里打了一个电话，核实我所说的是否属实。之后他告诉我，他要亲自把我送回寺里面，而且他特意脱下警服，换上了便装，以免"前途无量"的我名誉受损。

我们在丹后由良站等火车的时候下了一场暴雨。站台没有屋顶，立刻就被大雨给淋湿了。警官带着我进了车站的办公室。他穿着便服，一脸自豪地告诉我，车站的站长和站务员都是他的好朋友。不光如此，在向站里人介绍的时候，他把我说成是从京都来看望他的外甥。

我开始理解革命者的心理了。这个乡下车站的站长和警察只顾围着熊熊燃烧的铁炉子烤火，丝毫没有感受到迫在眉睫的世界的变化，以及即将发生的人类秩序的崩坏。

"要是金阁被我烧掉了……金阁被我烧掉之后，这些家伙的世界就会发生天翻地覆的变化；生活中的金科玉律全部都会被推翻；火车时刻表会乱成一团；这些人的法律也都将失效吧。"

让我喜出望外的是，他们根本就没有注意到自己身边有一个未来的犯人正在烤着火。我也乐得装出一副若无其事的样子。其中有个非常有活力的年轻站务员，他正大声地跟我们吹嘘下次放假的时候他要去看电影。据说这部电影精彩绝伦，能够看得人潸然泪下；并且也不缺乏帅气的打斗场面。下次放假的时候要去看电影！这个比我还要小的、朝气蓬勃的棒小伙，想等到下次放假的时候，看电影，然后好好地睡上一觉！

他不停地开着站长的玩笑，拿站长开涮，又被恼羞成怒的站长大骂一通。在这一过程中，他还不忘给炉子里面加炭，然后在黑板上不时地写着一些意义不明的数字。生活产生的魅惑，或者说对于他们生活的嫉妒，即将再一次地俘虏我。要是我放弃烧掉金阁的想法，直接从寺里出来还俗的话，我也可以这样沉浸于平凡生活之中。

……但是一种黑暗的力量突然苏醒，并将我从这种美好幻想之中扯了出来。我还是必须烧掉金阁。这样一来，一种早已注定的、我所特制的、前所未有的生活将从那时开始。

——站长出去接电话了。不久他来到镜子面前，端端正正地戴上边缘缀上了金线的帽子，然后装模作样地清咳一下，整理了一下胸口，就像参加大会一样，昂首阔步地去了月台。雨早已停了。不一会儿，我要坐的火车贴着铁轨边上耸立的山崖，发出咣当咣当的轰鸣声驶入站台。那是雨后山崖上的泥土传来的新鲜湿润的轰鸣。

*

晚上八点差十分的样子，我回到了京都。穿着便衣的警官一直把我送到了鹿苑寺的山门前。夜里的凉气激起一身鸡皮疙瘩。走过路边一棵棵松树漆黑的树干，逐渐看清坚固的山门的时候我才发现，母亲正在那儿站着。

她正好就站在那块写着"违反者依国法论处"的木牌前，头发散乱蓬松，在门灯的映照下，白发好像一根根地竖了起来。其实她的头发没有那么白，只不过是在灯火的映照下显得很白罢了。满头白发的母亲看上去脸很消瘦，动也不动。

母亲的身材很矮小，但是看上去好像突然一下膨胀了起来，显得十分庞大。她的背后是敞开着的山门，透过山门可以看到前院一片漆黑。母亲就背对着这黑暗，腰间系着唯一一条出门时才系的腰带，上面的刺绣已经磨得绽开了线，粗制的和服就这样乱七八糟地包裹着她蠢笨的身体。她站在那儿，看上去就像活死人一样可怕。

我迟疑着不太敢靠近。我很吃惊为何母亲会在这儿。后来老师告诉我，得知我逃跑的消息，母亲立刻慌张地跑到寺里来，然后就住了下来。

便衣警察推了推我的背。随着我的靠近，母亲的身影也开始慢慢地变小了。她丑陋的脸就在我眼前，正歪着头仰视着我。

我的直觉从未欺骗过我。她那双狡黠凹陷的小眼睛，如今更是证明了我对她的厌恶是有理由的。我本来就厌恶被这样一个人生下来，现在更是感觉到了一种深沉的耻辱……这反而让我断绝了和母亲之间的关系，就像前面说的那样，没有给我留下报复她的余地。但是我与她之间的羁绊并没有解除。

……但是现在，当我看到母亲的半边身子沉沦在母性的哀叹之中的时候，我突然感到了解脱和自由。要问我为什么我也回答不了。我只是感觉母亲再也威胁不了我了。

——母亲发出一阵剧烈的、仿佛被人扼住喉咙般的呜咽声。在我还没反应过来的时候，她突然轻轻地给了我一耳光。

"你这个不孝的儿子！忘恩负义的东西！"

警察沉默地看着我被母亲打了一耳光。打过来的手指软了下来，等落在我的脸上的时候已经卸下了力气，打在脸上感觉就像是小冰雹一样。我看到母亲打我的时候，脸上也不忘挂着一副悲伤的表情。我厌恶地转过了脸，过了一会儿，母亲改变了语调：

"你……你跑那么远，钱是哪儿来的？"

"钱？钱是找朋友借来的。"

"真的？不是你手脚不干净偷来的？"

"不是偷的。"

看上去母亲唯一担心的就是这个，她听完发出了安心的叹息声。

"原来是这样……你没出去干什么坏事吧？"

"没干坏事。"

"嗯，那就好。你现在就去给方丈道一个歉。我之前已经替你给方丈道过歉了，但是你还要去给他道一个，让他原谅你这一回。他心肠好，肯定会原谅你的。只不过你要是不能吸取教训，下次还干这样的蠢事，我就死在你的面前。你要是不想让我死，你就给我好好地反省，将来好好地当和尚……行了，你赶紧趁早给方丈道歉去！"

母亲说完就走了，我和便衣警察默默地跟在她的后面。按理说母亲应该跟便衣警察道个谢的，可是她已经气得忘了这事。

看着母亲缠着难看的和服带子一点点往前挪的身影，我感觉她已经丑得无以复加了。让她如此丑陋的……正是希望！它就像湿漉漉、粉红色、瘙痒不止、紧紧地长在肮脏的皮肤上的最顽固的皮肤癣一样的东西，永远无法治愈。

*

冬天到了。我的决心也越发地坚定起来。计划一拖再拖，我已经习惯了。

之后的半年里，最让我头疼的是另一件事情。一到月底柏木就催着我还钱，告诉我连本带利的欠款总数，嘴里还不干不净地骂着。但是我本来就没想着还钱，为了躲开他的纠缠，我就没有去上学了。

一旦我下定了决心，我就不会再去谈论这一过程中反反复复的动摇之类的东西了。我不觉得这有什么可奇怪的。我已经不再会轻易地动摇了。这半年的时间里，我只是专心地注视着一种未来。在这个过程中，我大概体会到了幸福的味道。

首先对我来说，寺院生活变得轻松了许多。一想到以后金阁会被烧掉，就算再苦再累的事情，我也可以忍受了。我现在就像是一个将死之人一般，无论对谁都十分和气，待人接物落落大方，凡事都有着退一步海阔天空的态度。我对自然也很和气。当我看到冬天每日早晨飞来啄食剩下来的落了霜的梅子的小鸟，看到它们胸口蓬松的绒毛时，也会有亲切之感。

我甚至忘记了对老师的憎恨。不管是面对着母亲，还是朋友，抑或是所有身边的人，我都得到了自由之身。但是我并没有把这种让我心情舒畅的新生活当作不费吹灰之力得来的世界的变化，我还没有那么蠢。无论是什么事情，只要能从终点来看的话，都是能谅解的。我认为自己已经学会了从终点来看问题，而且我还有了让自己得以笑到最后的判断力。这才是我的自由的来源。

尽管那种烧掉金阁的想法来得比较唐突，但是它就像为我量身定做的西装一样，穿在身上非常合身。仿佛我一生下来，就是为了这个目标而活的。至少父亲带我来看金阁的那一天，这种想法就好像在我的体内扎下了根，等待绽放一样。当那位少年觉得金阁美到无与伦比的时候，这种想法已经赋予了现在的我成为纵火犯的理由了。

昭和二十五年三月十七日，我从大谷大学的预科毕业了。两天之后的十九号，我过完了自己二十一岁的生日。我三年级预科的成绩很"不错"。七十九人中我排在第七十九名，各个科目中最差的是国语，只有四十二分。六百一十六个小时的课时我缺了二百一十八个小时，超过了三分之一。但是即使如此，还好佛祖保佑，这个大学里面没有挂科一说，我还是成功地进了本科。老师们也只能默认如此了。

我也懒得再去上课了，从晚春到初夏这段美妙时光里，我一直在那些不用花钱的寺院或者神社里参观。总之，我把能走的地方都走了一遍。我想起了那一天发生的事情。

那天我正在妙心寺门口的大街上走，突然看到我前面有一个学生模样的人，走路姿势和我一样。他走到一家屋檐很低的旧烟草店里买香烟。这时，我看到那张学生帽下的侧脸。

那张侧脸愁眉紧锁，脸色苍白，线条分明，一看那顶学生帽就知道是京都大学的学生。他用余光瞄了我一眼，那视线好像穿过了浓浓的阴影而来。就在这一刻，直觉告诉我："这人一定是个纵火犯。"

当时是下午三点，从时间上来说已经不是纵火的好时机了。有一只迷了路的蝴蝶翩翩地飞到柏油路上，落到烟草店前插着的一朵早已枯败的茶花上。白色的茶花，干枯的部分呈现出被火燎过的茶褐色。公交车老是不来，路上的时间已经凝固了。

我也不明白，为何我老是觉得这位学生是在一步一步地赶着去纵火呢？我就是单纯地感觉他是个纵火犯。他竟然选择最难放火的白天去干，说明他已经铁了心要慢慢地实施自己的行动了。他要去的地方充满了火与破坏，而被他扔到背后的则是秩序。我是从他那笔挺的衣着上看出了这一点的。我之前在心里幻想过，年轻的纵火犯的背影就该是这样的。阳光下那身黑色制服变成了充满了不祥且危险的东西。

我放缓了脚步，打算跟踪他。走着走着，我注意到他左肩有点往下塌的样子与我的背影非常相像。他虽然远比我长得英俊，但是绝对和我一样，在相同的孤独、不幸、对美的妄念的推动下，打算采取相同的行动。不知不觉之间，我一面紧跟着他，一面希望可以提前看到自己将要做的事情。

晚春的午后时分，空气过于明快而沉郁，总是很容易就发生这样的事情。这也就是说，我变成了两个人。我的分身提前模拟了我想要做的事情，而一旦我下定决心真正要做的时候，我那原本看不见的本体就会出现在世人面前。

公交车依旧没有来，路上也看不到一个人影。正法山妙心寺那巨大的南门近在眼前。巨大的大门向左右两边敞开，看上去好像要吞噬一切一样。从这里望去，它那宏伟的门框里包含着敕使门^①、山门里重重的柱子、佛殿上的瓦片、大片大片的松树，再加上一片被切下来的碧空、几朵淡云。等我走近大门的时候，又看到了宽阔的寺院里纵横交错的石板路、许许多多的塔顶的围栏，风景各异，看得我目不暇接。等穿过了大门，我才发现原来这道神秘的大门已经收藏了漫天的苍穹和云彩。所谓的大伽蓝就是这样的东西。

那个学生穿过了大门。他绕过敕使门的外侧，伫立在山门前的莲花池边。然后他继续走，来到了横跨池塘的唐代风格石桥上，仰望着高高耸立的山门。"原来他的纵火目标就是那座山门哪！"我恍然大悟。

雄伟壮观的山门很适合被大火吞噬。这样一个明朗的午后，火焰恐怕看不太清吧？大火会被浓烈的烟雾所遮盖的。但是那看不见的火焰舔舐着天空的景象，只消大家看一眼蓝天歪斜着摇晃的样子就可以知道了。

学生走进了山门，为了不被他发现，我躲到了山门东边。现在正是云游托钵的云游僧返回寺院的时候，有三个托钵的和尚穿着草鞋，手里托着钵，正打东边的小路并肩而来。他们的斗笠都挂在胳膊上。在他们返回僧房的时候，都要按照托钵的规矩，眼睛只能盯着前方三四尺的地方，彼此之间不得交头接耳。这三个和尚就这样安静地从我面前折向右边而去。

学生走到山门的时候还是一副犹豫不决的样子。最后，他靠在一根柱子上，打口袋里掏出刚才买的香烟来，然后慌慌张张地

---

① 天皇敕使进出的门。

四下张望了一番。我想他肯定是要用香烟放火了。他果真叼起了一根香烟，擦着了手里的火柴，然后接近自己的脸。

一刹那间，火柴冒出了小小的透明火焰。学生是肯定看不到这火的颜色的。因为下午的时候，阳光会笼罩在山门的三个方向，只有我在的地方才有影子。火光就在靠在莲花池畔山门柱子上的学生脸颊边上一闪而过，看上去就像火星一样浮了起来。然后他用力地一挥手，火焰就消失不见了。

火柴熄灭之后，学生看上去还是不太放心。于是，他用自己靴子的底部仔细地碾了碾被扔在条石上的火柴棍。然后他开开心心地抽着烟，完全不顾被扔下的我的失望，通过了石桥，又从敕使门边走过，慢慢悠悠地，从可以看见马路的南门信步而出。马路边则是成片的屋舍……

他不是纵火犯，只是一个出来散步的学生罢了。看上去这个年轻人有点儿无聊，有点儿潦倒，也就仅此而已了。

对于跟在后面看完全过程的我来说，他不是为了纵火，而仅仅是为了抽一根烟，就那样慌乱地四处张望。他的那种小心谨慎，那种学生特有的逃避监管的窃喜，那种火柴灭了之后还要仔仔细细地碾上几脚的态度，更确切地说是他的"文化修养"，特别是他后来的那些行为，着实让我不喜欢。正是因为养成了这种丢人现眼的所谓"修养"，他后来才对那点火星都如临大敌。又或者他自己就是个火柴的管理人，平时在生活里毫不懈怠地执行着严格的管理任务，并且对此还很得意。

自从明治维新之后，洛中洛外①的诸多古寺都很少遇到火灾了，这也正是得惠于平时这种教育。就算偶尔不幸失火了，火区也会立刻被与其他地区隔断、细分、管理起来。之前完全不是这样的。知恩院之前在永享三年的时候遭遇火灾，此后又数度蒙受此劫。明德四年的时候，大火吞噬了南禅寺寺庙里的佛殿、法堂、金刚殿、大云庵等。延历寺在元龟二年的时候化为了灰烬。建仁寺在天文二十一年的时候毁于兵火之下。三十三间堂在建长元年的时候被烧毁。本能寺则是在天正十年的时候也毁于兵乱之中……

那个时候，火与火之间总是很亲密的，而不是像现在这般只要一出现，立刻就被注意扑灭了。那时的火焰总是与其他的火焰联手，最后就形成了无数的火焰。那时的人恐怕也是这样的。火焰不管发生在哪里，总是呼朋唤友，一呼百应。当时各处寺院的火灾都是由于失火、延烧、兵火之类特殊情况，并没有人为纵火的记录。要是我这样的人活在古时的某个朝代的话，只需要藏身民间隐匿身形就可以了。各处的寺院总会被烧毁的。火焰是丰富的、放肆的，只要稍待时日，让火焰找到了时机，它们必会蜂拥而起，彼此之间携起手来，完成自己应该完成的任务。金阁实际上真的是由于极为稀少的偶然性，才会免于火灾的。火是自然发生的，它的灭亡与否定都是常态，被人盖起来的伽蓝必然也会被火烧掉，佛教的原理与法则严密地支配着地上的一切。就算是放火，人们也会很自然地诉诸火的诸般伟力，历史学家谁也不会认为是人为纵火的。

---

① 京都仿照中国古都洛阳，简称"洛"。

那个时候，地上是不太平的。昭和二十五年的如今，地上的不太平并不亚于当时。既然当时的寺院可以因为不太平而被烧掉，那么现在的金阁为什么就不可以被人烧掉呢？

*

我最近一直都不怎么去上课，只是常常去图书馆闲逛。五月的一天，我撞上了避之不及的柏木。看到我躲着他的样子，他也立刻追了上来。倘若我一路狂奔，就凭他的那双残疾的腿，他根本不可能追得上我，但是我停下了脚步。

柏木一把抓住我的肩膀，一口气差点儿都没喘上来。此时大概是五点半，放学时分，我不想遇到柏木，于是从图书馆出来之后就从校舍后面绕了过来，来到了西边的马路之上。这条马路的两边分别是简易教室和高高的石墙。那里是一片荒地，上面丛生着茂密的野菊花，花丛里到处都是扔掉的碎纸屑和空罐子。孩子们偷偷跑到这里练习着棒球。他们高亢的呼喊穿过玻璃上的破洞，响彻整间教室。放学后的教室里空无一人，只有一排排的桌椅，上面落满了灰尘。

我路过了那边，来到了礼堂的西侧，站在了挂着"花道部"牌子的屋子前。墙边是一排香樟，越过小屋的屋顶，夕阳透过细碎的叶影，投射到礼堂赤红色砖瓦垒砌的墙壁上。沐浴在夕阳之下，红砖灿如夏花。

柏木靠在墙上，剧烈地喘息着。香樟树叶在他总是很憔悴的脸上留下了一片片碎影，产生了奇妙的跃动。这跃动也可能是来自于与他并不相符的红砖反射阳光的缘故。

"五千一百块！"他对我说，"到了五月末，也就是这个月末，你就欠我五千零一百。你现在已经渐渐还不上了。"

说完，他将常常贴身放在胸口口袋里，叠得整整齐齐的借据掏出来，展开来给我看。而后他又怕我一把抢过去撕掉，给我看完之后就立刻慌张地叠起来塞回原处。我的眼中只留下了那个很瘆人的朱红色血手印的残影。我的指纹看上去实在是阴森森的。

"快点把钱还给我！这也是为了你好。你可以拿学费之类的钱来抵账嘛！"

我沉默不语。整个世界都要毁灭了，我还需要还钱？我还有这个义务吗？我很想稍微向柏木暗示一下自己的想法，但是想了想还是作罢了，即使这个想法确实很有诱惑力。

"你为什么不回答我？因为结巴而感到羞耻？现在你给我装什么玩意儿！你结巴的事情，还有人不知道吗？你这个死结巴！"他握紧了拳头，用力地捶打在沐浴在夕阳下的红砖墙壁上。他的拳头立刻染上了一层赭红色的粉末，"就像这堵墙一样。你的结巴，学校里的人谁不是一清二楚的？"

即便看到柏木如此的暴怒，我依旧沉默着与他对峙着。就在这时，那帮小孩把球踢飞了，正好滚到我俩之间。柏木弯下腰想去捡球。这时，我内心突然涌出一种恶趣味来。我就那样看着他，想看着他怎么挪动自己残疾的双腿，捡起离他一尺远的那个球。当然，表面上看上去我是在无意地盯着他的脚。可是柏木迅速地察觉出我想看他笑话的心理，真可谓神速，他立刻站起身来瞪着我，那双眼睛里充满了极不冷静的憎恶，这很不像他平时的作风。

有个小孩怯生生地跑了过来，在我们之间捡起皮球跑开了。最后柏木开口了：

"好吧！你要是这样的一个态度的话，我也有法子治你！下个月回老家之前，我会让你还钱的。你就给我等着好了。"

*

时间来到了六月，重要的课程越来越少，学生们纷纷开始准备回家了。我永远都忘不了六月十日那天发生的事情。

那天下起了雨。雨水从早上就开始下，一直下到夜里，变成了大暴雨。在吃完了晚饭之后，我回到自习室开始读书。晚上八点的时候，我听到客殿与大书院之间的走廊上传来了一阵脚步声，听上去好像是很少在家的老师那里来了客人。走在前面的徒弟的脚步声又沉稳又有规律，而客人的脚步却有些奇怪，就像雨点胡乱地打在窗户上一样，他的双脚将走廊上的旧地板踩得吱呀有声，并且异常缓慢。

连绵的雨点击打在鹿苑寺灰暗的庇檐上，震耳欲聋。大雨滂沱，古老宏伟的寺庙就笼罩在了雨幕之中，无数间空旷的房间散发着霉味，好像泡在了水里。僧房、执事寮、殿司寮、客殿，不管在哪里，耳中都是一片暴风骤雨。我心里想到现在支配了金阁的雨，稍微打开了房间的纸门。满是小石子的庭院里此刻已经满是积水，雨水从石头上流淌而过，冲刷出灰黑色的颜色。

老师新收的师弟在从老师的房间回来之后，在我房间门口探了一下头，对我说道：

"有个叫柏木的学生去了老师那儿。他不是你的朋友吗？"

我突然开始感到不安起来。接着，当这位白天在小学当老师、戴着一副近视眼镜的男人想要离开的时候，我赶紧将他拦下，请他进来对我说一下情况。我要是一个人待在房间里面乱猜大书院里的对话的话，肯定是受不了的。

大概过了五六分钟，老师用来召唤我的铃铛响了起来。清脆的铃铛打破了雨声，猛地又停了下来。我与他对视了一眼。

"叫你的。"

老师新收的徒弟说。我吃力地站起身来。

老师的桌子上摆着按了我的大拇指印的借据。老师拿起那张纸的一角，示意跪在走廊上的我看。他不允许我进他的房间了。

"这个是不是你的拇指印？"

"是的。"

我答道。

"你净给我惹麻烦。往后要是再有这等腌臜事情，你就给我离开鹿苑寺吧！你给我记住了！其他的事情……"话说到一半，老师好像顾忌到柏木还在场，于是也就此打住了，"你欠的钱，我帮你还了。你先退下吧！"

因为这句话，我趁机看了一眼柏木的脸。他一脸神秘地坐在那儿，故意从头到尾都不看我一眼。柏木在干坏事的时候，总是好像没有自我的意识，或者自己的性格完全被剥离出来一样，脸上呈现出来的是一副非常纯洁的表情。只有我一个人知道他这个特点。

等我回到自己的房间之后，听着窗外淅沥淅沥的雨声，我突然感觉自己被从孤独之中解放出来了。那位师弟已经不在我的房间了。

"你就给我离开鹿苑寺吧！"老师的话回荡在我的心头。我从老师口中得到这句话，可以说已经证明了他对我的厌弃。事态突然明朗了起来，老师已经在考虑将我驱逐了，我必须抓紧时间开始行动了。

倘若今天晚上柏木不这样做，我肯定没有机会从老师口中听到这般言语，说不定我仍迟迟下不了决心。而最后赋予我开始行动的决心的人却是柏木。想到这里，我的内心很奇妙地涌起对他的感激之情。

雨势一点儿都没有减弱的迹象。虽然已经进入了六月天了，但是空气依旧寒冷刺骨。墙壁围着五张榻榻米大小的房间，昏暗的灯光下室内显得无比荒凉。这里就是我可能很快就要被驱赶出去的家了。这里没有一点儿的装饰品，席子已经变色，黑色的边缘已经破烂打卷，露出了里面顽固地交织在一起的丝线。每次当我在漆黑的屋里摸着去开灯的时候，脚趾总是绊在这张席子上。我也不想给它修一修了。榻榻米之类的东西根本提不起我对生活的热情。

随着暑气渐浓，这间五张榻榻米大小的房间里开始泛起一股酸臭味。可笑的是，我虽然是个不染凡尘的僧侣，但是依旧有着年轻人特有的汗臭。这股臭味渗入房间四角发着乌光的古老大柱子内部，渗入那些古老的窗板里，然后又在饱经风霜的木板纹路里发酵，挥发出一股小动物般的腥臭。这些大柱子或者木窗大半都化作了纹丝不动地散发出腥臭的东西。

就在这时，走廊里又传来了刚才那道奇特的脚步声。我站起身来到了走廊。对面长着的那棵陆舟松在老师房间射出来的灯光的映照下，好像高高举起了黑绿黑绿且湿漉漉的船头。柏木背对着那棵树，好像机器停止运转了一般立在了原地。我则在脸上挂起了笑容。柏木看着我的微笑，脸上第一次露出了恐惧的表情。我看到他的样子，心里十分满足。于是我接下来说道：

"要不要去我的房间里坐一坐？"

"干吗？你别吓唬我，你个怪胎。"

——最终柏木还是进了我的房间，就像往常一样侧着身子慢慢地蹲下，坐到我指给他的那张薄薄的垫子上，然后抬起头环顾了一下房间。雨声就像是一张厚厚的帷幕一样，隔绝了外部一切杂音。有时落到走廊上的雨滴会飞溅到门上。

"唉，你也别怨我！我之所以要做得这么过分，都是你逼我的。算了，我也不想提了。"说着他从自己的口袋里掏出一封印刷着"鹿苑寺"的信封，从里面掏出三张纸币数了数。纸币是今年正月的时候发行的，都是崭新的一千元。我又说道："这钱可真是干净呢。老师有洁癖，所以每隔三天就会让副司去银行里把零钱换成整的。"

"你看看，只有三张。你这里的和尚可真会算计。嘴里说着什么同学之间借的钱，不应该有利息。明明他自己就在大赚特赚。"

看到柏木一脸藏不住的失望之情，我心里开心极了。我毫不掩饰地笑了起来，柏木也跟着我笑了。但是我俩之间的和解只有一瞬间，很快他就收敛了笑意，突然看着我的额头说道：

"我清楚得很。你最近想要干一件坏事，想要毁灭某个东西。"

我艰难地抵抗着他那沉重的眼神。但是一想到他所说的"毁灭"与我要真正干的大事相比根本不值一提，我就立刻恢复了平静，说话也不结巴了。

"不是……没有的事。"

"真的吗？你可真是个怪胎。你算得上是我遇到的最古怪的怪胎了。"

我知道，他的这句话是冲着我嘴角那抹还未消失的友善的微笑而来的。只是他绝对想不到，我的微笑是因为刚才对他的感激之情。这一想法使得我自然而然地笑得更欢了。看在世上普遍的友谊的份儿上，我接着问他：

"你是要回乡下了吗？"

"嗯，我明天就回去了。三宫的夏天，很是无聊啊！"

"学校里也没怎么遇到过你啊。"

"你还好意思提！你都不来学校。"——说着，柏木赶紧解开制服胸口的纽扣，掏着里面的口袋。"……回乡下之前，为了让你高兴一下，我特意带过来的，你以前可喜欢他了。"

他掏出四五封信纸放到我的桌子上。当我看到发信人的名字的时候，错愕得无以复加。柏木却毫不在意地说：

"你不看一看吗？都是鹤川的遗物呢！"

"你和鹤川的关系很好吗？"

"哎呀，我们关系可好了。只不过他小子活着的时候，不愿意别人看出我与他之间关系亲近。只不过，他的心里话只跟我一个人说。现在他都死了三年了，信给人看看也无妨。特别是你，你跟他也挺熟的，所以给你看看也行。"

信纸上的日期一直持续到鹤川死前的那段时间，昭和二十二年五月。他几乎每天都从东京给柏木寄信。他从来没有给我写过信。仔细看看我才发现，他从回到东京的第二天起，就开始每天给柏木写信了。字迹确确实实是鹤川的，字写得很稚嫩，却带着明显的棱角。我心里涌起一股淡淡的嫉妒。鹤川和我在一起的时候，总是看上去一片赤诚的样子，时不时还会对我说柏木的坏话，批评我与柏木之间的关系。但是他自己却隐瞒了他与柏木之间如此亲密的友谊。

我按照时间顺序开始读起写在那些薄薄的信纸上的小字。文章难以卒读，思考时时停滞，读完全部实非易事。但是前后文中模糊地流露出了鹤川的痛苦，在读到最后一张信纸的时候，他的痛苦已经历历在目了。读着读着我不由得啜泣起来。啜泣的同时，我心里对鹤川的这种平凡的烦恼感到很吃惊。

他的烦恼只不过出于随处可见的那些小小的恋爱关系罢了。他们的父母不认可他与女方之间的恋爱关系，于是他们不得不陷入一种不为世间所容的不幸苦恋之中。只是写信的鹤川本人可能在不知不觉之间，夸大了自己的感情。可是接下来的一句却让我很惊讶。

"现在细细想来，也许这场不幸的恋爱都是因为我那颗不幸的内心所导致的。自出生伊始，我就怀着一颗灰暗的心。我的心，从未品尝过舒畅开朗的味道。"

一直读到信的末尾处，发现他那种激荡的感情忽然中断之后，我才从前所未有的疑惑之中清醒了过来。

"难道说……"

我欲言又止，柏木点了点头。

"是这样的。是自杀！我觉得只能是这个。他家的人为了体面，只好说他是被车撞了。"

我怒不可遏，怒火使得我又变得结巴了起来。我接着逼问柏木：

"你回信了吗？"

"回了。但是直到他死了之后才送到。"

"你写了什么？"

"千万别想不开寻死。我只写了这个。"

我陷入了沉默之中。

我一直坚信直觉是不会欺骗我的，现在才发现并非如此。柏木的话一针见血：

"怎么样？读完之后是不是整个人生观都变了？所有的计划都没用了吧！"

柏木直到过了整整三年才给我看这些信，他的意思很清楚。我虽然受到了极大的冲击，但是那位躺在繁茂的夏草之间的少年，白衬衫上落满朝阳穿过树林的缝隙倾泻出的光点的少年，并没有从我的记忆之中消失。鹤川确实死了，三年之后，我记忆中鹤川的形象伴着这封信发生了改变。寄托在他身上的那些东西也随着他的死消失了，但是在这一瞬间，又化作其他的现实复活了。比起记忆的内容，我更相信记忆的实质。因为只有相信记忆的实质才能使得生命本身不至于崩溃……但是柏木却蔑视我，因为他现如今已经敢于亲手屠戮他人的心灵了，并从中品味到满足的快乐。

"怎么样？你的心里有什么东西坏掉了吧？我无法忍受朋友们抱着易坏的东西活着，我对朋友的友善就是把那些东西打得粉碎。"

"可是它没有坏啊！你能怎么办呢？"

"不要像小孩那样逞强嘛！"柏木嘲笑着说，"我告诉你吧！唯一可以改变世界的，就只有认识了。对吧？没有其他的东西了。只有认识才可以使世界永恒不变，或者使它从永恒不变中发生变化。用认识的眼光来看待世界的话，世界是永远不变的，当然世界也是永远变化着的。也许你就要问了，这有什么用呢？要想忍耐这种生，人类就必须装备上认识的武器。动物是不需要这种武器的。因为动物根本就不需要忍耐这种生的意识。认识就是生命难以忍受之重转化为人类武器的东西，但是它的难以忍受程度是不会减少半分的。仅此而已罢了！"

"除了忍受生命的痛苦之外，别无他法了吗？"

"没了。除了忍受之外，剩下的要么是发疯，要么是寻死。"

"改变世界的绝对不可能是认识。"冒着事情败露的风险，我不假思索地反驳道，"改变世界的明明是行为。只有这个才行！"

柏木果然冷冷地硬挤了一丝微笑，接过我的话头。

"又来了又来了！但是你不知道，你所喜欢的那些美丽的东西，其实是在认识的保护下贪睡着的。就像是之前聊过的《南泉斩猫》里的那只猫啊！那只猫真是好看到无以复加了，两堂的僧人们所争夺的，就是在各自的认识之中保护抚养、最后使之安眠的权力。南泉和尚则是一位行动者，他干净利落地斩下了猫头，扔掉了。后来的赵州则是把自己穿着的鞋子放在了自己头上。他知道美丽是在人的认识的保护下安眠的东西，所以这才是他想说的。但是所谓一个个的认识，抑或是一种种的认识是不存在的。认识，就是人类的海洋，人类的旷野，存在形态就像人一样。我认为这就是他想要表达的东西。你现在不就是在以南泉和尚自居吗？……美丽的东西，你所欣赏的美丽的东西，都只是人的精神中被委托给认识的残余部分、剩余部分的幻影罢了。你所说的‘除了忍受生命的痛苦之外别无他法’也是幻影。也可以解释为，这些东西本来就是没有的。话虽如此，但是强化这种幻影的，尽可能地使之变为现实的东西，依旧是认识。对于认识来说，美绝对不是慰藉。它可以成为女人，成为妻子，但是绝对不会成为慰藉。但是这种绝对不会成为慰藉的美，一旦与认识结婚，就会生出一种东西。尽管是缥缈虚无、捉摸不透的，但是它还是诞生了。这就是世人称为‘艺术’的东西。”

“那这种美……”说到这里，我的结巴更严重了，脑子里也变成了一团糨糊。但是这时，一种疑惑从我的大脑里闪过，莫非我的结巴就是从我对于美的观念之中产生的东西吗？“这种美……这种美已经成为我的仇敌了。”

“美是仇敌？”——柏木瞪大了眼睛，他那狂喜的脸上又出现了时常挂着的哲学家的爽快之色，“从你的嘴里听到这个解释，真是士别三日当刮目相看了。看来我也要改变自己认识的角度了。”

……在这之后，我与柏木又亲密地聊了许久。雨水依旧没有停止。等到柏木要回去的时候，他对我说起了我从未见过的三宫或者神户港的事情，谈到了夏天出港远航的巨舰之类的。我也想起故乡舞鹤。并且不管是认识还是行为，出航带来的喜悦总是难以改变的。在这种幻想的氛围中，我们这两个穷学生第一次达成了一致的意见。

第九章

　　老师本该常常对我施以训诫的，他却总是在应该予以垂训的时候，反倒给我恩惠。我想这恐怕不是偶然的心血来潮。柏木前来讨债之后过了五天，老师把我叫过去，亲手交给我第一个学期的学费三千四百元，上学坐电车的车费三百五十元，外加上买学习用品的五百五十元。学校规定学费必须在暑假之前缴清。我是万万没有想到，在发生了这样的事情之后，老师竟然还会给我钱。即便他是真的想给我钱，在知道我不可信之后，那就应该直接把钱寄到学校里面去。

　　但是，就算他把钱交到我的手里了，我也深知这不是出于对我的信赖，而是出于他的虚伪之心。老师无言地赐予我的恩惠之中，蕴藏着与他那桃红色软绵绵的肉相似的东西。极其富有隐藏天赋的肉，用背叛对付信任，用信任对付背叛的肉，免遭一切物质的腐蚀，静悄悄地繁殖着的温热的桃红色的肉……

正如当初警察突然来到由良旅馆时，我很害怕被他发现时的心情一样，此时我又很害怕老师发现了我的计划。该不会他已经知道了我的想法，给我这笔钱是想让我放弃自己的计划吧？我陷入了近乎妄想的恐惧之中。在我被这笔巨款的魔力迷住的时候，我肯定不会有执行自己计划的勇气的。所以，我必须尽快想办法把这笔钱花出去。只有穷人才不知道怎么花钱才好。我需要找到一个花钱法子，要让老师知道之后就暴跳如雷，直接把我赶出寺院。

这一天我在厨房值班。吃完晚饭之后，我站在水池的边上洗着碗筷，不经意间看了一眼早已沉静下来的食堂。水池和食堂之间是一根被煤烟熏得漆黑的柱子，上面贴着一张几乎掉了色的告示：

阿多古祀符　注意防火

……我心里出现了被这张护符封印囚禁的火焰那苍白的样子。那原本华丽优雅的火焰，此时却被关在这张旧符的后面，早已面色惨白，命入膏肓了。如果我说我此刻在幻想的火焰中感受到了肉欲的话，有人会相信吗？假如我的生之意志全部是与火焰相关联的，那么我对火焰产生肉欲不是理所当然的吗？我的欲望形成了火焰柔软的外形，它透出漆黑的柱子，好像是意识到它正被我欣赏一样，开始在我面前优雅地打扮了起来。那纤手、那玉腿、那酥胸，都是柔软的。

六月十八日的晚上，我怀里揣着钱溜出了金阁寺，朝着一般被称为五番町的北新地走去。我听说那儿很便宜，而且对寺院里的小和尚都很亲切。鹿苑寺到五番町走路只要三四十分钟。

那天晚上湿气很重，微微昏暗的天空，月色朦胧。我穿着咖啡色的裤子，披着运动服，下面穿着一双木屐。几个小时之后，我大概也会原样返回吧！但是我该怎样才能说服自己，接受自己的内在早已变化了的事实呢……我确实是为了活下去才打算烧掉金阁的。但是我所做的，反而像主动寻死一样。据说决定寻死的处男都会在那之前选择逛逛青楼，所以我也要去一去。你就放心吧！处男的这种行为就像是在一份文件上签名了一样，虽然失去了童贞，但是他也绝对不会变成"另一个人"的。

那一次又一次的挫折，那被金阁阻断了我与女人之间联系而产生的挫折，我再也不用害怕了。我不再想着通过女人来参与人生，我已经没有什么梦想了。我的生被紧紧地固定在了彼岸。在去到那里之前，我的所有行为充其量都只是阴惨的手续罢了。

……我就这样对自己说道。这时我又想起了柏木的话来。

"做皮肉生意的女人，不是因为喜欢才去接客的，老人、乞丐、独眼龙、美男子，要是不知情的话就连麻风病人都得笑脸相待。普通人就会心安理得于这种平等，然后花钱买自己的第一个女人。可是我却不在乎这种平等。只要一想到妓女会将我与四肢健全的男人一视同仁，我就没办法忍受，甚至有种恐怖的自我亵渎之感。"

想到这里，我心里开始不快起来。但是我与柏木是不同的，我虽然结巴但是四肢健全。我只需相信自己和普通人一样就可以了。"……话虽如此，但是我要找的妓女可以仅凭直觉就发现，在我那丑陋额头里，藏着某种犯罪天才的痕迹吗？"

想到这里，我又开始愚不可及地不安起来了。

我的脚步变得迟缓，思绪开始混乱起来。到了后来，我甚至搞不清楚到底我是为了烧掉金阁而去舍弃自己的童贞，还是为了舍弃自己的童贞而去烧掉金阁。就在这时，"天步艰难"这个高贵的词忽然浮现在了我的心头，于是我嘴里不停地念叨着这个单词，又重新走了起来。

走着走着，我来到了一处挤满了柏青哥店和酒馆的明亮夜市。夜市十分热闹。在这个夜市的尽头，我看到一连串荧光灯和灰白色的纸灯笼整齐地排列在夜幕之中。

走出寺院的时候，我一直幻想着有为子正在这里的某个地方隐居着，活得好好的。这个幻想赋予了我力量。

自从我下定决心要烧掉金阁之后，我又找回了原来少年时代的那种新鲜无垢的状态了。我觉得自己就算是再一次遇到以前碰到过的人或者事也未尝不可。

我会活下去的。但是奇怪的是，我现在越发清楚地感受到一种不祥之兆，好像明天死神就会前来拜访我了。我暗暗祈祷，祈祷我千万别在烧掉金阁之前死掉。我绝对没有生病，身上一点儿病症都没有。但是我却日益感受了一种压力，因为调整让我活下去的诸多条件的责任，毫无保留地一股脑压在我一个人的肩头。

前一天打扫的时候，我的食指被扫帚上的刺给扎破了。我甚至对这样的小伤都开始感觉不安起来。我想起了那位被玫瑰刺弄伤了手指后死去的诗人①。那些庸俗之辈是不会这般死去的，只是我是更高贵的人了，我也不清楚自己会遇到怎样的死亡。手指上的伤口幸好没有化脓，当天被刺伤后，我只是感觉到了一阵轻微的疼痛罢了。

既然来到了五番町，那就更不用说我是何等的注意卫生方面的问题了。前天的时候我去了一家很远的陌生药店，买了一个橡胶制品，粉色的橡胶膜表面呈现出一种有气无力的不健康之色。昨晚我又试了一个。房间里是用浅黄色蜡笔信手涂鸦的佛画、京都观光协会发行的挂历、刚好翻到佛顶尊胜陀罗处的禅林日课用的经文、脏兮兮的袜子、翻起了毛边的榻榻米……在这些杂物正中，是我那滑溜溜、灰扑扑、没有眼鼻的立式佛像般的玩意儿。它那让人不舒服的样子，让我回想起流传至今的"罗切"②这一残忍的行为。

……我走进挂了一溜灯笼的横街。

这里一共有百十家，都是同一个造型。要是有人可以走通地方上管事的人的门路的话，哪怕是逃犯都可以藏起来。只要管事的人一摇动铃铛，立刻可以传遍整个红灯区，告诉逃犯赶紧躲起来。

每家每户都是二层楼的建筑，入口安装了木格子暗窗。厚重的旧瓦片屋顶都是一样的高度，在湿气弥漫的月光之下鳞次栉

---

① 此处指奥地利诗人里尔克。

② "切除摩罗"的略语。摩罗指僧侣的阳具。

比地排列着。所有的房屋门口都挂着"西阵"①织染的蓝色布帘，穿着围裙的老鸨则斜着身子，从布帘一角探出头来向着外面窥探着。

我一点儿都不快乐。我只想着逃离某种秩序，远离人群，独自一人拖着沉重的脚步在荒凉之地蹒跚而行。在我心里，欲望正气哼哼地背对着我，抱着膝盖蹲坐在地上。

"总之我有义务在这儿把钱花掉。"我继续这样想着，"要不我就在这里把学费给花完算了。这样一来老师就有最佳理由把我驱逐出去了。"

我的这个想法里完全没有矛盾的地方。如果说这就是我的真实愿望的话，那么我就必须爱戴自己的老师才对。

也许现在还没到出街的时候，整个街上都看不到几个人影。我的木屐敲击在地面上，声音异常地响。老鸨们单调的揽客声在梅雨时节低垂的湿润空气里起起伏伏。我的脚趾紧紧地夹住木屐上松弛的带子。我想起了战争结束后，我站在不动山的山顶眺望万家灯火。那一片灯火的海洋中，肯定也有这条街。

有为子应该就在我信步而去的地方。十字街口有一家店，名叫"大珑"。我用力地掀开门上挂着的帘子，迎面是六张榻榻米大小的门厅，地上铺满了瓷砖，里面正坐着三个女人。她们的样子好像在等火车一般的懒散。其中，一位穿着和服，脖子上绑着绷带；另一个穿着洋装的女人，正脱掉袜子抓挠着自己的小腿。有为子不在这里，这让我长舒了一口气。

---

① 西阵织是京都线染织物的统称，指使用染色后的线织出提花图案的日本传统织物，被指定为日本国宝级传统工艺品。

正在抓挠的女人就像被人招呼了的小狗一样抬起了脸。她那圆圆的似乎有点浮肿的脸上涂上了白色和红色的脂粉，看上去就像小孩画的图画一般鲜艳。她抬头看着我，虽然眼神看上去有点儿古怪，但是实际上是充满善意的。女人看向了我，就好像在大街路口遇到了一个不认识的人一样，那双眼睛完全没有看出我内心的欲望。

有为子不在这里，那么我挑哪一个都一样。我一直迷信这一点，你要是选来选去，抱以过高的期待的话，最后反而会失败的。就好像妓女没有挑选客人的余地一般，我也没有。那种令人胆寒、使人垂头丧气的美的观念，我绝对不能让它介入。

老鸨来到我的面前。

"您想挑哪位姑娘呢？"

我指向那个刚才在挠痒的姑娘。可能是刚才她腿上那种痒痒的感觉——在瓷砖地上飞舞的花腿蚊子留下的咬痕——成全了我与她之间的缘分……正是因为那种痒痒的感觉，她才在之后有了成为我的证人的权利。

她站起身来走到我的边上，朱唇轻轻地分开，笑着摸了摸穿着运动服的我的手腕。

在沿着昏暗陈旧的楼梯往二楼爬的时候，我的脑子里依旧还在想着有为子。现在的这个时间，就在这个时间点里，有为子已经不在这个世界了。既然她现在已经不在这里了，无论我怎么寻找，也不可能再找到她了。她就好像去了我们这个世界以外的某个澡堂洗澡去了。

我觉得有为子生前就可以自由地出入这两个世界。那场悲剧发生的时候，她本想拒绝这个世界的，但是转念一想又接受了这个世界。对于有为子来说，死这件事也仅仅是权宜之计。她遗留在金刚院渡殿上的血迹，可能也就只是早上打开窗子的时候飞入的蝴蝶留在窗框上的磷粉一般的东西。

二楼的中央是天井，周围是一圈通透的雕花的旧栏杆。屋檐之下是一根根竹子的晾衣竿，上面搭着红色围兜、内衣和睡衣之类乱七八糟的贴身衣物。一片昏暗之下，我觉得朦胧的睡衣看上去好像变成了人的样子。

不知何处传来了歌女清唱的声音。女人的歌声婉转动听，时不时地有荒腔走板的男声相和。歌声停歇，经过了短短的沉默之后，又有一个女人就像断线了一样笑出了声。

"那个女人哪……"

我身边的妓女跟老鸨说道。

"老是那副疯疯癫癫的样子。"

老鸨依旧不理不睬地背对着发出笑声的地方。我被她们带到一个小房间里，这里只有三块榻榻米那么大，一个小水房代替了壁龛，上面凌乱地放着弥勒佛和招财猫。墙壁上贴着一张细细的纸条，挂着一幅挂历。头顶上是一盏只有三四十烛①亮度的昏暗电灯。窗口敞开着，可以听到外面嫖客稀稀拉拉的脚步声。

老鸨接着问我是留宿还是钟点，钟点服务的话要四百元。我又问她要了一些酒菜。

虽然老鸨已经下去端酒菜了，但那个女人依旧没有来到我的

①日本旧时的光度单位。

身边。等到老鸨带着酒菜上来之后，在她的催促之后女人才来到了我的边上。等她靠近之后，我才发现她鼻子下面有一小块地方擦得红红的。不光是腿上发痒的时候，我发现但凡是她感觉无聊了，就喜欢到处抓挠。她鼻子下面那一块浅浅的红色，可能就是抓挠的时候染上去的口红。

有些人可能会惊讶，为什么我第一次来青楼，竟然还有闲心观察得这么仔细。这是因为我想凭借自己的观察来找到快乐的证据。我要像观察铜版画一样地仔细观察周围事物。而所有被观察的一切都与我保持着一定的距离，待在各自的位置上。

"我好像与您有过一面之缘呢！"

女人在介绍自己的名字叫作麻里子之后，如此说来。

"可是我是第一次来这儿啊。"

"您是第一次逛青楼吗？"

"是第一次。"

"可不是嘛，您的手都在抖呢！"

被她这么一说，我才注意到我端着酒杯的手在颤抖着。

"您要真是处男的话，麻里子今晚可是走了运了。"老鸨打趣道。

"是不是真的走了运，等会儿就知道了。"

麻里子也开玩笑般地说，只是我感觉她的话里没有肉感。她的心此时早已飞到了与我或者她的肉体无关的某个地方，像孩子一样快乐地玩耍起来。我仿佛看到了这一画面。麻里子穿着淡绿色的衬衫，下面则是鹅黄色的长裙。她可能从朋友那儿借来了指甲油，出于女孩爱美的心理，把自己的两只手的大拇指指甲涂得红红的。

之后我们进了有八张榻榻米大小的卧室。麻里子一只脚踩在被子上，伸手去够电灯灯罩上长长地垂下来的开关拉绳。明丽的灯光映照出了友禅织的鲜艳棉被。房间里还有一个放置着很华丽的法国人偶的壁龛。

我笨手笨脚地开始脱起衣服来。麻里子则把桃红色毛巾质地的浴袍穿上，麻利地脱掉穿在下面的洋装。我拿起枕头边上的水杯喝了一口水。听到我喝水的声音，她对着我笑着说：

"真是的！那个水也不是用来喝的啊！"

我俩上床之后，脸对着脸。她用手指轻轻地点了一下我的鼻子，俏皮地笑着说：

"你真是第一次来嘛。"即便枕边的灯光十分昏暗，我还是没有忘记东张西望地观察。因为观察就是我活着的证据。只不过我之前从没有如此近距离地盯着别人眼睛的情况。我以前看到的那些或远或近的世界已经崩溃了。他人肆无忌惮地侵犯了我的存在。她身上的温度，她身上逼人的便宜香水的味道，就像一点点在上涨的洪水一样，淹没了我。我第一次看到，以这样的方式，我竟然与他人的世界水乳交融了。

她完全地把我当作一个普通的男人来服务。谁都没有预料到我是这样的被她接受。我在脱掉身上实实在在的衣服以后，实际上又脱掉了无数层"衣服"。我脱掉了身上的结巴，脱掉了身上的丑陋，脱掉了身上的寒酸之气。我确实是抵达了高潮，但是我不敢相信品味着高潮的人正是我自己。我感觉自己好像被驱离到了一个遥不可及的地方，然后委顿瘫倒在地……我立刻离开了她的身体，把自己额头枕在枕头上，用拳头轻轻地敲打着冰冷发麻的脑袋。之后一种被世界万物抛弃了的孤寂之感涌上心头，只是我还没到潸然泪下的程度。

完事之后，我们俩躺在床上说着闲话。我有一搭没一搭地听着她说自己是从名古屋流落在此的破事的时候，心里想着的却只有金阁。当然实际上我思考得比较抽象，不像平时的沉思那般具有厚重的肉感。

"下次再来玩啊！"

听了她的话，我感觉麻里子可能也就比我大个一两岁的样子。事实也就是如此。我的面前是一对流淌着汗液的乳房。这只是肉块罢了，绝不会变化为金阁的。我颤颤巍巍地用手指戳了一下她的乳房。

"没怎么见过这个东西吧？"

麻里子说着就挺起身体，就像逗弄小动物一样轻轻晃动着自己的乳房，出神地凝视着。我也从这晃荡的肉块联想到了舞鹤湾那绝美的夕阳。在我心里，夕阳的氤氲不定与眼前肉块的晃动结合在了一起。眼前的肉块就像夕阳一般，不久就被几重夕云包裹，横亘在深夜的墓穴深处了。这离奇的想象给予了我安心之感。

*

第二天，我又去了一回这家店，点了同一个女人。这不光是因为我的资金充足，还是因为我的第一次与想象中的快乐比起来，要贫乏许多。所以我很有必要再试一次，以此力求接近想象中的快乐，哪怕是一点点都行。我在现实生活之中总是与众不同的，我老是想要忠实地模仿想象中的行为。想象这个词并不恰当，我该把它称为"记忆的源头"。在我的一生里，对于那些即将品尝到的体验经历，我都觉得我需要以一种更加光辉的方式，重新体验一番。这种想法停留在我的大脑之中，挥之不去。哪怕是这种肉体的行为，我也感觉我早就在某个回想不出的时间，某个回想不出的地点，（大概就是和有为子）以一种更加激烈的方式，体会到了更加酥麻的身体情欲满足的快乐。这才是真正的一切快乐之泉，而现实中的快乐充其量不过是从这汪泉水中分出来的一掬罢了。

我认为就在某个遥远的过去，我曾经欣赏过无与伦比的火烧云的壮丽之色。在那之后我看到的火烧云，则是多多少少有点褪色了。这难道是我的罪过吗？

前一天那个女人就像服务普通人一样地接待了我。今天我带上了几天之前从旧书店买到的袖珍本旧书，前去找她。这本书是十八世纪时的意大利刑法学家贝卡里亚的著作《论犯罪与刑罚》，它是融合了启蒙主义和合理主义思想的古典大餐。虽然我只是读了几页之后就扔在了一边，但是我觉得也许那个女人会对这个书名多少感点儿兴趣。

麻里子依旧带着与前一天一样的微笑迎接了我。虽然都是同样的微笑，但是这微笑之中已经完全看不到"昨日"的影子了。而且她此时对我的温柔，也像在某个街角偶遇熟人时的温柔。我之所以这么说，是因为我感觉她的肉体就好像某个街角一样。

小客厅里，我俩杯觥交错，推杯换盏。喝着喝着，生分之感消失不见了。

"又来找她了吗？看不出来啊，年纪轻轻的，倒是情根深种啊！"

老鸨如此说道。

"只是你这样天天来的话，不会被自己的师傅骂吗？"麻里子又说。在看到我被识破身份之后惊慌失措的表情之后，她又接着说："我一看就知道了。现在的人都喜欢留着大背头，只有寺里的和尚才剃平头。别看我们这里比较寒酸，可是现在的很多大师名僧年轻的时候都来过我们这里的。我们都见过的……算了不说了，咱们一起唱歌吧？"

麻里子突然改变了话题，唱起了《海港之女》之类的流行歌曲来。

我俩第二次亲热，就在一种已经熟悉了的环境之下，轻松顺利地完成了。这一次，我虽然已经看到了快乐了，但是它却不是那种我想象之中的那种快乐，而只是我早已适应了的自甘堕落的满足罢了。

欢好之后，女人用一种过来人的伤感语气劝说了我。我好不容易才感受到的一点儿点儿兴致又被毁了。

"我觉得你最好还是不要再来这里了。"麻里子对我说，"你是个老实人。我就是这样想的。你不要再深陷其中了，还是多把自己的精力放在做生意上吧！我是个妓女，我当然希望你多来找我了。你能懂吧？但是我是把你当成自己的弟弟看待的。"

恐怕麻里子是在哪本上不得台面的小说里看到这段烂俗的话

的。她说出这段话的时候并没有带着很深的感情，只是对着我编了一个小故事罢了。麻里子希望我能与她的情绪产生共鸣。要是我能顺着她的故事痛哭流涕起来的话，效果就更好了。

但是我并不打算那样做。我突兀地从枕头边拿起那本《论犯罪与刑罚》，把它戳到女人的鼻子前。

麻里子乖乖地翻开了书，然后一声不吭地把书扔回了原来的地方。那本书已经不在她的记忆之中了。

我希望这个女人能够在与我相遇的命运里预感到某种东西，希望她可以多少意识到自己正在为这个世界的没落出一把力。我觉得哪怕是对一个妓女来说，这也并非是什么大不了的事情。焦虑万分之下，我说出了不该说的话。

"只要一个月……对的，一个月之内，报纸上就会登上我的鼎鼎大名。到了那个时候，你再好好想想吧！"

说完之后，我陷入了一阵狂乱的激动之中。但是，麻里子却笑出了声来。她笑得胸脯乱颤，一边频频地瞄向我的脸，一边咬住自己的袖口极力地想要忍住笑意。但是又有一阵笑意袭来，笑得她花枝乱颤、前仰后合。麻里子自己肯定也不知道到底有什么好笑的，意识到这一点之后，女人停止了大笑。

"有什么可笑的？"我问出了一个愚蠢的问题。

"你在骗人啦！哈哈，真好笑。你别想骗我啦！"

"我从来不骗人。"

"别再骗我了！哈哈哈，真逗。我要笑死了。你这个大骗子，一肚子坏水，竟然还想装成老实人的样子。"

麻里子说完又笑了起来。这次她笑的原因很简单，只是因为我急于解释的时候，嘴里蹦出来的都是结结巴巴的话。总之麻里子完全不相信。

她不相信我。就算现在这里发生地震了，她肯定也不会相信的。也许就算世界崩溃了，也只有她不会崩溃。这是因为麻里子只会相信世界是围着她转的，发生的所有事情是按她所想象的那般。但是世界是不会按她想象的那般崩溃的，因为她根本就不会往这方面想。就这一点来说的话，麻里子很像柏木。麻里子就是女版的冷漠的柏木。

话题就这样结束了。麻里子依旧袒露着自己的乳房，哼着小曲。这时，苍蝇飞舞的嗡嗡声打断了她的曲子。苍蝇在她的周围飞着，不时地落在她的乳房上。麻里子这般说："痒死了！"

虽然这样说了，但是完全没有驱赶苍蝇的意思。苍蝇落在乳房上面的时候，给人一种被乳房黏住的感觉。苍蝇受惊飞走的时候，更谈不上是在爱抚麻里子了。

雨滴敲击在屋檐上，传来了珍珠碎裂的声音。好像只有那一块降下了雨水。闯入这个街角迷失了方向的风儿，在原地呼啸着，阻挡了雨势的扩大。那儿就像我待着的地方一样，从广大的夜幕中切离。那窸窸窣窣的雨声，就像被关进了枕边灯微微照亮了的世界之中。

如果说苍蝇喜欢腐败的事物的话，那么麻里子也已经开始腐败了吗？难道说怀疑一切就是代表了腐败吗？麻里子正是因为处于只有自己的绝对的世界里，所以才会被苍蝇骚扰的吗？我对此一无所知。

只是那突然陷入死一般的酣睡中的女人，苍蝇也落在她那被枕边灯火氤氲了的乳房上，仿佛也好像急速地进入了梦想般动也不动。

*

我再也没有去过"大泷"了。我该干的都已经干完了。之后就只剩下我因为挪用学费被老师发现，一怒之下将我驱逐出去的剧情了。

只是我并没有向老师暗示这笔钱的用途。我不需要跟他坦白的，因为就算我不坦白，老师也会发现的。

为什么在某种意义上，我是如此信任老师的能力，想要借用他的力量呢？我觉得很难说清楚。并且为什么我还将对我的最后决断交给老师，等待他将我驱逐出去呢？我同样也不清楚。我实际上已经在前面讲清楚了，我早就看出老师只是一个无能之辈。

在去了青楼几天之后，我见到了老师这般样子。

这事放在老师身上真的很罕见。那天的一大早，在开园之前老师就早早地来到金阁这边开始散步。在向我们这些负责打扫的人表示感谢之后，他独自一人穿着凉爽的白衣，顺着通往夕佳亭的台阶往上走。可能他当时是想一个人品茶静心吧！

那天早上的天空依旧泛着鲜艳的朝霞，碧空间流淌着绽放出万丈红光的云朵。云朵仿佛还没有清醒过来，一脸娇羞的模样。

打扫结束之后，人们都各自回到了本堂。只有我一个人想着路过夕佳亭，从大书院后面的小路回去。大书院后面的小路还没有打扫过。

我带上扫帚沿着被金阁寺的墙壁环绕的石阶，向着夕佳亭附近而去。树林被前一夜的雨水打湿了，灌木叶片上滚动着大滴大滴的露水，上面倒映着天上的朝霞，看上去宛如淡红色的果实一般。泛红色的蜘蛛网上也点缀着滴滴微露，正在轻轻地颤抖着。

我眺望着地上的物象，看着它们以这样的方式，敏感地积蓄着来自天上的颜色，心里满是感慨。积蓄在寺里绿色植物上的雨珠的湿气，全部是来自上天的馈赠。它们看上去水灵灵的，仿佛尽享上天的恩宠，释放着腐败物和水汽交织的味道。不过这都是它们不懂得拒绝的缘故。

众所周知，夕佳亭的边上有一座拱北楼，其名来源于这么一段话："北辰之居其所而众星拱之。"只是现在的拱北楼与义满威震天下时的样子不同了，一百多年前重建之后，成为时尚的圆形茶席。老师不在夕佳亭里，大概率是在拱北楼里面吧！

我不想私下一个人与老师见面。如果我沿着篱笆蹲着走的话，可能老师在对面就看不到我了。想到这，我蹑手蹑脚地走了起来。

拱北楼的大门敞开着，就像往常一样。通过大门可以看到壁龛上悬挂着圆山应举的画轴。还可以清楚地看到上面还有一个来自天竺的白檀木橱棚，图案雕刻得巧夺天工，已经在时间的沉淀之下开始泛出灰黑的颜色来。左边则是利休喜好的桑棚。我还看到了纸拉门上面的绘画。独独只有老师我没有看到，于是我不由得将头探出篱笆向四周张望了一下。

柱子边阴暗的角落里，好像有一大堆白色的包袱样的东西。定睛一瞧，原来正是老师。穿着白色衣服的老师使劲地弯着自己的腰，将自己的头垂在膝盖之间，两袖覆面，跪坐于此。

他就保持着这般姿势，静静地一动也不动。反而是注视着他的我，心里五味杂陈。

刚开始的时候，我还以为他是得了什么急性病，正在忍耐着突如其来的痛苦呢！我当时真想马上过去照顾他。

但是有一种力量阻止了我。因为不管从哪种意义上来讲，我都不爱自己的老师。而且我已经下定决心明天就要放火烧掉金阁了，就算我跑过去照顾他，那也只是伪善罢了！再深入一点说，要是我真的照顾了他，这位和尚之后向我表示了感谢或者情爱，那么我心里可能会变得软弱，我很害怕这一点。

仔细一看，老师其实并没有生病。不管怎么说，在我眼中，他的那副样子使得他已经失去了往日的矜持和威严，仿佛成了一只可怜的野兽一样躺在那里。我注意到他的袖子微微地颤抖着，好像背上负着某种看不见的东西一样。

那个看不见的东西到底是什么呢？我沉思着。是他的苦恼吗？抑或是自己无法忍耐的无力感吗？

随着我的耳朵渐渐适应，我听到老师好像在低声地念着经文。至于到底是哪部经文，我则没有听出来。老师是有着我们都不知道的黑暗精神生活的。与之相比，我拼命地尝试的小小罪恶或者怠慢，都只是不足一提的小玩意儿。想到这里，我的骄傲突然被刺伤了。

是的，这时我已经注意到了。老师的那副跪坐的姿势，与那些被拒绝进入道场的云游僧，终日在门口垂头坐在自己的行李上的样子极为相似。假如像老师那般的高僧，都会学着新来的云游僧的修行方式，那他的谦虚程度真是让人大吃一惊了。我不清楚老师到底是对何物如此谦虚。老师就像对着庭院里的小草、繁茂的树叶、蜘蛛网上的露水、天边的朝霞谦虚一样，也是如此地对待不是自我之物的本源的罪业，并以野兽卧伏的姿势反映在自我之身。这大概就是他的谦虚了！

"他是故意给我看的！"这个想法突然出现在我的脑子里。肯定是这样的。他早就知道我要经过这里，所以才做出这般样子的。老师知道自己的无能之后，终于发现了可以控制我的方法了。那就是用无言的方式撕裂我的内心，唤起我心里怜悯的感情，进而使我屈膝臣服。

我也不清楚为什么，在看到老师这般模样之后，我在一阵迷乱之后确实差一点就被感动了。这是事实。尽管我极力地否认，但是我确实是在一步一步地滑入敬爱他的深渊之中。只是我一想到"他是故意给我看的"，马上就可以把这种心情逆转，让我的心更硬更坚强了。

就在此时，我下定决心了。不管老师要不要放逐我，我都要放火了。我与老师，已经成为彼此之间没有影响的不同世界的居民。我已经心无杂念，不再期待外界的帮助。我要听从自己的心的指导，随心所欲了。

朝霞渐渐褪色，云层聚集在天上，鲜烈的阳光已经从拱北楼的围廊上离开了。老师依旧跪坐在地上，我则脚步匆匆地离开了这里。

*

　　六月二十五日，朝鲜爆发动乱。世界确实是已经在没落、灭亡了。我的预感成真，我必须抓紧时间了。

第十章

　　实际上在第二次去五番町的时候，我就已经试验了一回。我偷偷地从金阁北边的窗子上，拔了两根二寸左右的钉子。

　　金阁第一层的法水院有两个入口。东西各一个，都安着左右双开的窗子。值班的老人夜里会登上金阁，从里面把西面的窗子关上，再从外面把东边的窗子关上并上锁。但是我知道即便是没有钥匙也可以进入金阁。从东边的门可以绕到金阁后面的北边的窗户，正好可以保护好金阁里微型金阁模型的后背。木窗已经腐朽了，从上面拔掉六七根钉子的话，就能很容易从外面打开了。钉子也都上了绣，松动了，只要手指用点儿力就可以轻松地拔掉了。我试了试，果然拔掉了两根钉子。我把拔掉的钉子用纸包好，藏在桌子抽屉的最深处。在观察了几天之后，我发现没有一个人发现钉子不见了。又过了一个星期，仍然没有人注意到。二十八日的晚上，我又悄悄地把钉子钉回原来的地方。

看到老师跪坐的样子，我下定决心绝对不会再依靠任何人的力量了。就在当天，我去了千本今出川西阵警察局附近，在那儿的药店买了安眠药。刚开始的时候，店员给我一瓶小的，里面只有三十多片。我告诉他我要大瓶的，里面足有一百多片。这瓶药花了我一百元。然后我又去了西阵警察局南边的五金店，买了一把四寸长、带刀鞘的小刀，又花了九十元。

那天夜里，我在西阵警察局前面走来走去。有好几扇窗子里都透出了灯光，一位穿着开襟 T 恤的刑警夹着自己的包，急匆匆地走了进去。没有一个人注意到我的存在。过去二十年，没有一个人注意到我，现在也仍然还是这样。如今，我依然不重要。现在的日本有着几百万几千万的人，蜗居在角落里，丝毫不引人注意，我也是他们的同类。这样的人实际上不管是死是活，对社会来说都是无关痛痒的。这帮人确实很让社会省心。因此，刑警也对我很放心，看都不看我一眼。警察局的门灯发出红色的光，就像烟尘一样，照耀在"西阵警察局"这几个横着的石刻文字上，上面还掉了一个"察"字。

等我回到寺院里面之后，一想起今晚买的东西，心里就一阵阵地雀跃。

小刀跟安眠药，都是我到了万不得已的时候用的。这就像刚刚成了家的男人，为了以后的生活买了一些东西一样，我也是如此的。想到这里，我就十分快乐。回来之后，我对这两个东西怎么都看不厌。我抚摸着刀鞘，用舌头舔舐着小刀的刀刃，刀刃上立刻泛上了一层雾气。我的舌头品味到一种明确的冰冷，冰冷又转化为遥远的甘甜。这股甘甜来自这片薄薄的钢片内部，来自人无法到达的钢铁的实质，就这样寒光一闪，一下子传到了舌头上。这种明确的外形，这般深海一样蔚蓝的钢铁的色泽……它与唾液混合在一起，使得舌头上产生了一种清冽的甘甜。不久之后这股甘甜远去了。我的肉体也不由得沉醉于这种迸发出的甘甜之中。我愉快地回忆着这一天。死去的天空，就和活着的天空一样的明媚。我已经忘记了黑暗的想法。于我而言，世上已经没有任何的苦难了。

金阁在战后被人装上了最新的火灾自动报警器。一旦金阁的内部达到一定的温度，鹿苑寺事务室的走廊上装着的警报器就会立刻鸣响。六月二十九日的晚上，这个警报器发生了故障。发现故障的是老向导。老人在执事宿舍报告的时候，我正好在厨房里面。我感觉自己受到了来自上天的鼓励。

但是等到了三十日的时候，副司就给安装机器的工厂打了电话，请他们过来修理一下。为人和善的老向导特意还跟我提了一嘴。我咬紧了下唇。前一天晚上就是个动手的好机会，可是我却白白放过了。

黄昏的时候修理工人过来了。我们一副看稀奇的样子，仔细地看着他修理警报器。修理花了很长的时间，修理工人一个劲儿地摇着自己的头。看热闹的人一个个地离开，我也只能走了。我能做的，也就只能等待那个让我绝望的信号：修理成功后，工人实验性地打开了声音尖锐到足以传遍全寺的警铃声……我焦急地等待着。夜色就像潮水一般淹没了金阁，修理时打开的小灯一直在闪烁着，可是警报声迟迟没有响起。他撂下一句"明天我接着来修"之后就回去了。

七月一日，工人失约了，当天他没有过来。但是寺里面也没有理由逼着他赶紧把警报器修好。

六月三十日，我又去了千本今出川一趟，买了夹心面包和糯米饼。寺里面没有零食吃，所以我常常只能从很少的零花钱里面扣出来一点，在这里买上些点心解解馋。

但是三十日这天买的点心，却不是为了解决口腹之欲，也不是为了合着服下安眠药。硬要说的话，只是因为心里惴惴不安才买的。

我手里提着的鼓鼓囊囊的纸袋与我的关系；我马上要着手的完全孤独的行为与寒酸的夹心面包的关系……从多云的天空泄露出来的阳光，就像是闷热的雾霭一般，笼罩在古街之上。汗水在我背上突然划出了一条条冰冷的线条。我感觉自己身心俱疲。

夹心面包与我之间的关系。这关系到底是什么呢？我猜测，当我直面自己行为的时候，无论自己的精神是何等的紧张和集中，我那孤独地被扔下的胃部，依旧会追求着这种孤独的保证。我觉得自己的内脏就像可怜兮兮，却绝对不会向人屈服的家犬一样。我了解这一点，无论自己的心如何觉悟，那些迟钝的脏器，比如我的肠胃，只会任性地沉湎于温暾的平常生活之中。

我清楚自己的胃在渴望着什么。它渴望的就是夹心面包或者糯米饼。在我的精神追逐着宝石的时候，它依旧顽固地渴望着夹心面包或者糯米饼……以后当人们试图强行理解我的犯罪意图的时候，这个夹心面包可能为他们提供一些适当的线索吧！人们大概会这样说："那家伙饿坏了。不过这也是人之常情呀！"

*

　　那一天终于到了。昭和二十五年七月一日。前面我介绍过了，火灾警报器到了今天，依旧没有修好。下午六点的时候，那边已经确认过了。老向导给对方打了电话，又催了一回。工人回道，真是对不起，今天太忙了，实在是没办法过去，明天肯定派人前去修理。

　　当天来金阁烧香礼佛的人有一百多个。六点半要关门了，所以人潮也即将离开了。老人打完电话之后，今天他的活儿也就算是结束了。他站在厨房东面的门口，眺望着远处小小的田地，自己陷入了沉思之中。

　　细细的牛毛雨一直下下停停，从早到晚不知下了几阵了。微风拂面，也不是那么的闷热了。地里的南瓜花沐浴在小雨里，在绿叶的衬托下，显得十分好看。边上黑黝黝的田里，上个月刚刚播下去的大豆种子也已经发芽了。

　　老人心里在想着事情的时候，总是喜欢蠕动着下巴，有时镶得不是很好的假牙还会发出小小的声音。他每天都得说着同样的解说词，可能也是因为假牙的缘故吧，说得是越来越听不清楚了。大家劝他换一副好的假牙算了，他却不听劝。看着眼前的地，他的嘴里嘟囔着什么。嘟囔了一阵子以后，牙齿又响了起来。好不容易假牙不响了，他又开始嘟囔了。他大概是在埋怨报警器老是不能修好吧！

　　我听到了他那含糊不清的嘟囔声。他大概是想告诉我，不管是警报器还是假牙，都是不可能修好的。

那天晚上，老师那里来了一位贵客。他是老师以前僧堂的朋友，现在福井县龙法寺的住持桑井禅海和尚。说到老师僧堂的朋友，我的父亲也算是一个了。

于是寺里向老师去的地方打了个电话，那边告知老师大概一个小时之后就会回来了。禅海和尚正是想着在鹿苑寺待个一两天左右，才会特意来京都的。

父亲以前曾经无比愉快地跟我提过禅海和尚。我清楚他对禅海大师十分敬爱。大师无论是外貌还是性格都堪称雄浑豪迈的禅僧典范。他身高六尺，苍眉浓密，皮肤黝黑，声若洪钟。

这时，我的一个师弟来了，他告诉我禅海大师想在等老师回来的时候，与我谈谈心。此刻，我心里慌乱如麻。我害怕大师那双澄明的眼睛，害怕他一眼就看穿今晚我想要干的勾当。

大师在足有十二张榻榻米的大堂客房里坐着，享用着副司精心准备的素斋酒水。本来是师兄弟在为他斟酒的，现在换成了我。我老老实实地跪坐在大师面前，为他倒酒。我的背后是静寂无声的雨夜。于是大师也就只能看到两种黑暗的事物了：我的脸和梅雨时节庭院里的雨夜。

但是禅海大师一点也不拘束。他一看到我，就接连不断地说着我长得很像我的父亲，现在已经长大成才，为父亲的逝去感到惋惜之类的话。他声音豪爽，一直在对我说话。

大师的身上有着老师所没有的朴素，也有着父亲所没有的力量。风吹日晒之下，他的脸变得黝黑，鼻翼大大地张开，浓眉高高地隆了起来，看上去就像能剧里的假面具一般。大师的脸并不是很匀称，但是内部却隐藏着一股伟力。这股力量可以自由地迸发出来，破坏脸部的匀称之感。就连他那高高隆起的颧骨，看上去都像南画中的岩山般奇峭。

这位大声地说着话的大师，给我一种震撼心灵的亲切之感。这并非世上常见的那种亲切，而是村口枝繁叶茂的大树，给予远道而来的行人一片树荫，使他得到难得的休憩的那种亲切。这是一种树根一样扎手的、粗犷的亲切之感。他越是跟我说话，我越是提高了自己心里的警戒程度。今夜已经万事俱备，我万不可被他的亲切所阻挠。接着我甚至开始疑心起来，是不是老师为了阻止我，特意把大师请了过来。但是因为我就把大师特地从福井请到京都，这完全说不过去。大师只是机缘巧合下的客人，一切真相大白后的最好的见证者罢了。

装了两大升酒的白瓷瓶子被他喝得一干二净。于是我向他行了一礼之后又去了厨房帮着取酒去了。当我手里捧着热乎乎的酒瓶子回来的时候，内心翻腾起一种莫名的感情来。我以前从没有想过要被人理解，但是此刻，我却特别渴望大师能够理解我。等我带着酒回来之后，我的眼神已经和刚才不一样了。大师大概也能发觉得出，我眼中满是直率和明亮。

"您觉得我是怎样的一个人？"

我问道。

"唔，看上去是个很认真负责的好学生啦！你背后喜欢玩什么我也不太清楚，只是现在的光景和以前不一样了，真是可怜。你们这些孩子想出去玩都没钱。你的父亲和我，还有这里的方丈，年轻的时候可是干了不少的荒唐事。"

"您觉得我是一个平凡的学生吗？"

"平凡比什么都好。平凡是福啊！平凡的人，谁都不会怪罪他的。"

禅海和尚身上看不到一丁点儿的虚荣之心。对那些高僧来说，他们很容易就会犯下这个错误。因为他们都颇具眼光，所以不管是识人还是鉴物，都会做许多。但是有的人害怕之后因为走了眼被世人耻笑，所以不愿意做出断言。当然有时他们也会做出很有禅僧风度的断言，但是总是在某种意义上给自己留下日后回旋的余地。禅海和尚却不是这样的，他不管看到什么、感受到什么，都会当场说出来。对于那双单纯而又敏锐的眼睛看到的事物，他并不会刻意强求意义所在，有意义也好，没有意义也罢，都是不重要的。我觉得大师十分伟大，因为他在看东西的时候，比如说看我，就只会用自己的眼睛来判断，而不是故弄玄虚地搞些花样。他就像普通人一样地看。对大师而言，单纯主观的世界是没有意义的。我理解了大师想要对我说的，于是慢慢地安心了下来。只要我在别人的眼里是平凡之人，那我就是平凡之人。不管我以后做出什么异常的行为来，我的平凡总是像被淘米篮子淘过的米一样，留到最后。

站在大师的面前，我感觉自己变成了一棵静寂无声、枝繁叶茂的小树苗。

"那我往后就按别人的看法而活可以吗？"

"那样也不行，如果你能做出什么惊世骇俗的伟业来的时候，大家总是会对你刮目相看的。你太平凡的话，世人就会忘记你了。"

"那么，别人眼中的我，与我所想象的我，究竟哪一个能持续得更久呢？"

"这两个都会马上消失的。就算你费尽心思，想要让你的某一个形象更加持久，最后总会消失不见的。火车开动的时候，车厢里的乘客是静止不动的；当火车停止之后，乘客就必须下车步行了。奔跑是一种停止，休息也是一种停止。死亡才是最后的休息啊！虽然如此，却没有人知道自己的寿命几何。"

"请您好好地看看我吧！看穿我的内心！"我终于对他说道，"我其实不像您刚才看到的那样。请您看清楚我的内心。"

大师把嘴唇贴在酒杯上，他就那样地直直盯着我。他的沉默，就像是被雨打湿的鹿苑寺黑黝黝的瓦片大屋顶一样，沉沉地压在我的心头。我不由得颤抖了起来。突然，和尚发出爽朗的大笑，打破了世间的平静。

"何必要看透你呢？你的心思全都在你的脸上摆着了。"

大师这般对我说道。我觉得大师全方位地理解了我。我的大脑开始陷入一片空白，就像渗入这片空白的水珠一样，一股崭新的行动的勇气又重新冒了出来。

老师回来了。晚上九点时分，就像往常一样，有四个警卫开始了日常巡逻任务。四下一片安静，一点异常状况都没有。

回来的老师与大师畅快地喝着酒。等到半夜十二点半的时候，师弟就把大师带到休息的地方。然后老师自己就独自开始洗澡，又称为"开浴"。二日凌晨一点钟，梆子声也停了下来，整个寺院陷入一片死寂之中。雨无声地下着。

我独自一个人从床上坐了起来，心里估摸着鹿苑寺那沉淀下来的夜色。夜色慢慢地变重，变密。我所在的足有五张榻榻米宽度的仓库里的大柱子和窗户，支撑着这古老的夜。一切看上去都是那么的庄严！

　　我结结巴巴地试图开口说话，就和往常一样，那第一声发出的词语，像从口袋里面掏什么东西出来时，老是被里面的某个东西挂住，任凭你再怎么努力都是掏不出来，等到我被折磨得十分狼狈的时候，才会出现在我的嘴唇里。我内心里面的沉重和浓密，就宛如今天的夜色一般；而我的语言，就像从这深夜的水井里面往上拉一个沉重的瓶子，吱吱呀呀地冒了出来。

　　"已经是时候了。我再稍微忍一忍吧！"我心里暗想，"我内心与外在世界之间大门上的那把生锈的锁，现在也已打开！瓶子拍打着翅膀，即将翱翔！一切都像宽阔的原野一般，呈现在我的眼前！密室已经消失了……它已经到了我的眼前，我只要一伸手就可以碰到它……"

　　我满心欢喜，在黑夜里足足坐了一个小时。自从出生以来，我从未如此地幸福过……我猛地在黑暗之中站了起来。

　　我蹑手蹑脚地走到大书院的后面，穿上早就预备好的草鞋，冒着蒙蒙细雨沿着鹿苑寺后面的水沟而行，来到了木料场。木料场里没有木头，只有满地的木屑被雨水打湿后蒸腾而起的香味。这里堆着买来的稻草捆，寺里一次性买了足足四十捆。只是之前都快要用完了，眼下只有三捆了。

　　我抱起这剩下的三捆，回到了菜园子边上。僧舍那边一片寂静。等我绕过厨房，来到执事宿舍的时候，突然那儿厕所的灯亮了。我立马蹲了下来。

厕所里传出有人咳嗽的声音，听上去好像是副司。一会儿，里面就传来了有人撒尿的水声，哗啦哗啦地响了很久。

我担心雨水会打湿了稻草，于是我蹲着把稻草塞到了胸口。微风吹拂着凤尾草，雨水打湿了的草丛里面沉淀着愈加强烈的厕所尿骚味……撒尿的声音停了下来。里面传来了身体摇晃着撞到木板墙上的声音。副司看上去好像已经不太清醒了。厕所里的灯灭了。我牢牢地抱着三捆稻草，又向着大书院的后面走去。

说到我的个人财产，我只有平常放着日常用品的柳条箱子和一只用了很久的小皮箱。我想把这些都悉数烧掉。今晚，我已经把书籍、衣服还有僧袍之类的零碎物件全部都装到这两个箱子里面了。不得不说，我还是很仔细的。那些搬运的时候容易发出声音的东西，比如说蚊帐的铁钩子；还有那些烧不掉会留下证据的那些东西，比方说烟灰缸、玻璃杯、墨水瓶之类的，全部都被我用坐垫包裹起来，外面再加上一层包袱皮，藏在了别的地方。然后还有一床褥子、两床被子，都要烧掉。我把这些大件都一点点地运到大书院后面出口，堆叠了起来。然后才去拆金阁北边的那个窗户上的钉子。

那些钉子就像插在柔软的泥土上一样，我很轻易就把它们拔了出来。我倾下身体靠在窗户上，以免它掉下来。湿漉漉且腐朽鼓胀的木板贴在我的脸上，没有我想象中的沉重。我把已经拆下来的木窗放在脚边的地上。我看了一眼金阁，里面还是一片黑暗。

窗子的宽度正好可以让一个人斜着身子进入。进去之后我的眼前一片黑暗。突然我的面前出现了一张奇怪的脸，吓了我一跳。定睛一看，原来我点亮一根火柴之后，我自己的脸倒映到了入口处装着金阁模型的玻璃箱上。

虽说时机不好，但是我还是入迷地欣赏着箱子里面的金阁。这个小小的金阁在好似月光的火柴光映照下，起舞弄影，摇曳生姿。而它那纤细的木质结构蹲伏于一片不安的情绪之中。忽然小金阁被黑暗笼罩，原来是火柴熄灭了。

我的心里还顾忌着火柴燃尽时遗留下的一点红色的火星，于是我就像在妙心寺里遇到的学生一样，认认真真地把火柴的火星子给踏灭了。说实话这确实很古怪，明明自己是来烧掉金阁的。接着我又点了一根火柴，从六角的经堂和三尊像前走过，来到了香火箱的面前。我注意到上面排列了一个个方便投钱的木格子。在摇曳的火光的照耀下，木箱的影子隐隐地浮动着。香火箱里面还有一尊堪称国宝的鹿苑院殿道足利义满木雕。木雕的人穿着法衣，衣袖向左右两边拖着，笏板横在左右两手之间，小小的脑袋头发剃得光光的，眼睛瞪得很大，脖子缩在衣领里。小木雕的眼睛在火柴的光亮下闪闪发光，我却一点也不害怕。小小的木偶雕像一副阴惨之态，镇坐于自己建造的宫殿之中，不得不放弃往昔自己对这里的统治。

我打开了通往漱清的西边的门。我在前文中介绍过了，这是可以从里面打开的双向的门。在下雨的夜空映衬之下，金阁里面要比往日还要亮堂。湿漉漉的门带着低沉的吱哑声响了起来，青蓝色的夜气裹挟着微风闯了进来。

"义满的眼睛、义满的眼睛……"我跃身从门跳到户外，返回大书院后面的时候，心里一直对他的眼睛念念不忘，"一切都是在他的眼皮子底下发生的，可是他什么都看不着。那双眼睛，只是一双死人的眼睛……"

我跑动的时候，口袋里面发出了响动，那是火柴盒的声音。我停下脚步，往火柴盒的缝隙里塞满花纸，消除了声音。手帕包裹着的安眠药的瓶子和小刀，都被我放了别的口袋里面，没有发出一点儿点儿的声音来。夹心面包、糯米饼子和烟则是放在上衣的口袋里面，更不会乱响。

然后，我开始了自己机械般的作业。我分了四次，一点点地把堆在大书院后门处的行李搬到了金阁里义满的小塑像前。第一次搬的是除掉了钩子的蚊帐和一床褥子。第二次则是两床被子。第三次是柳条箱子。最后是那三捆稻草。我把这些杂物又堆积了起来，稻草则塞到蚊帐和被褥之间。我想着蚊帐是一等一的引火物，等它着了之后大概就会向着上面的行李扩散了吧！

最后我又折返回到了大书院的后门，把那些不易点燃的东西全部都用包袱皮包裹起来，带到了金阁东侧的池塘边。我很快就到了能看到夜泊石的地方，这儿长着几棵松树，下面正好可以避一避雨。

在夜空之下，池面显出了一层朦胧的白光。茂密的水草互相交织在一起，好像成了陆地一般。细细的缝隙散落期间，只有从那细长的缝隙处才能看到水面的所在。雨水在池面上甚至都不能激起波纹。烟雨朦胧，池水好像延伸到了无穷尽之处。

我脚边有颗小石子落入了水中，响动好像把我周围的空气都震得龟裂了。我蜷缩着身子一动不动，想用这种沉默来消除刚才意想不到的声响。

　　我把自己的手指伸到了水中，用手捞起里面的水藻。水藻缠绕在我的指间，带来一股温热之感。蚊帐的吊环先是从我浸在水中的手里脱落，沉入水中；然后是我的烟灰缸，就让池水替我去清洗吧；玻璃杯、墨水瓶，都同样被扔到了水里。该扔到水里的东西都已经扔完了。现在我身边只剩下了包裹它们的褥子和被子。我只需要把它们搬到义满像的面前点燃就可以了。

　　这时，我忽然感到一阵饥饿。虽然我已经预想到自己干完这些重活儿之后会饿了，但是依旧产生了被背叛的感觉。今天吃剩下的面包和糯米饼还放在自己的口袋里。我用湿漉漉的手在裤脚上擦了擦，掏出点心狼吞虎咽地吃完了。好不好吃我就管不了了，胃在咕咕地叫着，我只是慌张地把点心往自己的嘴里塞。我的心脏在剧烈地跳动着。终于吃完了，我用手捧起池水一饮而尽。

　　……我只差最后一步了。在所有为此的准备悉数结束了之后，我现在身处临界点之上，只差纵身一跃。我仅需微微一动，就可轻易地抵达。

　　我做梦都没有想到，在这两者之间，却有一个足以吞噬我一生的巨大深渊。

　　此时，我眺望着金阁，打算以此作为与它的告别。

　　金阁在雨夜中显得影影绰绰，轮廓缥缈。黑暗之中，它就像是夜色在此处的结晶一般，巍然耸立。我定睛仔细看去，好不容易才看出金阁直至三层，忽然变细的木质结构、法水院和潮音洞里纤细的木柱群。而那些曾让我无比感叹的建筑细微部分，早已与暗夜"秋水共长天一色"了。

我越是回忆那些美好的事物，眼前的黑暗越是化为可以肆意描绘的画卷。这些黑暗的、群集的形态之中，隐藏着为我所认可的美的全貌。通过回忆的力量，美的细节逐一从黑暗中显现出来，带着光辉又向着四周扩散传播而去，进而再奇妙非凡，在非昼非夜的时间光芒的笼罩中，金阁徐徐地却也清晰地出现在我眼前。我似乎变成了盲人。在自身发出的光的映照下变得透明的金阁，从外侧看来，其中的潮音洞里天人奏乐的天花板壁画也好，究竟顶墙壁上残留的古旧金箔也好，全都历历在目。金阁精致机巧的外部已经与它的内部融为一体。金阁的结构与主题明确的轮廓、将建筑主题凸显出来的、反复装饰的细节、对比与其对称的效果，都被我尽收眼底。法水院和潮音洞相同面积的第二层，虽然有着微妙的相异之处，却被同一个深深的庇檐所保护，堪称一对梦一般的、快乐的纪念一般的孪生姐妹。其中仅有一处即将陷入忘却的东西，温柔地上下加以确定，由此梦幻变为现实，快乐凝结为建筑。但是在托举着第三层究竟顶而急速变窄的外形的影响下，曾经一度被确定了的现实崩塌了，继而被那个黑暗、闪光、高迈的哲学所统辖，臣服于它。木板葺顶的屋脊高高地耸立着，其上的金铜凤凰连接着永暗长夜。

建筑师可不会仅仅满足于此。他在法水院的西侧又建立了一个类似于钓殿的小漱清。看上去，为了打破建筑的均衡之态，他赌上了所有美的力量。漱清在这栋建筑上反抗着形而上学。虽然它并没有延伸到池边，却给人一种想要从金阁的中心处逃离遁走的感觉。漱清就像想要从这栋建筑飞走的鸟儿一般，眼下正舒展着双翼，向着池水表面、向着现世的一切逃离。它代表了从规定这个世界的秩序向着无规定的、恐怕是官能的事物演变的桥梁。是这样的啊！金阁之灵大概是从像是断桥的这个漱清开始运动，先是变成了一个三层的楼阁，再从这座桥上逃离。为什么？因为蕴藏在池水表面上强大的官能之力，就是建构出金阁的隐秘的力量源泉。这股力量在塑造出秩序井然、优美雅致的三层小楼之后，再也无法忍受蜗居于此的日子，于是只能又沿着漱清向着池面，向着摇曳着的无限官能之中、向着它的故乡遁去。我过去常常这样想，每次一看到那些笼罩在镜湖池上的朝雾或者夕霭，我都觉得那就是建构出金阁的宏伟的官能之力的所在。

金阁之美统辖各部分的纷争与矛盾，乃至于所有的不协调，并君临其上。宛如在深蓝色纸本上用金泥一字一字明确书写的纳经一般，金阁就是用金泥在永暗长夜里一字一字书写构筑的建筑。只是我没有弄懂，究竟美是金阁的本体呢，抑或美是与包裹着金阁的这虚无的夜色等质的东西。恐怕这两者都是美。细节部分也好，全部建筑也罢；金阁也好，包裹着金阁的夜色也罢。如此想来，过去让我百思不得其解的金阁之美，大概就可以理解了。要问为什么，金阁细节部分之美、柱子、勾栏、棂窗、木板窗、花头窗、宝塔形的屋顶……法水院、潮音洞、究竟顶、漱清……池水上的倒影、池中那些小巧的岛屿、松树、泊船等细节之美，对它们仔细观赏一番之后便会发现，金阁之美绝对不在细节处完结，而是在每一个细节的地方包含着下一次美的预兆。细节部分的美充斥着自身的不安分。它既梦想着完全，又不知完结，于是就被推动着走向了下一次的美、未知之美。并且一个预兆联结着另一个预兆，可以说，这些并不存在于此的美的预兆构成了金阁的主题。这些预兆就是虚无的预兆。虚无就是这种美的构造。这些并未完结的细节，自动包含了虚无的预兆，这栋木质的结构精巧、雕刻精美的建筑，宛如璎珞在风中颤抖一般，在广袤的虚无之预感中战栗着。

尽管如此，金阁之美是不会消失的。金阁之美常常就在某处轻吟着。就好像耳鸣的人一样，我也常常在各处听到金阁之美的轻吟，并已经习惯于此了。这声音，就好像是此栋建筑里已经存在超过五个世纪的小金铃或者是小古琴发出的。一旦这种声音停止了……

——我此刻非常的疲惫。

虚幻的金阁此时依旧在暗夜中的金阁上历历可见，它没有湮灭自己的光辉。在水一方的法水院的勾栏回归了谦虚之态。其庇檐上按天竺建筑样式而采用的插肘木支撑着潮音洞的勾栏，向着池面迷茫地挺起了胸膛。庇檐明晃晃地倒映在水面上，荡漾的池水摇晃着它的影子。夕日或者夜月下的金阁，看上去在流动、翱翔。赋予其这种奇妙样式的，正是这池水中的光芒。在荡漾的池水的作用下，金阁身上那原本坚固的形态被粉碎，被解除了束缚。此刻的金阁看上去就像由永久流动的风、水或者火焰等材料塑造而成的产物。

金阁之美无与伦比。我也知道了自己的疲劳之感到底来源于何处了。金阁之美抓住最后的机会施展出了自己的力量，这样的力量过去数次让我感到疲劳无比，现在也试图将我束缚起来。我的手脚软弱无力了。现如今虽然我已经抵达了最后的一步，却又再次远远地退开。

"我已经准备了好久，现在就差最后一步了。"我对自己低声暗道，"行动已经陷入了梦幻，我也已经完全地生活于梦幻之中了。既然如此，我还有必要继续行动吗？我所做的一切都是徒劳的吗？"

恐怕柏木说的是对的。他告诉我，改变世界的不是行为，而是人的认知。此外，还有一种认知是模仿行为到极点的。我的认知就是这一种了。并且使行为本身无效的，也是这种认知。如此一来，我那长久周到的准备，就是为了使我泄气的最后的认知的吗？

"好好看看吧！我如今的行为就只是一种剩余物罢了。它脱离了我的人生，脱离了我的意志，就像一座冰冷的钢铁机器一样，固定在我的眼前等待着发动。我与这个行为之间，似乎已经无缘无分了。我只能做到现如今的地步，再往前一步就不再是我了……为何我要将自己逼到不像自己的地步呢？"

我仰头靠在松树根上。它那冰冷湿润的表皮使我着迷。只有在它身上，我才感受到了属于自己的感觉，自己的冰冷。世界按照原样停了下来，欲望消失，我也满足了。

"我这么疲惫下去可怎么得了？"我想着，"现在已经开始发烧，疲惫不已，手也不能自如地活动了。我肯定是得病了。"

金阁依旧金碧辉煌着，就像是那位"弱法师"俊德丸[①] 所看到的日想观[②] 的景色一般……

俊德丸在盲目的黑暗之中，观想着夕阳西下时的难波海的景色。天空万里无云，淡绘路岛、须磨明石、再到纪之海，一切都在火红的夕阳下熠熠生辉。

我的身子就好像已经麻痹了一样，泪水顺着脸颊流下。我天亮之前就只想待在这儿，就算被人发现了也罢。我不会为自己辩解半个字。

……我过去常说，自己从小时候开始记忆力就很差。但是我还得说，突然复苏的记忆有时还有着起死回生的魔力。过去不光是可以将我们引导回过去，过去记忆的各个地方，虽然数量很少，却有着强度很高的弹簧的存在。一旦这些弹簧被现在的我们所触发，立刻就会启动，将我们弹到未来。

我的身体好像僵住了，但是我的心却在记忆之中摸索起来。有句话出现在我的脑海中，却又立刻消失。它消失的时候，刚好就将触及我的心事……这句话呼唤着我。可能是为了鼓励我，它向我又近了一步。

"向里向外，逢者便杀！"

……它最开始的一行就是这样的。这是《临济宗·示众》里

---

① 俊德丸的父亲听信谗言将他赶出家门，他伤心过度哭瞎了双眼，以"弱法师"为名在外乞讨生活。

② 观无量寿经所说的十六观之一，意为西观落日而思净土。

著名的一节。那句话接着便流利地淌了出来。

"逢佛杀佛，逢祖杀祖，逢罗汉杀罗汉，逢父母杀父母，逢亲眷杀亲眷，始得解脱。不拘外物，通透自在也！"

这句话使我从那种无力感中一下子挣脱了出来，很快全身溢满了力量。只是我心里的一部分，还在执拗地告诉我，我接下来该做的事情都是徒劳无功的。但是我的力量使得我不畏徒劳，正因为徒劳，我才要做。

我站了起来，把边上放着的褥子和被子都卷成一团夹在腋下，又一次看上金阁。金光闪闪的金阁幻想开始变得稀薄；勾栏开始被黑暗所吞噬；林立的柱子也变得不再分明起来。水光消失，庇檐内侧的反射光也渐渐隐去。不一会儿，金阁的全部细节部分全都隐没在了黑夜之中，金阁本身也只留下了一个黑咕隆咚的轮廓。

我跑了起来，绕过金阁的北侧，脚步开始熟悉这一路的情况，不再跌跌撞撞了。黑夜在我眼前展开，引导着我的方向。

我从漱清附近，沿着金阁的西边的木板窗，跳进了敞开着的双扇门。接着，我就把抱着的被褥和包袱皮一股脑地堆到那堆东西上。

我兴奋不已，胸口直打鼓，湿润的手在微微地抖动着。火柴也都湿了，第一根没有点着，第二根就要着的时候折断了。第三根我用手指挡着风，着了起来。

我忘记了刚才那三捆稻草被自己放到哪里去了，所以现在不得不到处寻找。找来找去，结果稻草没找到，火柴倒是燃尽了。

我蹲在地上，这次一次性点了两根火柴。

火光倒映出复杂的稻草堆的影子，浮现出一种明亮的荒野枯败之色，开始向着四面八方开始蔓延。火焰被浓密的浓烟所隐藏。但是没有想到，远处蚊帐也鼓起绿色的轻纱，腾起了火焰来。我感觉周围一下子变得热闹起来。

此时，我的大脑出奇清醒。火柴数目是有限的，所以我小心地跑到另一角，点燃了放在那儿的稻草。燃起的大火让我很欣慰。过去和朋友们一起点篝火的时候，我的点火本事可是无人能及的。

法水院内也摇曳着巨大的影子。中央的弥陀、观音、势至三尊像都被火光照亮，义满像的眼睛闪闪发光，木像的影子也在背后晃动。

我几乎没有感受到热量。当我看到火焰蔓延到香火箱的时候，心里对自己说：事情算是妥了！

我忘记了自己随身携带的安眠药或者小刀。我突然想，要是就这样被大火包围，死在究竟顶上也蛮不错的。于是，我从火光中穿过，沿着狭窄的楼梯爬了上去。通往潮音洞的门是打开着的。这没什么好奇怪的，因为老导游老是忘记把二楼的门关上。

我的背后腾起了一股股浓烟。我一边不住地咳嗽，一边专注地看着天花板上据说是惠心所画的观音像和天人奏乐图。潮音洞里渐渐充满了腾起的浓烟，于是我又往上爬了一层，想要打开究竟顶的大门。

门打不开。三楼的门被牢牢地关住了。

我敲击着门板。敲门声很响，我却一点儿都听不见。我拼命地敲击着大门，好像有人能从究竟顶的内部给我开门一样。

我刚才之所以固执地想进究竟顶，是因为确实是想将此处作为自己的葬身之地。但是当浓烟弥漫到我的背后的时候，我不由得就像求救一般，拼命地敲门起来。门内只有三间面积四尺七寸的小屋子。我却无比地想进入此处，因为现在虽然剥落了不少，但是那些屋子里应该到处都贴着金箔。我无法讲清楚，我是怎样一边敲着门，一边憧憬那些令人目眩的屋子的。我想着，只要能进去就好了，只要能进那些金色的小屋子里就好了……

我使出了吃奶的力气敲着门。手敲不开门，于是我就用身体开始撞，门依旧纹丝不动。

潮音洞里已经烟尘滚滚了。脚下传来了物体被点燃后爆裂的声音。我不小心吸入了浓烟，差一点儿晕过去。我一边剧烈地咳嗽着，一边重新敲起大门来。门依旧没有开。

那一刻，我感觉到了自己确实是被拒绝入内的，但是我却不死心。于是，我转身又沿着楼梯跑了下去。穿过滚滚浓烟之后，我来到了法水院，恐怕我是从熊熊烈火之中穿过来的。终于，我来到了西边的窗户，从那儿跳到了外边。我也不知道之后该往哪里去了，只能拼命地奔跑着。

……我还在跑。现在我已无法想象了，当时是怎么一刻不停地奔跑的。我也记不清当时跑过了哪些地方。大概我是从拱北楼那儿出发，路过北边的小门，跑过了明王殿，穿过长满小竹子和杜鹃的山路，最后到达了左大文字山的山顶。

我倒在红松树荫下的细竹丛里剧烈地喘息着，想要恢复一下激烈跳动的心脏。这儿确实是左大文字山的山顶，正是它一直在北方守护着金阁。

被我惊飞的鸟鸣声让我恢复了清醒的意识。有一只鸟儿张开巨大的翅膀，从我的眼前一闪而过。

我仰面朝天，呆呆地看着夜空。一群又一群的小鸟惊叫着，从红松树梢掠过；星星点点的火星在我头顶的天空上飘摇着。

我站了起来，向下俯瞰着遥远的山谷里的金阁。从那儿传来一阵阵异样的声音，既像爆竹燃放的声音，又像无数人骨节响动的声音。

从这儿已经看不到金阁的外形了，只有龙卷一般的浓烟和冲天的火光。林间满是飞舞着的火星，金阁的上空好像撒满了金沙一样。

我抱住自己的膝盖，久久地凝视着这壮观景象。

我回过神来才发现身上满是被火燎伤的水泡和一路磕磕绊绊擦出来的伤口，血流不止。手指也好像是因为刚才敲门的时候受了伤，血珠一点儿点儿地渗了出来。我就像一只逃走的野兽一般，默默舐舐着自己的伤口。

我摸了摸自己的口袋，找到了小刀和被手帕包裹着的安眠药瓶。我把这些都扔进了谷底。

在另一个口袋里，我又找到了香烟。于是，我点了一根，含在嘴里。我想，就像一个人干完工作之后需要休息一下一样，我的事情已经了结，现在还是要活下去的。

（昭和三十一年）